Uli Herzog

Endstation Biberach

Ein Oberschwaben-Krimi

Oertel+Spörer

Für meine Enkel
Luis, Laurens, Emilia und Leander,
Quelle meiner Lebensfreude

Prolog

Es dämmerte schon am Grauensee im niederösterreichischen Waldviertel. Die Stille wirkte fast gespenstisch.

Da zerbarst mit einem satten Laut der filigrane Schädel.

»Sauberer Schlag, Respekt! Jetzt ist er tot. Und jetzt packen wir ein, bevor noch die weiße Engelmacherin kommt und uns holt«, rief Wolfgang feixend aus.

»Wollen wir ihn nicht gleich hier schon gründlich ausweiden und saubermachen? Ich hab extra mein Filetiermesser mitgebracht, daheim muss man immer danach diese Riesensauerei wieder wegmachen«, erwiderte Franz.

»Nein, es wird langsam dunkel und Nebel zieht auf, außerdem haben wir heute sowieso einen Superfang gemacht, der hier wiegt sicherlich zwei bis drei Kilo.«

Tatsächlich zog der Nebel um diese Jahreszeit schon früh am Abend auf; schließlich war es März und hin und wieder gab es sogar noch Nachtfrost.

Stolz hielt Wolfgang den soeben geangelten Karpfen in die Höhe.

Die weiße Engelmacherin war eine Frau, die vor der Legalisierung von Schwangerschaftsabbrüchen in Bedrängnis geratenen Frauen half, einen Abort herbeizuführen, nur in den seltensten Fällen mit medizinischen Methoden, von sterilem Umfeld und entsprechender Nachsorge ganz zu schweigen. So kam es schon einmal vor, dass die Engelmacherin bei einem Abort gleich zwei Engerln fabrizierte. Neben dem Ungeborenen wurde auch aus der Mutter ein Engerl.

Und so handelte eine dieser Schauergeschichten des Grauensees von der weißen Frau, die nächtens auf der kleinen Insel im See erscheint. Wehklagend, weil ihre Opfer sie jede Nacht quälten. Zwar kannten die beiden Fischer niemanden, der die weiße Frau jemals gesehen oder gehört hatte, die alten Frauen in den Dörfern rund um den See aber erzählten von früher, als die Frau noch regelmäßig erschienen war. Und deswegen sei es auch verboten, die Insel zu betreten.

Das einzige, was daran stimmte, war die Tatsache, dass man die Insel tatsächlich nicht betreten durfte. Das aber hatte die Forstverwaltung der Bezirkshauptmannschaft Drosendorf nur deshalb angeordnet, weil sie die Insel als natürliches Biotop erhalten wollte. Als Refugium für Tiere, die sich hier in völlig unberührter Natur frei bewegen konnten, ohne von Menschen gestört zu werden.

Eine weitere Schauergeschichte handelte von Strudeln und Untiefen im See, gar ein Nachkomme des Ungeheuers vom Loch Ness soll hier schon gesichtet worden sein.

Ein Grund mehr, sich an die Verordnung zu halten.

Auch die beiden Fischer hielten sich strikt an dieses Verbot. Nicht, dass sie Angst vor der weißen Frau oder gar einem See-Ungeheuer gehabt hätten. Nein: Wenn von den Fischern jemals einer beim Betreten der Insel erwischt würde, wäre er seine Fischerlizenz los. Und auf die wollten sie am ertragreichen Grauensee auf gar keinen Fall verzichten.

Warum sich diese Gerüchte so hartnäckig hielten, konnte niemand so genau sagen. Meistens wurde man mit der lapidaren Bemerkung abgespeist, dass der See nicht umsonst Grauensee heiße. Dabei hätte ein Blick auf die alte Landkarte genügt, die im Sitzungssaal des Bezirksamtes in Drosendorf hing. Die Karte stammte aus dem Jahr 1784 und dort stand: »zum graven Theych«, also zum grauen Teich. Der Name hatte also nichts mit dem Grauen an sich zu tun, sondern mit der Farbe des Sees, welcher sich angesichts der häufig hier vorkommenden Nebel oft grau gebärdete. Vor allem morgens und während der Dämmerung wies er oft eine dunkelgraue Färbung auf.

Dass allerdings ein paar Monate später tatsächlich ein Grauen hier entdeckt werden würde, konnten die beiden Fischer natürlich nicht vorausahnen.

Sie wunderten sich allerdings über ein buntes Stück Stoff, das an die Insel angeschwemmt worden war.

»Komm, das sehen wir uns an«, meinte Wolfgang neugierig.

»Ich weiß nicht«, wandte Franz ein. »Man darf doch gar nicht auf die Insel, das ist doch verboten.«

»Wer sagt denn etwas von auf die Insel. Wir fahren einfach dahin und holen den Fetzen ab.«

»Na gut, wenn du meinst.«

Die beiden setzten sich in ihr Ruderboot und fuhren zu der kleinen Insel. Mit dem rechten Ruder schnappte sich Wolfgang das Teil und hob es ins Boot hinein.

»Scheint ein Kopftuch oder Halstuch zu sein. Auf jeden Fall elegant. Das nehme ich mit. Könnte ich ja in die Putzerei bringen und meiner Frau schenken.«

»Alter Geizkragen. Womöglich schenkst du ihr es zum Geburtstag.«

»Wieso eigentlich nicht? Ist eine gute Idee.«

Plötzlich entdeckte Wolfgang etwas.

»Du, da war einer auf der Insel.«

»Wie kommst denn da drauf?«, fragte sein Freund.

»Schau her, diese Spur.« Wolfgang zeigte auf eine Schleifspur, die direkt am Uferbereich des kleinen Inselchens zu sehen war. »Das ist eindeutig ein Boot gewesen.«

»Dann wird's aber Zeit, dass wir hier abhauen. Sonst meint der Revierförster noch, wir wären das gewesen, und dann haben wir den Schlamassel.«

»Jaja, alter Angsthase«, meinte Wolfgang lachend, steckte das Seidentuch in seine Ausrüstungstasche und bedeutete seinem Freund, ja Stillschweigen zu bewahren, indem er den Zeigefinger auf seine Lippen legte.

Gabi Maurer kam etwas bedrückt von ihrem Kaffeekränzchen nach Hause in ihre Wohnung in der Biberacher Memelstraße. Dr. Gernot Heubl, ihr Lebenspartner, mit dem sie nun gut ein Jahr zusammen war, erwartete sie schon und fragte sie, wie es denn gewesen sei.

»Eigentlich wie immer«, antwortete Gabi, »aber da ist etwas, was mir große Sorgen bereitet und was ich unbedingt mit dir besprechen muss.«

»Na, dann schieß los«, antwortete der Wiener, der vor Jahresfrist so plötzlich wie vehement in ihr Leben getreten war.

»Du kennst doch Elvira, meine Freundin vom Kaffeekränzchen?«

»Ja«, sagte Gernot, obwohl er die Elvira nicht genau zuordnen konnte. Ihm waren die Damen von Gabis Kaffeekränzchen eher wurscht.

»Ja, also, die hat eine Tochter. Diese hat seit ein paar Wochen einen neuen Freund, den sie bei sich wohnen lässt. Und jetzt ist der Elvira aufgefallen, dass ihre Tochter in jüngster Zeit immer öfter seltsame Verletzungen hat. Fragt Elvira ihre Tochter, woher diese kommen, sagt sie entweder, sie habe sich gestoßen, sei die Leiter heruntergefallen, zufällig eine Treppenstufe hinabgestürzt oder aber sie habe sich den Kopf irgendwo angeschlagen. Nachdem ihrer Tochter so was früher nie passiert ist, kommt Elvira das inzwischen schon mysteriös vor«, berichtete Gabi mit besorgtem Tonfall.

»Oh«, erwiderte Gernot, der seit fünf Jahren pensionierte forensische Psychiater beim Wiener Innenministerium, »da sollten die Alarmglocken schrillen. Nein, da müssen sie sogar schrillen.«

»Denke ich auch«, meinte Gabi, »deswegen wollte ich dich fragen, ob du da nicht mal ein bisschen helfen könntest.«

»Häusliche Gewalt, liebe Gabi, ist ein Anzeigedelikt«, belehrte Gernot. »Wenn die Tochter von der Elvira keine Anzeige erstattet, gibt es da leider überhaupt keine Möglichkeit, um zu intervenieren. Ich würde vorschlagen, die Sache weiter zu beobachten. Wenn diese Verletzungen nicht aufhören, schalt' mer den Wiggerl ein.«

»Den Ludwig?«, frage Gabi mit einigem Unverständnis.

Ludwig Hirschberger, ebenfalls pensioniert, allerdings schon ein paar Jährchen länger als Gernot, war Fallanalytiker bei der Wiener Kripo gewesen. Als gebürtiger Biberacher hatte er vor Jahresfrist Gabi und Gernot unfreiwillig zusammengebracht und war demzufolge über die Liaison der beiden wenig begeistert. Erst seit ihm Gernot verdeutlicht hatte, dass Ludwig die Situation selbst verschuldet hatte, war er einigermaßen besänftigt. Ludwig hatte Gernot damals nach Biberach geholt, um ihm in einem vertrackten Fall zu helfen. Bei dieser Gelegenheit hatte Gernot die Situation ausgenutzt und Ludwigs erste Liebe Gabi bezirzt. Mit Erfolg, was Ludwig überhaupt nicht passte, weil er sich selbst Chancen ausgerechnet hatte.

»Genau den«, meinte Gernot. »Der Ludwig ist erstens zaach wie ein Lederriemen, zweitens ein Hund und drittens seit knapp einem Jahr Vorsitzender bei der A.g.A.«

»Erstens weiß ich nicht, was die A.g.A. ist, zweitens nicht was ›zaach‹ ist, drittens ist der Ludwig kein Hund und viertens kommt der bestimmt nicht nach Biberach. Und wenn, dann ganz sicher nicht zu uns«, sagte Gabi im Brustton der Überzeugung.

Gernot Heubl war sichtlich überrascht.

»Was, du wusstest nicht, dass der Pie…, äh, der zaache, also der zähe Wiggerl bei der A.g.A. ist? Und du weißt noch nicht einmal, was die A.g.A. ist? Da sieht man wieder einmal, wie fortschrittlich wir Ösis doch sind. Die A.g.A. ist eine wunderbare Einrichtung und heißt ›Angehörige gegen Angst‹.«

»Und was macht diese A.g.A.?«

»Wenn zum Beispiel ein Angehöriger wie deine Freundin das Gefühl hat, jemand ist Opfer häuslicher Gewalt geworden, und wenn das Opfer Angst hat, sich überhaupt gegenüber jemandem zu äußern, dann können besorgte Angehörige, es sind meistens Mütter oder Schwestern, die A.g.A. beauftragen, sich darum zu kümmern. In Ausnahmefällen wenden sich auch Kolleginnen der Opfer an diesen Verein. Die A.g.A. untersucht zunächst einmal sehr sensibel den Fall. Wenn ihre Leute dann allerdings den Verdacht bestätigen können, rücken sie sowohl dem Täter als auch dem Opfer gewaltig auf den Pelz.«

Heubl war völlig in seinem Element und sprach weiter: »Die A.g.A. besteht zu 90 Prozent aus pensionierten Kriminalern, denen fad ist. Und der Wiggerl ist einer von denen. Übrigens der mit Abstand erfolgreichste!«

»Der Lude macht so was?«

»Ja, du kennst ihn ja. Wenn der sich in etwas hineinverbeißt, ist der wie ein Pitbull. Da lässt der nicht mehr locker. Deshalb sag ich ja, der ist ein Hund.«

»Du kannst aber den Ludwig nicht einfach einer Gefahr aussetzen«, meinte Gabi.

»Mach dir um den mal keine Sorgen, der kann sich wehren.«

»Vergiss nicht, der wird bald 70. Der Jüngste ist er also nicht mehr!«

Gernot grinste.

»I mechat jedenfalls ned raafat werdn mit eahm.«

»Jetzt redest du wieder in deinem Wiener Kauderwelsch, das versteht doch kein Mensch«, monierte Gabi.

»Ich würde jedenfalls nur höchst ungern mit ihm raufen«, übersetzte der Wiener.

»Der Ludwig war in seiner Jugend nie ein Raufbold, hatte nie eine Schlägerei und war auch sonst höchst friedliebend.« Gabi wirkte richtig empört.

»Stimmt, der ist auch heute noch kein Raufbold, aber trotzdem sehr wehrhaft. Kannst du dich noch erinnern, als wir im vorigen Jahr die Entführungsfälle am Bodensee aufgeklärt haben und der Ludwig ganz nebenbei noch einen Doppelmörder überführt hat?«

»Ja klar kann ich mich erinnern.« Für Gabi war es, als sei es erst gestern gewesen.

»Aber was dir der Pief…, äh, der Ludwig damals nicht erzählt hat, war, dass ihn dieser Riesenkerl und gefährliche Verbrecher Bruno Beehr völlig unvermittelt angegriffen hatte. Dass dieser Zwei-Meter-Koloss plötzlich hinter ihm stand und ihn erwürgen wollte!«

»Um Gottes willen, davon hat er mir nie erzählt«, sagte Gabi geschockt.

»Tja, und als die anderen Beamten sofort mit entsicherter Waffe in den Raum stürzten, fanden sie diesen lebensgefährlichen Mörder, diesen Psychopathen reglos und röchelnd auf dem Boden liegen. Mit einem einzigen Schlag niedergestreckt von deinem ach so wehrlosen Wiggerl. Ich rate keinem, sich mit dem anzulegen!«

Gabi war sprachlos, so etwas hätte sie bei Ludwig nie vermutet. Sie hatte ihn für einen reinen Schreibtischtäter gehalten, so wie Gernot, ihren neuen Lebenspartner. Im Grunde genommen war Ludwig auch ein Schreibtischtäter, er hatte allerdings alle Selbstverteidigungskurse, die das Ministerium angeboten hatte, erfolgreich absolviert. Ganz im Gegensatz zu Gernot. Der forensische Psychiater hatte sich vor solchen Lehrgängen, so gut es ging, immer gedrückt.

»Also, lass den mal ruhig diesen Job mit Elviras Tochter machen, der ist mit allen Wassern gewaschen«, meinte Gernot.

Zwei Wochen später – Sabines »Unfälle« hatten nicht aufgehört, sondern waren eher häufiger und vor allem schlimmer geworden – fand Gernot, dass es nun an der Zeit sei, Ludwig einzuschalten.

Wenigstens das Telefonat übernahm Gernot. Für Gabi wäre es hochnotpeinlich gewesen, hätte sie ihren Jugendfreund anrufen müssen.

Der wunderte sich zunächst auch sehr, dass sich sein früherer Kollege und Freund bei ihm meldete. Als Gernot am Telefon die Probleme von Elviras Tochter näher schilderte, war der Biberacher Fallanalytiker auch als Vorsitzender der A.g.A. sofort elektrisiert und versprach, umgehend zu kommen. Allerdings nur, wenn Gernot Heubl für die Kosten aufkomme. Ludwig bekam zwar eine höchst auskömmliche Beamten-Pension, war aber lange nicht so vermögend wie Heubl, der von einer weitläufigen Tante, die er nur flüchtig gekannt hatte, ein beachtliches Vermögen geerbt hatte, dieses aber wie seinen Augapfel hütete. Ludwig war überzeugt, dass noch nicht einmal Gabi wusste, wie reich Gernot in Wirklichkeit war.

»Also Aktensau, ich komme. Du holst mich in Altenrhein ab!«

Ludwig nannte Gernot gerne die »Aktensau«. Zu diesem Spitznamen war der forensische Psychiater gekommen, weil er Akten mit einer abartigen Geschwindigkeit lesen und sich diese phänomenal gut merken konnte. Auch nach Jahrzehnten konnte er noch wichtige Sätze wörtlich zitieren.

»Geh, muss das der Flieger sein, kannst net mit der Kraxn kommen?«

Da war er wieder, der alte Geiz des Dr. Heubl.

»Willst jetzt, dass i komm? Auf jeden Fall mach ich das nicht mit meinem eigenen Wagen.«

»Geh leck mi in Oasch.«

Das war zwar einigermaßen ordinär, störte Ludwig aber überhaupt nicht, denn das bedeutete bei Gernot Zustimmung, wenn auch nur widerwillig. Aber Ludwig kannte den alten Grantler lange genug, um seine flapsigen

Bemerkungen richtig einzuschätzen. Außerdem war Heubl ihm noch etwas schuldig.

Schon am nächsten Tag kamen Gernot und Gabi an den kleinen schweizerischen Flughafen Altenrhein am Bodensee, um Ludwig dort abzuholen.

Auf dem Rückweg nach Biberach wurde noch Rast in Eichenberg eingelegt, einem Ort auf dem Pfänder-Rücken, oberhalb von Lochau mit einer geradezu atemberaubenden Aussicht über den Bodensee. In der Tat: Auch an diesem Tag lag ihnen das Schwäbische Meer azurblau zu Füßen, schimmerten die Schweizer Berge im Süden und ganz am Ende vom Obersee konnten sie am Horizont die Spitze des Konstanzer Münsters erahnen, während sich im Vordergrund die Inselstadt Lindau frech in den See hineinpflanzte und die Bucht von Bad Schachen sich wie ein Foto aus einem Reisekatalog anfügte. Auch Wasserburg, Langenargen mit dem Schloss Montfort und – etwas im Dunst gelegen – Friedrichshafen waren im Hintergrund zu erkennen. Von dort flog ein mächtig wirkender Zeppelin gerade Touristen über den See. Auf der linken Seite war die Stadt Bregenz zu sehen, dahinter der Rohrspitz, die unglaublich lange, künstlich in den See gebaute Rhein-Mündung, vor dem Flugplatz Altenrhein, auf dem Ludwig kurz zuvor gelandet war, und etwas weiter entfernt Rorschach am schweizerischen Bodenseeufer.

Aber Ludwig, der es sichtlich genoss, seine ursprüngliche Heimatregion in aller Pracht wiederzusehen, wurde bald daran erinnert, dass er nicht wegen der traumhaften Sicht hinunter auf den Bodensee hierhergekommen war.

Während des Mittagessens in einem vornehmen Lokal schilderten Gabi und Gernot ihm den Fall der Sabine ganz genau. Während Gabi noch immer das Gute im Menschen suchte, ahnten die beiden ehemaligen Kriminalbeamten, was hier gespielt wurde. Und beiden war klar: Hier war Gefahr im Verzug. Und zwar erkennbar große Gefahr. Ihre beruflichen Erfahrungen und vor allem Ludwigs Erlebnisse als freiwilliger Mitarbeiter der A.g.A. in Wien signalisierten ihnen, dass hier sofortiger Handlungsbedarf bestand.

Das hinderte Heubl jedoch nicht, beim Verlassen des österreichischen Lokals noch ein Loblied auf seine Heimat zu singen.

»Das ist Österreich, Freunde. In seiner ganzen Pracht.«

»Na ja«, meinte Ludwig, »früher klang das auch mal anders.«

Er spielte dabei auf Bemerkungen Heubls auf die Vorarlberger an. Die hatte der Psychiater während ihrer gemeinsamen Dienstzeit immer als »Gsiberger« beschimpft.

Auf der Weiterfahrt nach Biberach lieferte Gernot Heubl dem Fallanalytiker weitere Informationen.

»Der Freund von der Sabine ist übrigens ein Wiener.«

»Ach was, so ein Zufall. Aber wie wir beide wissen, gibt's da auch genügend schaurige Menschen. Hast in deinem Gedächtnis schon nachgekramt? Ist dir der Kerl bekannt?«, stieg Ludwig gleich in den Fall ein.

»Leopold heißt er, mit Vornamen. Mehr ist nicht bekannt. Und mir ist nie ein Leopold in Zusammenhang mit häuslicher Gewalt untergekommen, jedenfalls nicht bis zum Juni 2013, als ich meine Pension angetreten habe.«

»Ich brauche dringend ein Bild von dem Kerl. Kann mir

die Mutter von dieser Sabine eines besorgen?«, fragte der Profiler voller Tatendrang.

»Ist schon erledigt«, meinte Heubl, »ich hab's sogar schon vergrößern lassen, damit du es rumzeigen kannst. Darum geht's dir doch, oder?«

»Klar, diese Typen handeln meistens nicht zum ersten Mal so rabiat. Und nie, ich betone, nie sagen die Opfer gegen diese Grobiane aus. Viel zu verängstigt sind sie. Deshalb haben wir auch die A.g.A. gegründet.«

»Der Gernot hat mir schon von diesem Verein erzählt«, meinte Gabi. »Seid ihr denn damit erfolgreich?«

»Inzwischen schon. Anfangs gab es riesige, fast unlösbare Probleme, die beinahe zum Verbot geführt haben, aber nachdem die Presse immer positiver über uns geschrieben hat und in der Nachrichtensendung ›Zeit im Bild‹ einige Male von unseren Erfolgen berichtet wurde, ging's immer besser.«

»Komisch, dass es bei uns so was nicht gibt!«, wunderte sich Gabi.

»Ihr hier in Deutschland könnt alles, außer – gscheite Institutionen gründen«, spottete Gernot.

»Ja, und zwischenzeitlich ist es so, dass wir fast unseren Namen ändern müssten. Inzwischen rufen uns sogar schon Nachbarn an, wenn ihnen Ungewöhnliches auffällt, was in Richtung häusliche Gewalt gehen könnte.« Ludwig sprach nicht ohne Stolz über den von ihm mitbegründeten Verein.

»Aber da habt ihr es doch sicher mit unzähligen Denunzianten zu tun?«

»Klar, aber nach ein bis zwei Besuchen merke ich, was Sache ist«, erläuterte Ludwig.

»Weißt du, Gabi, der Wiggerl sieht es den Menschen an, wenn sie ihre Partner schlagen und treten«, sagte Gernot grinsend.

»Und du siehst das tatsächlich?«, fragte Gabi und sah Ludwig dabei ungläubig an.

»Natürlich. Nur ein Beispiel: Neulich war ich in Kärnten ein paar Tage im Urlaub. Als ich am Abend im Speisesaal gegessen habe, fiel mir ein Ehepaar aus Leipzig auf. Ich erkannte sofort, dass der Typ seine Frau schlägt. Daraufhin habe ich mich später vor das Zimmer des Paares postiert und alsbald festgestellt, dass dieser Kerl seine Frau verprügelte. Ich habe an die Tür geklopft und dem Mann unmissverständlich klargemacht, dass ich sofort die Polizei hole, wenn er nicht aufhört. Danach war Ruhe.«

»Und dann?« Gabi war richtig neugierig geworden.

»Schon am nächsten Morgen sind die beiden abgereist. Überhastet sogar. Ich habe mich aber noch geoutet als der, der an die Zimmertür gepoltert hatte, und habe der Frau mein Kärtchen gegeben von der A.g.A. Ich habe sie aufgefordert, im Wiederholungsfall zur Polizei zu gehen und dem Mann ein Näherungsverbot auferlegen zu lassen, habe dann aber nie mehr etwas gehört.«

»Einfach abgehauen?«

»Ja klar. Ich kann die Polizei zwar rufen, aber anzeigen kann ich den Mann nicht, das kann nur das Opfer machen. Aber wenn ich nur energisch genug auftrete, erreiche ich oft schon vieles. Dieses energische Auftreten mögen die meisten dieser Kerle nämlich gar nicht.«

»Und woran siehst du das, dass jemand seine Frau schlägt?«

Ludwig überlegte kurz, was er sagen sollte.

»Wenn ich das so schnell erklären könnte. Es ist, ganz ehrlich gestanden, eher ein Bauchgefühl. Neben unseren analytischen Fähigkeiten benötigen wir Profiler manchmal eine gehörige Portion Bauchgefühl, um bei unseren oft sehr vertrackten Fällen weiterzukommen. Es sind meistens nur Kleinigkeiten. Manchmal Blicke, manchmal Handbewegungen und manchmal auch der Gesamteindruck eines Menschen«, erklärte Ludwig.

»Du meinst wohl eines Mannes!«, empörte sich Gabi.

»Oh nein, Menschen. Du täuschst dich sehr, wenn du glaubst, nur Frauen seien häuslicher Gewalt ausgesetzt; das können durchaus auch Männer sein, die zum Opfer werden. Aber: Diese Fälle sind natürlich viel seltener. Letztlich bin ich dank dieser teils angeborenen, teils erworbenen Fähigkeiten zum A.g.A.-Handelnden geworden.«

»Und das machst du in Wien immer?«, bohrte Gabi weiter.

»Nicht täglich, aber relativ oft.«

»Und wenn jetzt so ein Kerl dich mal bedroht, was machst du dann?«

»Das ist sogar der Idealfall. Dann kann nämlich ich die Koll…, äh, die Polizei rufen.«

»Und außerdem kennt er a paar wirklich guate Tricks, der Piefke«, mischte sich Gernot Heubl ein.

Ludwig checkte genau in dem Hotel ein, aus dem man ihn vor über 20 Jahren einmal hinausgeworfen hatte. Am Schützenfest, als er selbst fälschlicherweise unter Mordverdacht geraten war. Doch das focht ihn heute nicht mehr an. Das Hotel hatte er wegen seiner günstigen Lage gezielt ausgesucht.

Er hatte sich vorgenommen, mit dem Fahrrad zu fahren, denn zuerst musste er die ganze Situation beobachten. Dabei war es wichtig, zunächst selbst nicht erkannt zu werden. Diese Erfahrung hatte Ludwig bei seinen zahlreichen Einsätzen für die A.g.A. gemacht. Deshalb lieh er sich Gabis Fahrrad aus. Dass es ein Damenrad war, störte ihn dabei nicht, trug dies doch zu seiner Tarnung bei. Eher störte es ihn, dass es sich um ein E-Bike handelte. Gerne hätte er mehr für seine Fitness getan, war sich aber seiner Faulheit bewusst. Den Hilfsmotor würde er wohl immer dann einschalten, wenn ihm ein Berg oder der Wind Mühe bereiteten.

Am nächsten Morgen kam die Mutter von Sabine Grässle, dem vermeintlichen Opfer, zu Gabi, um Ludwig zu treffen. Ludwig war überrascht, dass er die schlanke Seniorin in ihrem großkarierten, bunten Kleid sogar kannte. Er hatte sie wie die anderen Damen von Gabis Kaffeekränzchen vor gut einem Jahr bei einem gemeinsamen Ausflug auf die Insel Mainau kennengelernt. Elvira Grässle schilderte ihm beredt, was sie beobachtet hatte: Dass ihre Tochter Sabine, seit sie mit diesem Herrn Leopold zusammen sei, immer öfter Blutergüsse habe. Sie sei unglücklich gestürzt oder habe sich den Kopf angehauen, sage sie ihrer Mutter dann immer. Die hielt dies freilich für eine Lüge.

»Das ist ihr früher nie passiert, erst seit dieser Kerl bei ihr eingezogen ist.«

Alleine schon bei diesem Satz schrillten bei Ludwig die Alarmglocken.

»Kennen Sie diesen Leopold?«

»Nicht genau«, meinte Elvira Grässle, »bis vor ein paar Wochen, als Sabine noch solo war, war ich mindestens alle drei Tage bei ihr. Wir sind regelmäßig zum Einkaufen gegangen, haben am Wochenende lange Wanderungen unternommen und haben gelegentlich mit ihren türkischen Nachbarn im Garten zusammengesessen. Aber seit sich dieser Leopold bei ihr eingenistet hat, will sie mich gar nicht mehr in die Wohnung lassen. Und dabei sollte es nur vorübergehend sein. Er wohnt eigentlich in Ulm, arbeitet aber hier in Biberach. Und damit er nicht jeden Tag hin- und herfahren muss, hat ihm Sabine angeboten, bei ihr unterzukommen.«

»Ist er schon hier gemeldet?«

»Keine Ahnung, aber sein Auto hat noch eine Ulmer Nummer.«

Alles, was Elvira Grässle schilderte, nährte in Ludwig den Verdacht, dass es sich tatsächlich um häusliche Gewalt handelte. Es erstaunte ihn jedes Mal aufs Neue, wie schnell es diesen Typen immer wieder gelang, sich bei ihren Opfern einzuladen. Aber aus seiner Arbeit in der A.g.A. wusste er, dass diese Männer zumeist einen ungewöhnlichen Charme dabei entwickelten, ihre Opfer zu umgarnen. Meistens besaßen sie ein außergewöhnliches Einfühlungsvermögen. In Ludwig wuchs die Überzeugung, dass dies auch in diesem Fall gegeben war.

»Frau Grässle, seien Sie versichert, dass ich Ihrer Tochter helfen werde, sollte sie tatsächlich meine Hilfe benötigen.«

»Das ist großartig, Herr Hirschberger, jetzt bin ich viel ruhiger, weil ich weiß, dass Sie sich der Sache annehmen. Übrigens: Der Herr Leopold ist aus Wien.«

»Gernot hatte es mir schon gesagt. Woher wissen Sie das?«

»Ganz am Anfang, als mir die Sabine den Herrn Leopold vorgestellt hatte, hat er es mir gesagt.«

»Und seinen Nachnamen kennen Sie nicht?«

»Nein, jetzt, wo Sie das sagen, fällt mir das erst auf!« Elvira Grässle wirkte plötzlich überrascht.

Auch dieses Phänomen war Ludwig bestens bekannt. Diesen Typen gelang es immer wieder, alles von ihren »Freundinnen« zu erfahren, aber von sich selbst gar nichts preiszugeben.

»Kennen Sie seine Autonummer?« Ludwig wollte so viele Informationen wie möglich einsammeln.

»Nur, dass es UL für Ulm hat.«

»Welche Marke? Wissen Sie das?«

»Ja, es ist ein Audi, ein dunkler Audi.«

Ludwig notierte sich die Adresse von Sabine Grässle. Sie wohnte in der Uhlandstraße auf dem Galgenberg. Diese Straße kannte Ludwig, ein Schulfreund hatte früher dort in der Nähe gewohnt.

»Es ist ein Reihenhäuschen. Sie hat es von der Schwester meines verstorbenen Mannes geerbt. Die hatte Krebs.«

Ludwig wollte sich noch am selben Tag ein Bild machen. Er musste die Autonummer notieren und herausfinden, um wen es sich überhaupt handelte. Und er würde in Wien Erkundigungen über diesen Mann einholen. Vielleicht lag ja schon Einschlägiges gegen ihn vor. Das war sogar sehr wahrscheinlich. Denn meistens waren es Wiederholungstäter, mit denen es Ludwig da zu tun bekam.

Elvira Grässle hatte ihm nach dem Gespräch außerdem ein Foto ihrer Tochter, des mutmaßlichen Opfers, überreicht. Es zeigte eine junge, lebenslustige Frau. Eine dunkelhaarige, zierliche Person, ihrer Mutter nicht unähnlich. Sie trug auf dem Foto einen dunkelblauen Hosenanzug, der sie fast knabenhaft wirken ließ, hätte sie ihr Haar nicht zu einem Pferdeschwanz gebunden.

Und er würde zu Gerlinde Lüscher gehen und sie über seinen neuen »Fall« in Kenntnis setzen. Wenn der Mann die Polizei rief, wollte er sich wenigstens bei ihr abgesichert haben. Gerlinde Lüscher war als Kommissarin im Biberacher Revier für Kapitalverbrechen zuständig. Durch frühere Fälle war Ludwig mit ihr bestens bekannt und hatte ein sehr vertrauensvolles Verhältnis zu ihr aufgebaut.

Zuerst rief Ludwig bei seiner ehemaligen Dienststelle in Wien an. Sein Nachfolger, ein Magister Thomas Egger, war ein waschechter Kärntner, der Ludwig richtig ans Herz gewachsen war. Seine Ernsthaftigkeit imponierte ihm und um seine Lebensfreude beneidete er ihn.

»Servus Thomas.«

»Hallo Chef, was treibst denn schon wieder?«

Obwohl Ludwig schon neun Jahre »Pensionist« war, nannte ihn Egger immer noch seinen Chef, denn er hatte immer noch eine große Hochachtung vor seinem Mentor von einst. Ludwig hatte ihn in die Praxis eingeführt, ihm höchst einfühlsam beigebracht, welche Inhalte, die man auf der Universität und in unzähligen Kursen gelernt hatte, für die tägliche Arbeit wichtig waren und welche nicht. Über die Jahre hatte sich so eine wunderbare Männerfreundschaft zwischen den beiden entwickelt.

Meistens, wenn Ludwig ihn wie jetzt anrief, brauchte er irgendwelche Informationen für die A.g.A. Thomas Egger hielt diese Institution für einen absoluten Segen und unterstützte diesen Verein, wo immer er konnte und soweit es ihm die gesetzlichen Vorgaben erlaubten. Dass er Ludwig manchmal auch darüber hinaus Informationen zukommen ließ, brauchte ja niemand zu wissen. Auf Ludwigs tausendprozentige Diskretion konnte er sich sowieso verlassen.

»Hör, Thomas, ich befasse mich gerade in meiner Geburtsstadt Biberach mit einem Fall häuslicher Gewalt. Nachdem der Delinquent wahrscheinlich aus Wien stammt, werde ich dich wohl in den nächsten Tagen kontaktieren.«

»Hast du nähere Daten?«

»Noch nicht, ich fange gerade erst mit dem Fall an. Der Mann, dessen Identität ich noch nicht genau kenne, hat sich bei der Tochter einer Bekannten einlogiert und die Bekannte fürchtet, dass er ihrer Tochter gegenüber immer gewalttätiger wird.«

»Alles klar, Chef, ich stehe Gewehr bei Fuß und warte auf deine Nachricht.«

Anschließend begab sich Ludwig auf die Biberacher Polizeidienststelle. Gerlinde Lüscher kam gleich auf Ludwig zu und umarmte ihn.

»Hallo Ludwig, so eine Überraschung, was führt dich denn nach Biberach?«

»Na, ja, wenn du mir keine Fälle mehr lieferst, hole ich mir halt selbst welche«, antwortete der ehemalige Fallanalytiker und lachte dabei.

Er erzählte Gerlinde von seiner Tätigkeit bei der A.g.A., was die Kommissarin sofort fesselte.

»Mann, so eine Organisation sollte es bei uns auch geben«, meinte sie. »Ich werde das gleich mal dem Dr. Bellmann vorschlagen.« Sie meinte den Leitenden Oberstaatsanwalt Dr. Rüdiger Bellmann. »Warte, der ist ja gerade im Hause. Der freut sich bestimmt, wenn er dich sieht.«

Beide gingen ein Stockwerk nach oben, wo Bellmann über einer Akte brütete.

»Ja, da schau an, der Herr Hirschberger besucht uns. So eine Freude.«

Bellmann war nicht das, was man eine einfache Persönlichkeit nannte, hatte aber zu Ludwig ein sehr gutes Verhältnis. Schließlich war der ehemalige Wiener Profiler nicht ganz unbeteiligt am Aufstieg des Saarländers gewesen. Vor Jahresfrist konnte beispielsweise eine mysteriöse Entführungsserie am Bodensee und ein Doppelmord dank der großen Mithilfe von Ludwig aufgeklärt werden. Ludwig hatte die Lorbeeren nach dem Fahndungserfolg gönnerhaft dem Leitenden Oberstaatsanwalt überlassen.

»Heute will der Ludwig mal was von uns«, begann Gerlinde das Gespräch. Sie erklärte Bellmann, dass Ludwig Gründungsmitglied der A.g.A. sei, und beschrieb ihm die Tätigkeit dieser Organisation.

»Ja und der Dr. Heubl hat gemeint, im Bekanntenkreis

von Frau Gabi Maurer gebe es einen Fall, um den ich mich kümmern sollte. Nachdem es die A.g.A. aber hier gar nicht gibt, wollte ich Sie vorher in jedem Fall informieren.«

Ludwig erinnerte sich noch gut, dass man beim Oberstaatsanwalt ohne Umschweife auf den Punkt kommen sollte.

»Wie immer sehr korrekt, unser lieber Freund. Aber sagen Sie mal, diese A.g.A., das ist ja eine ganz tolle Organisation, das könnten wir hier auch ganz gut gebrauchen. Sie wissen ja, wie sehr uns die Hände gebunden sind und wir nichts, aber auch gar nichts unternehmen können, wenn so ein Opfer nicht von sich aus Anzeige erstattet.«

»Was es aber aus Angst meistens nicht tut«, ergänzte Ludwig, »und so sind es meistens die Angehörigen, die sich bei der Polizei melden, die aber nicht aktiv werden kann. Deswegen heißt unser Verein auch ›Angehörige gegen Angst‹, was den Tatsachen ziemlich entspricht.«

»Und was tun Sie da genau?«

Dass der Leitende Oberstaatsanwalt diese Frage stellen würde, hatte Ludwig erwartet.

»Zuerst beobachten, die Situation in Augenschein nehmen, überprüfen, ob sich die Angst der Angehörigen als berechtigt herausstellt. Was nicht immer der Fall ist. Hin und wieder rücken wir aus und dann stellt sich heraus, dass nur eine Schwiegermutter ihren ungeliebten Schwiegersohn loswerden will. Wenn wir aber feststellen, dass die Angst berechtigt ist, zeigen wir Präsenz.«

Ludwig dozierte wieder einmal.

»Präsenz? Wem gegenüber?«, fragte Bellmann neugierig nach.

»Dem Delinquenten gegenüber. Er soll das Gefühl bekommen, dass er unter Beobachtung steht, dass wir wissen, was er tut.«

»Wie stelle ich mir das vor?«, bohrte der Staatsanwalt weiter.

»Das beginnt damit, dass wir vor dem Haus Wache beziehen. Wenn wir dann den Eindruck bekommen, es tut sich etwas in der Wohnung, gehen wir schon einmal zur Tür und klingeln. Dabei ziehen wir die Schraube nach jedem Vorfall an, kommen auch mal zu zweit oder zu dritt und steigen dem Mann ordentlich auf die Zehen.«

»Und danach?«

»Wenn sich diese Maßnahme als unwirksam herausstellt, nehmen wir zum Opfer selbst Kontakt auf. Meistens tun wir das, wenn es gerade einmal alleine zu Hause ist, sofern wir Einlass finden. Dann informieren wir das Opfer über alle Möglichkeiten, die wir ihm anbieten können, und versuchen natürlich, es zur Anzeige zu überreden. Dem Delinquenten gegenüber werden wir immer renitenter. Wir schreien den schon mal auf offener Straße an, werfen ihm vor, dass er seine Frau schlage. Dabei hoffen wir, dass er uns anzeigt, weil dann die Angelegenheit aktenkundig wird und von Amts wegen untersucht wird.«

»Interessant«, unterbrach Dr. Bellmann.

»Der nächste Schritt ist, dass wir an die Arbeitsstelle des Täters gehen und mit Kollegen über den Mann reden. Die geben sich meistens völlig überrascht und glauben uns zunächst gar nicht, dass ihr liebenswerter Kollege zu solch einer Tat fähig ist.«

»Poh, das finde ich gut. Richtig gut.« Bellmann war beeindruckt.

»Wir gehen auch mal in das Stammbeisl, äh, in die Stammkneipe des Täters und erzählen dort, mit welchem Typ es die anderen Gäste zu tun haben. Immer mit der Hoffnung verbunden, dass wir wegen Verleumdung angezeigt werden.«

»Und dabei überschreitet ihr nie die Grenze?«, fragte Gerlinde dazwischen.

»Ganz ehrlich? Hin und wieder schon. Aber der A.g.A. gehören ja nicht nur ehemalige Kriminalbeamte an, sondern auch pensionierte Staatsanwälte und Richter, da sind wir eigentlich immer auf der sicheren Seite.«

»Ein faszinierender Verein!«, fabulierte der Leitende Oberstaatsanwalt. »So was müsste es bei uns auch geben. Und jetzt wurden Sie für solch einen Fall nach Biberach geholt?«

»Ja genau. Und bevor ich meine Arbeit aufnehmen werde, wollte ich Sie vorher darüber in Kenntnis setzen.«

»Gute Idee, Herr Hirschberger, sehr gute Idee. Bei Ihnen weiß ich, dass Sie sich nie über Ihre Rechte hinwegsetzen würden. Deshalb kann ich getrost auf eine Belehrung verzichten«, meinte der wieder tadellos gekleidete Staatsanwalt. Und an Gerlinde gewandt: »Frau Lüscher, Sie unterstützen den Herrn Hirschberger im Rahmen Ihrer rechtlichen Möglichkeiten, so gut Sie es können.«

Ludwig war hochzufrieden. Das war ganz genau das, was er sich erhofft hatte. Grünes Licht von den Behörden. Dass ihm sogar noch Unterstützung angeboten wurde, war natürlich die Krönung des Ganzen.

»Aber Sie halten uns schon auf dem Laufenden«, ermahnte ihn der Oberstaatsanwalt.

»Ehrensache und Selbstschutz«, antwortete Ludwig.

Als sie wieder im Büro von Gerlinde Lüscher waren, rief sie einen jungen Polizeiobermeister namens Ralf Biechele in ihr Büro.

»Biechele, das ist Herr Hirschberger.«

»Den kenne ich, der hat letztes Jahr die Morde und die Entführungsserie geklärt«, zeigte sich der junge Beamte gut informiert.

»Ja und jetzt ist er an einem Fall nicht zur Anzeige gebrachter häuslicher Gewalt dran. Das heißt, er ermittelt nicht offiziell, hat uns aber informiert. Herr Hirschberger muss sehr behutsam vorgehen. Sie wissen ja: keine Anzeige, keine Ermittlungen. Der Ludwig macht das aber auf privater Basis, also kann er tun und lassen, was er will. Sollte er unsere Dienste in Anspruch nehmen müssen, sind Sie das Verbindungsglied. Sie sind hiermit befugt, Herrn Hirschberger unter die Arme zu greifen, ohne sich bei mir rückversichern zu müssen. Klar?«

»Sonnenklar«, gab der junge sympathische Beamte zurück.

Unmittelbar nach diesem Gespräch fuhren Ludwig und POM Biechele in die Uhlandstraße zur Wohnung von Sabine Grässle. Der Ulmer Audi stand vor der Türe. Personen waren keine zu sehen.

»Ich sollte wissen, auf wen dieses Fahrzeug zugelassen ist, Herr Biechele.«

»Das haben wir gleich«, meinte der Beamte unkompliziert und machte eine Halter-Abfrage. Bereits nach kurzer Zeit kam die Antwort aus dem Funk-Gerät:

»Das Fahrzeug ist auf einen Mann namens Leopold

Schmölzl gemeldet, wohnhaft in Ulm-Söflingen, Harthauser Straße. Geboren am 12. Mai 1982 in Wien.«

Ludwig notierte sich alles in sein Büchlein.

»Das hätten Sie jetzt aber nicht hören dürfen, Herr Hirschberger«, meinte der Polizist mit einem Lächeln.

»Ich hab nichts gehört«, sagte Ludwig schmunzelnd. »Aber schon gar nichts. Übrigens Herr Biechele, hier wohnt die Dame. Und auch dieser Herr Schmölzl. Ich bin mir sicher, dass der hier in der Uhlandstraße oder sonst in Biberach noch nicht einmal gemeldet ist.«

»Auch das haben wir gleich.«

POM Biechele erwies sich als sehr kooperativ und fragte sofort nach. Der junge Beamte wirkte auf Ludwig mit seiner randlosen Brille und seinen etwas wirr gekämmten Haaren eher wie ein Philosophiestudent. Und nicht wie ein junger Streifenbeamter. Ludwig merkte daran, dass es auch in Oberschwaben zu deutlichen Veränderungen im Polizeiapparat gekommen war.

Auch diese Anfrage wurde prompt beantwortet. Ludwig konnte zwar dieses Mal nicht mithören, aber aus der Reaktion Biecheles konnte er schließen, dass Schmölzl hier nicht gemeldet war.

»Ich will mir jetzt zuerst einmal ein komplettes Bild machen. Danach sehen wir weiter. Bevor ich nicht persönlich überprüft habe, ob dieser Mann gewalttätig ist, machen weitere Schritte überhaupt keinen Sinn.«

Danach fuhren die beiden wieder aufs Polizeirevier zurück.

Von dort machte sich Ludwig gleich auf den Weg zu Gabi. Er musste Heubl sofort den Namen von Schmölzl mitteilen. Wenn etwas gegen den Mann in Wien – zumindest bis zu Gernots Pensionierung – vorgelegen hatte, dann wusste er das garantiert.

Der jedoch konnte mit dem Namen überhaupt nichts anfangen.

»Einen Leopold Schmölzl kenne ich nicht. Habe noch nie was von dem gehört«, meinte Gernot Heubl, der pensionierte forensische Psychiater mit seinem absolut genialen Gedächtnis. »Schmölzl schon, aber ned Leopold.«

Der Name Schmölzl kam in Wien unter den knapp zwei Millionen Einwohnern relativ häufig vor. Dass er Gernot schon einmal untergekommen war, verwunderte Ludwig deshalb nicht.

Damit schien das schon einmal geklärt. Ludwigs Vermutung, dass der Mann in Wien bereits einmal aufgefallen sein könnte, traf zumindest nach Gernots Erinnerung nicht zu. Handelt es sich also doch nicht um häusliche Gewalt, fragte sich der Profiler. Aber Ludwig wäre nicht Ludwig, würde er sich nicht persönlich davon überzeugen wollen.

Auf jeden Fall rief er noch einmal bei Thomas Egger an, seinem Nachfolger in Wien.

»Servus Thomas, ich bin es noch einmal. Ich habe jetzt den Namen des Mannes herausfinden können.«

»Ist das dein Verdacht mit der häuslichen Gewalt?«, fragte Egger nach.

»Ja. Und sein Name ist Leopold Schmölzl. Vielleicht hast du ja was in deinem Archiv drin.«

»In Ordnung, Chef, ich werd nachschauen. Ob ich allerdings gleich morgen dazu kommen werde, kann ich dir nicht versprechen. Ich hab jede Menge zu tun.«

»Mach dir keinen Stress, Thomas, sobald du etwas

weißt, gibst du mir einfach Bescheid«, antwortete Ludwig und verabschiedete sich von seinem Nachfolger.

Noch spät am selben Abend wollte er mit seinen Ermittlungen beginnen.

Zunächst aber wurde er von Gabi und Gernot zu einem gemeinsamen Abendessen eingeladen. Am sonnigen und warmen Abend begaben sich die drei in den »Biberkeller«, einer gemütlichen Gartenwirtschaft am Rande des Gigelbergs. Eine Musikkapelle spielte auf der Tribüne und Ludwig hatte sofort das Gefühl, er wäre auf der »Schützа«, wie die Biberacher ihr jährlich stattfindendes, großes Heimatfest nannten.

Dass Gernot vor einem Jahr in Ludwigs Bemühungen hineingefunkt hatte, sich seiner Jugendliebe wieder anzunähern, wurde natürlich nicht thematisiert. Dafür fragte ihn Gernot nach Katrin Schmitz, die er ebenfalls damals als eines der Entführungsopfer kennengelernt hatte. Durch die Ermittlungen waren sich Ludwig und die deutlich jüngere Katrin nähergekommen.

»Na ja, das hat sich doch merklich abgekühlt«, meinte Ludwig wenig auskunftsfreudig.

»Mir brauchst nix erzählen, Piefke. Schluss ist, oder?«

»Ja, so ist es«, gab der Profiler unumwunden zu. »Katrin hatte mich in Wien besucht. Es waren wundervolle Tage, aber am Schluss hatten wir festgestellt, dass wir beide doch nicht zusammenpassen. Auch Lea war übrigens dieser Meinung«, rutschte es aus Ludwig heraus.

Lea war Ludwigs geschiedene Ehefrau, mit der ihn aber immer noch ein sehr freundschaftliches Verhältnis verband.

»Lea? Wieso Lea, was geht denn die das an?«, rief Gernot erregt aus.

»Wir waren gemeinsam beim Heurigen in Neustift am Walde«, versuchte Ludwig entschuldigend zu erklären.

»Was wart ihr? Wo wart ihr? Beim Heurigen? Gemeinsam? Du, die Katrin und die Lea? Bist denn du wahnsinnig?«

Gernot Heubl empörte sich über das Verhalten des langjährigen Freundes, der wieder einmal alles vermasselt hatte, was mögliche Beziehungen anging.

»Nein, der Norbert war auch dabei.«

Dabei handelte es sich um den jetzigen Mann seiner Ex-Frau, Professor Dr. Norbert di Lenardo, der das Kunsthistorische Museum in Wien leitete.

»Toll, der Norbert war auch dabei, dann ist ja alles gut! Bist denn du irrsinnig geworden, Piefke? Wahnsinnig, deppert?«

»Wieso, da ist doch nichts dabei!«, verteidigte sich Ludwig.

»Nein, da ist nichts dabei. Da besucht dich deine neue Flamme in Wien. Eine Welt-Frau. Und was machst du? Nimmst sie mit deiner Ehemaligen zum Heurigen. Die muss sich ja total blöd vorgekommen sein. Ich wäre da auf der Stelle abgehauen. Hör Wiggerl, du bist ein überdurchschnittlich intelligenter Mensch, aber was den Umgang mit Frauen anbelangt, bist du das größte Rindvieh unter Gottes Sonne!«

»Jetzt übertreib mal nicht!«

»Übertreiben? Übertreiben? Der Einzige, der hier übertreibt, bist du. Und zwar mit einer Blödheit, die zum Himmel stinkt!«

Gernot kam richtig in Fahrt. Kein anderer hätte in diesem Ton und in diesem Jargon mit Ludwig reden dürfen. Noch dazu vor Gabi. Aber der forensische Psychiater genoss bei Ludwig einen Sonderstatus. Der durfte das ungestraft. Niemanden hatte er je so nahe an sich herangelassen wie ihn. Niemand hatte ihm so tief in seine Seele schauen dürfen wie Gernot Heubl, denn niemand außer ihm hatte es geschafft, Ludwig aus jenem unendlichen Tief herauszuholen, in das er geraten war, nachdem Lea ihn vor fast 20 Jahren verlassen hatte.

»Und die Lea hat also gemeint, dass die Katrin überhaupt nicht zu dir passt. Stimmt's?«

»Was findest du denn daran so komisch?« Ludwig gab sich ahnungslos.

»Weil die das bei jeder gesagt hätte, du Irrsinniger!«

»Jetzt bist du aber ungerecht. Die Lea und ich sind geschieden. Wir waren zwar mal zusammen, aber zwischenzeitlich ist sie mit Norbert verheiratet und wir sind lediglich freundschaftlich verbunden. Welchen Grund sollte sie also haben, mir zu sagen, dass die Katrin viel zu jung und zu offen für mich ist?«

»Das ist unfassbar, wie naiv du sein kannst, Wiggerl. Die meisten Frauen sind auch nach der Scheidung eifersüchtig auf die neuen Partnerinnen ihrer Ex-Männer. Das liegt in ihrer Natur begründet.«

»Das glaube ich nicht. Nicht bei Lea!«, beharrte Ludwig.

»Ich könnte mir schon vorstellen, dass der Gernot da recht hat«, mischte sich Gabi ein.

»Ja ja, helft nur zusammen, ihr beiden, immer drauf auf die kleinen Dicken!«

Ludwig sagte das aber mit einem Augenzwinkern und versöhnlich. Dennoch beschäftigte ihn, was Gernot da behauptet hatte, als er kurz vor 22 Uhr ins Hotel zurückkam. Hatte Lea wirklich ein Interesse daran gehabt, ihn und Katrin auseinanderzubringen? Retrospektiv betrachtet könnte das sehr gut sein, hatte sie doch kein gutes Haar an Katrin gelassen. Aber das war alles Schnee von gestern und zu Ludwigs Gegenbesuch mit Katrin in deren Geburtsstadt Köln würde es wohl nie kommen. Zwar stand Katrins Einladung noch, aber Ludwig zauderte wie immer. Er hatte Angst, in einem schlimmeren Zustand von dort zurückkehren, als er hingefahren war.

Eine halbe Stunde später: Endlich konnte er mit der Observation dieses Herrn Schmölzl beginnen, um sich selbst letzte Klarheit zu verschaffen.

Wie immer stieg er auch in diesen Fall gleich tief ein. Wer war dieser Leopold Schmölzl? Ein Wiener, ein möglicher Delinquent, der aus seinem früheren Wirkungsbereich stammte und von dem weder Gernot noch er selbst etwas wussten. Ob Thomas Egger, sein Nachfolger, etwas über diesen Leopold Schmölzl herausbekam, würde er erfahren, sobald dieser Zeit für Erkundigungen hatte. Vermutlich dürfte dies aber nicht mehr sehr lange dauern. Täter häuslicher Gewalt sind Wiederholungstäter. Er würde Ralf Biechele darum bitten müssen, in Ulm nachzufragen, wo Leopold Schmölzl vorher gewohnt hatte, bevor er in die Münsterstadt gezogen war. Gleich morgen früh wollte er nach Söflingen fahren und sich in der Harthauser Straße umhören. Obwohl, er musste ja auch auf den Galgenberg und sich bei Sabine Grässle melden. Zu viel war zu tun.

Gegen halb elf machte er sich auf den Weg zum Galgenberg und positionierte sich in Gabis Auto mit dem Richtmikrofon der A.g.A. vor dem Haus von Sabine Grässle. Die Überwachung spielte sich genauso ab wie in den zahllosen Fällen, die er zuvor in Wien hinter sich gebracht hatte: unauffällig positionieren, Richtmikrofon genau auf das Haus zu halten und möglichst selbst völlig geräuschlos sein.

Lange musste Ludwig nicht warten: Offensichtlich war im Haus ein Streit im Gange. Jedenfalls hörte er lautes Geschrei. Und dann Rums und nochmals Rums. Ludwig kannte diese Laute nur zu gut, um nicht genau zu wissen, was sich hinter den Mauern dieses Siedlungshauses zutrug. Normalerweise schritt er sofort ein. In diesem Falle aber wollte er nur wissen, ob häusliche Gewalt vorlag. Zumindest ein Anfangsverdacht bestätigte sich.

Als er in sein Hotel zurückkehrte, kreisten seine Gedanken nur um Leopold Schmölzl. Er würde, wenn er morgen aus Ulm-Söflingen zurückkehrte, Gernot Heubl und POM Biechele sofort darüber in Kenntnis setzen, was er in nur einer Stunde der Observation mitbekommen hatte. Über diesem Gedanken schlief Ludwig zu später Stunde ein.

Gleich nach dem Frühstück nahm Ludwig die Reise in die Donaustadt in Angriff. Nach der Fahrt mit der Bahn stieg er in Ulm in die Straßenbahn um. Obwohl sie außen gelb lackiert war, fühlte er sich sofort wie in der »Bim« in Wien. In Ulm schienen dieselben Waggon-Modelle zu fahren wie in Wien. Lediglich bei der Ansage gab es einen Unterschied.

Als Ludwig bei der Adresse in der Harthauser Straße ankam, läutete er bei Schmölzl. Nach dem dritten Male kam eine ältere Dame heraus und sagte:

»Wenn Sie den Herrn Schmölzl suchet, der isch net do. Des isch ein ganz seltsamer Mieter, so was hab ich noch nicht erlebt. Nicht dass der mir unangenehm wäre, ganz im Gegenteil: Des isch ein sehr höflicher junger Mann. Wisset Se, der hot Anstand und Manieren. So was isch jo heit nicht mehr selbstverständlich. Der bezahlt immer die Miete pünktlich im Voraus, aber schlafen duat der scho lang nemme do. Bloß alle vierzeah Däg kommd ’r und holt sei Post ab.«

»Danke gute Frau, das genügt mir fast schon. Hat denn Leopold überhaupt mal hier gewohnt?«

»Scho, aber net lang. Der schafft in einem Dental-Labor. Wisset se, er ischt Dental-Techniker. Soviel i woiß.«

»Ja, das weiß ich natürlich auch, aber ich dachte, der wohnt hier.«

»Hot ’r au, aber bloß zwoi Wocha, no ischer wegzoga, sei Miete zahlt er aber bis Ende des Jahres immer pünktlich. Und wisset Se, des isch natierlich ein angenehmer Mieter. Zahlt Miete, isch aber nie da.«

»Tja, das glaube ich, das ist ein optimaler Mieter, der Leo. Zahlt und wohnt nicht.«

»Kommet Sie au aus Wien?«, hakte die ältere Dame nach.

»Ja«, sagte Ludwig diesmal die Wahrheit. »Ich war früher ein Kollege vom Leo«, was schon wieder gelogen war.

»Ah, no kennet Sie mir vielleicht helfa. Gugget se mol, mei Stiftzahn fliagt älleweil raus.«

»Nein, gnä' Frau, ich war in der Buchhaltung tätig«, rettete sich Ludwig aus der Situation und verabschiedete sich höflich von der Frau.

Sich als Kollege von Leopold Schmölzl auszugeben, schien ihm in dieser Situation opportun. Sicher würde seine Vermieterin ihm die Neuigkeit mitteilen.

»Wenn Sie wisset, wo der jetzt wohnt«, rief sie ihm hinterher, »no kennet Sie mir jo Bescheid gäba.«

»Ich werde das Labor, bei dem er arbeitet, herausfinden. Dann gebe ich Ihnen Bescheid.«

Allzu viel Lust, sich mit ihr noch länger zu unterhalten, hatte Ludwig nicht. Er hätte sie zwar gerne noch gefragt, ob Schmölzl jemals Damenbesuch gehabt hatte, aber das hätte den ehemaligen Kollegen aus der Buchhaltung doch sehr verdächtig gemacht.

Ludwig setzte sich wieder in die Ulmer Bim in Richtung Hauptbahnhof. Glücklicherweise hatte er nur 20 Minuten Aufenthalt, bis der nächste Zug nach Biberach fuhr.

Nach seiner Ankunft stieg er in den Bus in Richtung Galgenberg. Hier wollte er sich ein Bild von der Umgebung machen, wollte die Gegend erkunden, wollte ausfindig machen, mit welchen Nachbarn er sich verbünden könnte, die ihm vertrauliche Informationen geben würden, wenn er selbst einmal nicht überwachen konnte. In der Nacht zuvor hatte er sich ja kein richtiges Bild von der Gegend machen können. Erstens war es stockdunkel gewesen und zweitens hatte er kaum eine Stunde gebraucht, um festzustellen, dass der Verdacht von Mutter Grässle nicht von ungefähr kam.

Das nämlich hatte ihn die Erfahrung auch gelehrt: Es gab immer aufmerksame Nachbarn, die genau mitbekamen, was da im Nachbarhaus geschah. Meistens unternahmen sie aber nichts. Und wenn sie zur Polizei gingen, bekamen sie keine Hilfe. Genau dafür hatten sie ja in Wien die A.g.A. gegründet. Auch Freunde und Nachbarn konnten sich an den Verein wenden. Manche hatten schon eine Umbenennung des Vereins angestrebt: »F.A.N.g.A. – Freunde, Angehörige und Nachbarn gegen Angst«. Doch das war dem Vorstand zu kompliziert gewesen, weshalb man es bei A.g.A. belassen hatte.

In der Uhlandstraße erkannte er die Siedlung genau wieder. Ein Schulkamerad hatte früher hier gewohnt und Ludwig war des Öfteren bei ihm eingeladen gewesen. Meistens zum Kindergeburtstag. Der Vater war bei der Feuerwehr gewesen und hatte für die Jungs immer ganz tolle Spiele parat. Kindheitserinnerungen kamen in Ludwig hoch. Es müssen die späten 50er- oder frühen 60er- Jahre gewesen sein, als ich hier war, dachte er. Was ist wohl aus dem Kameraden von damals geworden?

Er musste entweder dem Jahrgang 1948 oder dem von 1950 angehören, denn er hatte ihn nie bei den Jahrgänger-Feiern am Schützenfest getroffen. Diese fanden jedes Jahr während des großen Heimatfestes in der ehemaligen freien Reichsstadt statt. Beginnend mit den 40-Jährigen beteiligten sich alle an diesem Umzug, die im jeweiligen Jahr einen runden Geburtstag feierten. Da Ludwig selbst dem Jahrgang 1949 angehörte, hatte er darauf verzichtet, zu den Feiern der Jahrgänge 1948 und 1950 extra aus Wien anzureisen.

Die Siedlung war in den 30er-Jahren des vorigen Jahrhunderts erbaut worden. Wohl eine der ersten sozial geförderten Siedlungen in Biberach. Haus an Haus reihte sich zu einem ganzen Wohnblock zusammen. Alle Häuser waren damals identisch konzipiert worden. Das Muster schien in mehreren anderen Städten verwendet worden zu sein. Auch in Sindelfingen, wo Daimler den sozialen Wohnungsbau schon früh förderte, oder in Friedrichshafen, im Zeppelin-Dorf, hatte Ludwig ganz ähnliche Siedlungen gesehen. Heute wirkten die Siedlungshäuser nicht mehr ganz so uniform. Die Besitzer hatten sie individuell verändert. Mancher hatte ein Zimmer im Erdgeschoss als Garage umgebaut und die Fassaden-Farben unterschieden sich von Haus zu Haus.

Ludwig ging einfach direkt auf die Nachbarhäuser zu. Mehr als Nein sagen konnten die Nachbarn ja nicht. *C. Yildirim* stand auf dem ersten Schild. Ludwig klingelte. Ein etwas verschlafen wirkender Mann öffnete ihm.

»Was wollen Sie?«, fragte er Ludwig.

Ludwig streckte ihm seine Visitenkarte von der A.g.A. entgegen.

»Ich komme von einem Verein, der sich mit häuslicher Gewalt auseinandersetzt«, erwiderte er und hoffte, dass ihn sein Gegenüber verstand.

»Und dafür kommen S' extra aus Wien her?«

Er hatte einen starken Akzent. Nicht aber einen türkischen, wie man angesichts seines Nachnamens vermuten könnte, sondern einen bayrischen Akzent. Außerdem wunderte Ludwig, wie aufmerksam der Mann war, hatte er doch auf der Karte gleich entdeckt, dass die A.g.A. ihren Sitz in Wien hatte.

»Ja wissen Sie, es geht um Ihre Nachbarin, die Frau Grässle. Ihre Mutter, sie ist die Freundin einer Bekannten, hat mich gebeten, mich ein bisschen um sie zu kümmern, weil ihr manches an ihrem Verhalten verdächtig vorkommt. Und weil ich selber aus Biberach stamme, habe ich den Fall übernommen.«

»Fall? Ist das jetzt schon ein Fall? Ich heiße übrigens Cem Yildirim.«

Ludwig schloss daraus, dass diesem Nachbarn schon etwas aufgefallen sein musste.

»Ja, kein aktenkundiger Fall in dem Sinn, aber für uns, für die A.g.A. ist es ein Fall.«

»Ja, dann kann ich Ihnen schon was dazu sagen«, meinte Cem Yildirim. »Also die Sabine hat sich schon sehr verändert, seit dieser Mann bei ihr eingezogen ist. Früher hatten wir relativ viel Kontakt mit ihr. Wir sahen uns öfters im Garten und haben miteinander geredet. Wir sind auch häufig mal am Wochenende zusammengesessen, sie und ihre Mutter tranken dann gerne ein Glaserl Wein, meine Frau und ich eine Tasse Tee. Sabine war mit uns gemeinsam sogar schon auf dem Schützenfest. Aber kurze Zeit, nachdem dieser Leopold bei ihr eingezogen ist, hat sie sich immer mehr zurückgezogen. Das geht so weit, dass sie uns heute noch nicht einmal mehr grüßt.«

Sein Deutsch beeindruckte Ludwig. Cem Yildirim schien dies zu spüren.

»Wissen S', ich bin in München geboren. Genauer gesagt, in Neuaubing. Dort war ich im Ringer-Verein. Jetzt ringe ich in Baienfurt. Die haben mir einen Job hier in Biberach in einem Metall verarbeitenden Betrieb verschafft. Deshalb wohne ich seit acht Jahren hier. Und deshalb kennen meine Frau und ich die Sabine auch schon sehr gut. Und dass Sie sich um sie kümmern, finde ich in Ordnung. Wir machen uns nämlich große Sorgen um sie. Da geht vieles nicht mehr mit rechten Dingen zu da drüben«, sagte er und zeigte auf das Nachbarhaus.

»Können Sie mir genau sagen, was Sie damit meinen?«, fragte Ludwig sehr gespannt.

»Ja, aber kommen S' doch erst einmal herein. Ich möchte das nicht so gerne auf der Straße besprechen.«

Ludwig betrat das kleine Reihenhäuschen und setzte sich auf den ihm angebotenen Sessel. Cem fragte, ob er eine Tasse Tee anbieten dürfe, was Ludwig nach einem kurzen Zögern dankend annahm.

»Meine Frau ist gerade beim Arbeiten. Ich arbeite im Schichtbetrieb, deshalb bin ich gerade zu Hause«, meinte der Mann.

»Oh, und jetzt habe ich Sie um Ihren wohlverdienten Schlaf gebracht. Das tut mir aber sehr leid«, entschuldigte sich Ludwig.

»Nein, das ist kein Problem. Wenn Sie sich um die Sabine kümmern, geht das schon in Ordnung.«

Das war auf Anhieb ein Volltreffer. So einen kooperativen Nachbarn hatte sich Ludwig nicht einmal in seinen kühnsten Träumen erhofft.

»Wenn es Ihnen recht ist, Herr Yildirim«, begann Ludwig seine Ausführungen, »dann erkläre ich Ihnen, wie ich vorgehe, und Sie schildern mir, was Ihnen bisher aufgefallen ist.«

Ludwig eröffnete dem Nachbarn, er habe vor, diesen Herrn Leopold mit seinem Verhalten dahingehend zu provozieren, dass er von sich aus die Polizei einschalte, die dann ihrerseits Ermittlungen anstellen könne. Ermittlungen, in die dann aber auch die Anschuldigungen gegen ihn eingebunden würden.

»Und wenn er nicht zu Polizei geht?«, fragte Cem Yildirim skeptisch.

»Auch kein Problem, dann ziehen wir die Daumenschrauben immer enger«, entgegnete Ludwig.

»Und wie wollen Sie das machen?« Der Nachbar schien wirklich interessiert.

»Tja, dann werden wir sein Umfeld über unseren Verdacht informieren. Freunde, Bekannte, sein Stammlokal, seine Kollegen, seinen Arbeitgeber. Wenn uns keine Grenzen gesetzt werden, haben wir eine Fülle von Möglichkeiten, um dem scheußlichen Geschehen ein Ende zu machen«, weihte Ludwig den Mann in seine Pläne ein.

»Und wenn das auch nichts bringt?«, wandte Yildirim immer noch skeptisch ein. »Der ist nämlich nach meiner Einschätzung ein aalglatter Typ, mit allen Wassern gewaschen.«

Ludwig nahm anerkennend zur Kenntnis, dass es dem Nachbarn tatsächlich um das Wohl von Sabine Grässle ging.

»Dann werden wir Plan B anwenden. Das tun wir zwar nicht gerne, aber manchmal lassen uns die Opfer keine andere Wahl!«

»Und was ist Plan B?« Cem Yildirim wollte es wirklich ganz genau wissen.

»Dann steigen wir dem Opfer auf die Zehen. Genauso penetrant und hartnäckig wie dem Peiniger. Wissen Sie, wie peinlich es den Opfern ist, wenn Freundinnen, Arbeitskolleginnen und Bekannten erzählt wird, dass sie Opfer sind und sich nicht trauen, zur Polizei zu gehen?«

»Ich glaube, das wäre von Anfang an die bessere Taktik, denn bei diesem Typen werden wir nichts erreichen.«

Ludwig hatte das »Wir« in Yildirims Bemerkung mit Genugtuung registriert, ging aber nicht direkt darauf ein. Dennoch wusste er nun mit diesem Nachbarn einen wichtigen und bei genauerem Hinsehen auch wuchtigen Partner an seiner Seite.

Yildirim berichtete Ludwig, was er gesehen hatte, schilderte, wie sich Sabines Freund innerhalb weniger Wochen aus einem überaus freundlichen und charmanten Neu-Nachbarn in einen Mann verwandelt hatte, der sich komplett anders entpuppte, als er sich zu Beginn gegeben hatte.

»Das muss passiert sein, als er sich bei Sabine sicher sein konnte«, meinte er.

»Und bis dahin war er höflich, freundlich und zuvorkommend?«

»Ja, absolut, meine Frau und ich freuten uns für Sabine, dass sie so einen netten Mann kennengelernt hatte. Er umsorgte sie, brachte ihr regelmäßig Blumen mit nach Hause. Und das Beste: Er ist handwerklich so geschickt. Er hat alles, was bei Sabine im Haushalt nicht mehr so richtig funktionierte, innerhalb kürzester Zeit auf Vordermann gebracht. Ich war richtig erleichtert, dass sie mich nicht mehr für jede Kleinigkeit geholt hat.«

Ludwig überlegte kurz und fragte dann:

»Hat sich seine Wandlung denn allmählich oder abrupt vollzogen?«

»Nein, das ging eigentlich ratzfatz. Wissen Sie, mir ist das aufgefallen, als er plötzlich kein Interesse mehr an einem kleinen, belanglosen Schwätzchen hatte. Er hatte immer seltener Zeit, wirkte total gestresst und beschäftigt. Und auch die Kontakte mit der Sabine wurden anschließend immer spärlicher. Das endete darin, dass sie uns nicht mehr gegrüßt hat. Nicht mehr grüßen durfte, wie meine Frau und ich vermuten.«

»Wann haben Sie den Verdacht bekommen, dass er ihr gegenüber gewalttätig wird?«

Cem Yildirim dachte einen Moment nach und sagte dann:

»Mir ist das zuerst gar nicht aufgefallen. Sondern meiner Frau Hyla. Jeden Freitagabend ging die Sabine mit ihren Freundinnen ins ›Alte Haus‹, um den guten Wurstsalat dort zu essen. Wie immer kam sie mal früher und mal später nach Hause. An einem Abend wurde es wieder einmal ein bisschen später. Als wir dann das Rumpeln nebenan hörten, war mein erster Gedanke, dass sie es aber heftig treiben würden heute Abend. Aber Hyla meinte gleich, dass da was nicht stimmen könne.«

»Und, was haben Sie dann bemerkt?«, fragte Ludwig neugierig.

»Danach hatte sie zum ersten Mal ein blaues Auge, ziemlich blutunterlaufen. Ich habe das ja manchmal auch, wenn mir ein Gegner beim Ringen versehentlich bei einem Griff mit der Hand ins Auge fährt.« Cem Yildirim redete sich langsam in Fahrt. »Und dann hat meine Frau die Sabine gefragt, was denn gestern Abend los gewesen sei, warum sie so geklopft hätten. Als sie keine Antwort bekam, meinte Hyla, der Kerl habe Sabine geschlagen.«

»Und Sie? Was meinten Sie«, fragte Ludwig hartnäckig.

»Ich war da noch nicht so davon überzeugt. Ich habe ja geglaubt, sie hätten es halt sehr heftig getrieben und dabei sei es passiert, aber Hyla sagte, es müsse dieser Kerl gewesen sein.«

»Wann waren Sie davon überzeugt?«

»Eine Woche später, wieder am Freitagabend, allerdings schon viel früher. Sie hatten sich sehr lautstark gestritten. Regelrecht angebrüllt haben sich die beiden. Bis es wieder polterte. Spätestens am nächsten Morgen, als die Sabine gar nicht mit zum Einkaufen ging, war mir klar, was gespielt wurde.«

»Ging sie sonst immer mit?«

»Am Samstag auf den Markt gehen war für Sabine sehr wichtig, das ließ sie sich nur ungern entgehen. Und als wir den Leopold auf dem Marktplatz gefragt haben, wo die Sabine heute sei, hat er behauptet, sie habe eine Darmgrippe.«

»Gesehen haben Sie sie aber nicht?«, fasste Ludwig nach.

»Erst zwei Tage später, mit einem Pflaster an der Stirn und zwei blauen Augen. Treppensturz, meinte sie. Als meine Frau sie nach ihrer Darmgrippe fragte, wusste sie gar nicht, was sie sagen sollte. Von dem Augenblick an war uns klar, was hier gespielt wird.«

»Herr Yildirim«, erklärte Ludwig, »das genügt mir jetzt erst mal. Das passt ganz genau in das Bild, das ich mir bisher von solchen Tätern machen konnte. Ich gebe Ihnen meine Karte mit meiner Handynummer drauf. Seien Sie bitte so freundlich und rufen Sie mich an, wenn es wieder rumpelt bei Ihren Nachbarn.«

Cem Yildirim nahm die Karte und versprach sich zu melden.

»Gibt es einen Ort, eine Stelle, wo die beiden bevorzugt hingehen?«

Ludwig war doch noch eine Frage eingefallen. Yildirim dachte kurz nach und antwortete:

»Ja, als wir noch mit der Sabine reden konnten, hatte sie einmal gemeint, dass sie sonntags immer an einen kleinen See in der Nähe von Bad Schussenried fahren würden. Dort würden sie immer Henderln essen und anschließend Tretboot fahren.«

»Wie der See heißt, wissen Sie nicht zufällig, Herr Yildirim?«, hakte Ludwig nach.

»Nein, aber es ist ein See mit einer kleinen Insel, das weiß ich.«

»Alles klar, dann muss es der Schwaigfurter Weiher sein«, meinte Ludwig und verabschiedete sich höflich von seinem neuen Verbündeten.

Aber aus Erfahrung wusste er, dass er mehr als nur einen Verbündeten brauchte, um in diesem Fall vorwärtszukommen. Er würde weitere Nachbarn befragen müssen. Und er würde Lothar Sattler, seinen alten Schulfreund und einen ausgefuchsten Kommunalpolitiker, mit ins Boot nehmen müssen.

Lothar, ja, er war genau der Richtige für diese Sache. Gerechtigkeitsfanatiker, unerschrocken, mutig und geradeheraus. Diese Attribute waren perfekte Voraussetzungen für einen Verbündeten. Kaum war Ludwig in seinem Hotel angekommen, setzte er sich schnurstracks auf Gabis Fahrrad, um zu Lothar zu fahren.

Jelena, seine Frau, öffnete die Tür.

»Jessas, der Ludwig. Ja so eine Freude, komm rein.«

Immer noch dieses rollende »R« wie früher. Aber etwas fülliger geworden war Jelena schon in den letzten Jahren. Er erinnerte sich noch gut an einen Satz von Richard, seinem Schulfreund aus früheren Tagen:

»Die hat genau die 300 Gramm zu viel auf den Rippen, die einen Mann in den Wahnsinn treiben können.«

Tja, lieber Richard, dachte Ludwig, als er ihr jetzt gegenüberstand, aus den 300 Gramm sind gut drei Kilo geworden. Mindestens. Trotzdem wirkte Jelena noch immer sehr attraktiv.

»Der Lothar ist nur kurz zum Konditor gegangen, er wird gleich wiederkommen.«

»Sorry, Jelena, jetzt fällt mir was ein: Als ich in Wien losgefahren bin, hätte ich dir eine Sacher-Torte mitbringen können. Leider habe ich es aber vergessen. Aber zu meiner Entschuldigung muss ich sagen, dass ich zu dem Zeitpunkt noch gar nicht gewusst habe, dass ich Lothar um Mithilfe fragen werde.«

»Das macht doch nichts, Ludwig, ich freue mich doch so, dass du einfach wieder mal zu uns kommst. Ich denke noch sehr gerne an die Zeit zurück, als du bei uns gewohnt hast.«

»An das Wohnen bei euch denke ich auch noch gerne

zurück, aber an die Situation, in der ich damals war, nicht so gerne.«

Vor mehr als 20 Jahren war Ludwig beim Besuch einer Jahrgängerfeier auf der Schützenfeier in Biberach so überraschend wie unberechtigt in Mordverdacht geraten. Er war aus seinem Hotel geflogen, hatte aber bei Lothar Unterschlupf gefunden und dabei auch Jelena kennengelernt, die aber erst Jahre später Lothars Lebensgefährtin geworden war. Als er zehn Jahre später den Mordfall an seinem Schulfreund Robert Maurer, dem damaligen Mann seiner Jugendliebe Gabi, selbst aufklärte, hatte er wieder bei Lothar und Jelena gewohnt.

Kurz darauf kam Lothar Sattler zurück. Immer noch sah er aus wie Doktor Schiwago, nur ein bisschen grauer war er geworden.

»Hallo Lude, ja super. Hast mal wieder einen gekillt? Hahaha.«

Sein breites, tiefes Lachen hatte sich ebenfalls nicht verändert, ebenso wenig wie sein Humor.

»Jelena mein Schatz, jetzt muss ich besonders auf dich aufpassen, wenn der Lude wieder im Land ist.«

Beinahe wäre Ludwig »das sagt genau der Richtige« herausgerutscht. Er konnte es sich aber gerade noch verkneifen.

»'s ist doch gar keine Schütza. Was treibt dich in die alte Heimat?«

»Weißt du, ich bin in Wien im Vorstand der A.g.A.«

Ludwig erzählte Lothar ausführlich über seine Tätigkeiten und den Verein und berichtete, dass eine Freundin von Gabi Maurer seine Hilfe angefordert habe.

»Pffft, das ist ja ein toller Verein, so einen werde ich hier sofort gründen!«, sagte der alte Kumpel, immer noch voller Tatendrang.

»Hilf mir lieber, dem Kerl hier sein Handwerk zu legen«, bat Ludwig.

»Nichts lieber als das!«, polterte Lothar los. »Zu dem fahren wir jetzt gleich hin und machen ihn fertig!«

»Ja, das machen wir«, meinte Ludwig, »aber nicht so impulsiv, wie du dir das vorstellst, sondern strategisch. Sonst würden wir nur unser Pulver verschießen.«

Mit Engelszungen redete er auf Lothar ein. Erklärte ihm die Strategie, seine geplante Vorgehensweise.

»Ich kann natürlich nicht jeden Abend vor seiner Haustüre warten. Ich suche da Unterstützung und habe dabei an dich gedacht. Deine Aufgabe zunächst ist, einfach nur die Szenerie zu beobachten. Und wenn du feststellst oder auch nur den Verdacht hast, dass dieses Monster wieder zuschlägt, gehst du hin und klingelst. Dann fragst du einfach nur höflich, ob du helfen könntest, du hättest so seltsame Geräusche gehört.«

»Und wenn er rauskommt und Randale macht, dann gebe ich ihm eine!«

»Nein, erstens machen solche Typen keine Randale, weil sie sich dadurch ins Rampenlicht stellen, was sie extrem ungern tun, und zweitens ist die Aktion rein privat. Wenn du dem eine runterhaust, hast du womöglich eine Anzeige wegen Körperverletzung am Hals.«

»Schade.«

»Vielleicht kommt die Zeit ja doch noch, wer weiß. Einen der Nachbarn, den Herrn Cem Yildirim, einen bayrischen Türken, habe ich schon ins Boot geholt. Jetzt würde ich gerne den Nachbarn auf der anderen Seite noch einspannen. Wenn du Lust hast, kannst du gleich mitkommen.«

»Prima«, meinte der immer noch aktive Lokalpolitiker.

»Aber erst nach dem Kaffee, sonst werde ich sauer«, grollte Jelena.

Nach dem Kaffee fuhren die beiden in Richtung Galgenberg los. Sie überquerten den Marktplatz, wo gerade die letzten Reste des am Morgen stattgefundenen Wochenmarkts zusammengekehrt wurden. Nach kurzer Fahrzeit, auch Lothar fuhr mit dem Fahrrad, allerdings ohne elektrische Unterstützung, erreichten sie die Uhlandstraße.

Der Mann, den Ludwig ebenfalls zur Mitarbeit bewegen wollte, schien vor dem Haus sein Auto zu reinigen. Ludwig fragte ihn, ob das sein Haus sei, gab ihm sein Kärtchen, stellte sich und Lothar vor und nannte ihm sein Anliegen.

»Das wäre ja noch schöner, wenn ich mich um die Katastrophen anderer kümmern würde.«

Der Mann hatte ein sprachliches Handicap, er konnte kein »R« sagen und das Ganze hörte sich so an:

»Das wäwe ja noch schöna, wenn ich mich um die Katastawophen andewa kümmen wüwde!«

Dieser Mann erinnerte die beiden alten Freunde sofort an ein Biberacher Original aus ihrer Jugendzeit, den »Bawonzer«. Alle Versuche, ihm das Lesen, Schreiben und Rechnen beizubringen, schlugen fehl. So wurde es auch nichts aus seinem innigsten Berufswunsch, katholischer Priester zu werden. Obwohl dieser Bawonzer noch nicht einmal einen Schulabschluss hatte, benahm er sich, als wäre er tatsächlich ein katholischer Priester. Er kleidete sich nicht nur in einen schwarzen Anzug mit weißem Hemd, er gebärdete sich auch so.

Der Dekan in Biberach, von den Kindern auf dem Kirchplatz, zu denen auch Ludwig gehörte, »Schtäpfe« für Stadtpfarrer genannt, ließ den Mann gewähren. Nicht nur, weil der sich im Leben allgemein schwertat, und nicht nur, weil er mit den Händen erstaunliches Geschick bewies. Nein, der Schtäpfe hatte den Bawonzer während der Nazi-Zeit aus Grafeneck befreit, dort, wo die braunen Machthaber ihre Euthanasie-Pläne umgesetzt hatten. Seiner begabten Hände wegen wurde der Bawonzer, der sich selbst Josef nannte, obwohl er Friederich hieß, zunächst am Leben gelassen. Eines Tages nutzte der damals noch recht junge Kaplan diese Situation und rettete Josef beziehungsweise Friedrich in einer abenteuerlichen Flucht durch das Lautertal und brachte ihn nach Biberach in Sicherheit.

Den Namen Bawonzer erhielt er erst viel später und das hatte mit seinem zweiten Handicap zu tun: Auch er konnte kein »R« aussprechen. Zu den vorbeigehenden Jugendlichen pflegte er immer den Spruch »Frisch, fromm, fröhlich, frei« zu sagen, was sich beim Bawonzer folgendermaßen anhörte: »Fawisch, fawomm, fawöhlich, fawei.«

Beim jährlichen Weihnachtskaffee im katholischen Pfarrhaus pflegte der Bawonzer für die Kinder ein Kasperle-Theater aufzuführen. Das »Tri tra trallala« hörte sich dann an wie »Tawi tawa tawallala«.

In der Neigung zum frechen Schabernack riefen die Kinder ihm auf der Straße immer nach:

»Wie macht 's Kasperle?«

Und der Bawonzer, gutmütig und naiv wie er war, rief immer artig zurück:

»Tawi tawa tawallala.«

Ein Highlight bildete der jährliche Ministrantenausflug in die Basilika nach Weingarten, bei dem der Bawonzer immer mitfahren durfte. Jedes Jahr machten sich die älteren der Ministranten einen Spaß daraus, dem Josef, der ja eigentlich Friederich hieß, einen kleinen Schicker aufzuhängen, weil er dann auf der Heimfahrt immer so lustig wurde. Das gelang fast regelmäßig, obwohl der Schtäpfe immer höllisch aufpasste. Um dem Josef aber einen Schicker aufzuhängen, waren erhebliche Mengen an Bier notwendig, denn er erwies sich als ziemlich trinkfest.

Ein solcher Ministrantenausflug fand auch im Februar 1963 statt. Es war ein bitterkalter Winter. So kalt, dass der Bodensee in seinem kompletten Umfang begehbar zugefroren war. Seither hatte es keine »Seegfrörne« mehr gegeben. Wegen dieser Kälte waren auf der Rückfahrt alle Toiletten im Zug ausgefallen, der Bawonzer hatte folglich einen fürchterlichen Druck auf der Blase. Er hielt es kaum mehr aus. Die Ministranten machten sich natürlich einen besonderen Spaß daraus und fragten:

»Josef, witt nomol a Bier?«

Völlig verzweifelt und verärgert antwortete der:

»Ha du Seggel, i will koi Bia meh, i will bawonza.«

Von dem Tag an hatte er seinen Spitznamen weg: »Bawonzer«. Sogar der Dekan übernahm diesen Namen – natürlich nur inoffiziell. Ludwig, der als kleiner Junge und auch als Jugendlicher direkt neben dem Pfarrhaus wohnte, hörte es einmal im Nachbarhaus klingeln, worauf der Schtäpfe zu seiner Haushälterin sagte:

»Wenn es der Bawonzer ist, schick ihn gleich in die Sakristei. Ich komme dann nach.«

Der Nachbar der Sabine Grässle, dieser Mann mit seinem »R«-Handicap, erinnerte Ludwig und seinen Freund Lothar genau an den Bawonzer.

»Ob ich etwas gesehen habe?«, meinte der Nachbar. »Wissen Sie, ich mische mich pawinzipiell nicht in die Angelegenheiten andewa Menschen ein. Ein Watschlag, den ich Ihnen auch empfehlen wüwde!«

Diese Haltung ärgerte Ludwig maßlos.

»Aha, nichts hören, nichts sehen, nichts sagen. Ein Wegseher sind Sie also. Ein Feigling, dem das Schicksal seiner Nachbarn völlig egal ist. Ich wünsche Ihnen von Herzen, dass auch Sie einmal auf die Hilfe Ihrer Nachbarn angewiesen sind.«

Ganz offensichtlich war das diesem Mann völlig egal, er winkte nur ab.

»Na ja, vielleicht behandeln Sie Ihre Frau ja auch so und helfen deshalb dem Mann?«, legte Lothar noch nach.

Auch dem ging dieser Kerl mittlerweile richtig auf den Geist. Nächstenliebe war nach Lothars Verständnis eine pure Selbstverständlichkeit. Und zur Nächstenliebe gehörte ganz klar auch ein bisschen Zivilcourage. Bei diesem Nachbarn allerdings bissen die beiden auf Granit.

Dem ging das Vorgehen der beiden nun einen Schritt zu weit und er brüllte Ludwig an:

»Jetzt höwen Sie mia mal gut zu mit Ihwem Scheiß-

Vewein. Ich will mit diesa Sache nichts zu tun haben. Und wenn Sie mich nicht in Wuhe lassen, gehe ich zua Polizei!«

»Ha«, erwiderte Ludwig, »das ist klasse, dann sind Sie dort schon mal aktenkundig. Und wenn ich Sie dann wegen unterlassener Hilfeleistung anzeige, dann weiß man, mit wem man es zu tun hat!«

»Haut ab von meinem Gawundstück!«, brüllte der Mann jetzt noch lauter und bekam einen richtig roten Kopf, »sonst gibt's was auf die Wübe.«

»Das kannst du ja mal probieren, mit deiner großen Klappe. Komm her, dann zeige ich dir mal, wo deine Rübe ist!«

Lothar wäre dem Kerl am liebsten an die Gurgel gegangen und Ludwig musste ihn mal wieder bremsen.

»Bei dem ist Hopfen und Malz verloren«, sagte er deshalb und verließ den Eingangsbereich des Hauses.

Da war der Bawonzer doch ein viel angenehmerer Zeitgenosse gewesen. Mit den erneut aufkommenden Erinnerungen an dieses Biberacher Original vergaßen Lothar und Ludwig den Ärger über den so gar nicht hilfsbereiten Nachbarn.

»Das weißt du aber schon noch, dass der Bawonzer gar nicht Josef, sondern Friederich hieß«, meinte Lothar.

»Ja natürlich. Meine Oma behauptete immer, er hätte sich umbenannt, weil er den Namen Friederich gar nicht richtig aussprechen konnte. Es hörte sich immer nach Fawiedawich an.«

Es war ganz schön leichtsinnig vom Schtäpfe, den Bawonzer gewähren zu lassen, aber normalerweise hatte er ihn im Griff. Eine der wenigen Ausnahmen ereignete sich

Ende der 50er-Jahre im vorigen Jahrhundert. Der Schtäpfe hatte seinen Schlüsselbund in der Sakristei vergessen. Der Bawonzer nahm ihn an sich und begab sich direkt zum Beichtstuhl. Er schaltete das Lichtlein ein, das Signal dafür, dass die Beichte jetzt abgenommen werden konnte. Eine junge Dame betrat den Beichtstuhl. Der Bawonzer, völlig ungeübt im Abnehmen einer Beichte, wurde ob der attraktiven Erscheinung der jungen Dame völlig von seiner Neugier übermannt. Folgender Dialog wurde später kolportiert.

In seiner naiv-direkten, jeglicher Zurückhaltung entbehrenden Art fragte er völlig ungeniert:

»So Fawailein, waa machet Sia so?«

»Was meinen Sie?«, flüsterte die junge Dame.

»Bewuflich, moin i.«

»Ich bin Grafikerin.«

»Ha Sia sind oina!«, entrüstete sich der Bawonzer.

»Wieso?«, fragte sie, etwas überrascht.

»Jo, isch dees jetzt en alta Gwaf ode en junga?«, legte er nach.

Daraufhin soll die junge Dame den Beichtstuhl überstürzt verlassen und sich beim Dekanat beschwert haben. Von diesem Tag an soll der Schtäpfe seinen Schlüsselbund nie mehr vergessen haben. Ein weiteres Nachspiel konnte zum Glück vermieden werden, wohl auch, weil der Beruf der Grafikerin damals noch nicht so geläufig war. Die Standpauke, die sich der Bawonzer hatte anhören müssen, wirkte genau zwei Tage. Danach hatte er die Situation wieder verdrängt.

»Leben tut der sicher nicht mehr«, mutmaßte Ludwig.

»Nein, der ist vor über 20 Jahren gestorben.«

Ludwig und Lothar waren sich nach dieser Erfahrung darüber im Klaren, dass sie sich hauptsächlich auf die Mithilfe von Cem Yildirim würden verlassen müssen. Der hatte an diesem Abend wieder Nachtschicht, sodass Ludwig Wache schieben musste.

»Am besten, du kommst heute Abend gleich mit, da machen wir's gemeinsam und ich erkläre dir, worauf du besonders achten musst.«

An diesem Abend kam Leopold Schmölzl kurz nach 19 Uhr 30 von der Arbeit zurück. Der große und kräftige, aber nicht dicke Mann trug noch seinen weißen Arbeitsmantel. Man hätte meinen können, ein Arzt oder ein Apotheker würde vorfahren. Seine hellbraunen Haare flatterten im Wind und seine markante Nase war von der Sonne etwas gerötet. Sein ausgeprägtes Kinn ragte stark hervor und seine Lippen wirkten sehr schmal. Irgendwie merkte man schon seinem Äußeren an, dass er sehr durchsetzungsstark war.

Für Ludwig waren es eindeutige Indizien dafür, dass dieser Mensch zur Gewalt neigen könnte. Diese Ansicht hätte ihm allerdings eine schwere Rüge von Gernot Heubl eingebracht, denn nach dessen Überzeugung ließ sich vom Äußeren her kein Rückschluss auf den Charakter eines Menschen schließen. Doch Ludwig war da etwas anderer Meinung.

Schmölzl öffnete die Garage und fuhr seinen Audi hinein, sah sich kurz um, entdeckte die beiden, schien sich aber nichts dabei zu denken und schloss die Garage von innen wieder zu.

»Sieht man da irgendwo in den Garten?«, fragte Lothar Ludwig wissbegierig.

»Keine Chance, das ist alles zu dicht verbaut.«

»Alles klar, dann warten wir jetzt mal ab.«

»Das kann aber schon dauern, Lothar, ich warte manchmal ganze Nächte umsonst vor der Türe.«

»Ach so, der haut nicht jeden Tag zu?«

»Das ist unterschiedlich. Ich hatte schon Typen, die haben tatsächlich jeden Tag zugeschlagen. Das waren vor allem die Alkis, also jene, die von der Arbeit nicht nach Hause, sondern ins Stammbeisl gegangen sind. Typen wie der Schmölzl sind viel schwieriger einzuordnen, die machen so etwas gezielt.«

»Wie lange beobachtest du den schon?«, fragte Lothar etwas verwundert.

»Heute zum ersten Mal, aber ich spreche aus Erfahrung. Ich habe über Herrn Schmölzl schon einige Erkundigungen eingeholt und mich schon in den Fall eingearbeitet.«

Doch die beiden hatten Glück an diesem Abend. Im Gegensatz zu Sabine Grässle. Irgendwann, es muss gegen 22 Uhr gewesen sein, drang zuerst Schmölzls laute und eindringliche Stimme nach außen, ohne dass Ludwig und Lothar Näheres verstehen konnten. Als dann Ludwig einen dumpfen Schlag vernahm, ging er sofort zur Haustüre und läutete. Genauer gesagt, er läutete Sturm.

Kurze Zeit später öffnete ein völlig entspannter Leopold Schmölzl die Haustüre und fragte erstaunt:

»Was wollen Sie denn um diese Zeit noch? Wer sind Sie? Wieso klingeln Sie Sturm?«

Lothar wollte gleich lospoltern, doch Ludwig zupfte ihn am Ärmel und antwortete ganz ruhig, aber mit fester Stimme:

»Mein Name ist Hirschberger. Ludwig Hirschberger, Herr Schmölzl, ich komme genau wie Sie aus Wien und bin Vorstandsmitglied des Vereines A.g.A. Vielleicht haben Sie schon einmal davon gehört?«

»Ja, kenne ich, aber wieso fahren Sie bis nach Biberach, um mir das zu erzählen?«, gab Schmölzl den Ahnungslosen.

»Na ja, ich stamme von hier und wurde von jemandem um Hilfe gebeten.«

»Und da läuten Sie einfach bei mir?«

»Mit Verlaub gesagt, nicht bei Ihnen, sondern bei Frau Grässle, die hätte ich gerne gesprochen.«

»Das geht jetzt nicht, die ist schon im Bett«, meinte Schmölzl schroff und wollte die Türe schließen.

»Hören Sie mir ruhig mal zu. Der Grund, warum ich um Hilfe gerufen wurde, ist, dass sich jemand Sorgen um Frau Grässle macht, weil er den Verdacht hegt, Sie würden sich ihr gegenüber gewalttätig verhalten. Und was wir beide gerade eben gehört haben, legt den Schluss nahe, dass dieser Verdacht berechtigt ist.«

»Ich glaube, Sie spinnen, Sie haben ja einen Vogel!«, sagte Leopold Schmölzl verärgert und schlug den beiden die Türe vor der Nase zu.

»So, das war's fürs Erste«, meinte Ludwig.

»Was? Du lässt dir das gefallen? Komm, wir läuten gleich noch mal!«

»Nein Lothar, denk an meine Strategie und denk daran, dass wir privat ermitteln. Ich bin nicht mehr im Dienst und mache das hier als Privatmann. Dass ich Polizei und Staatsanwaltschaft vor meiner Tätigkeit informiert habe, dient meinem Selbstschutz.«

Anstatt zu läuten, leuchtete Ludwig mit seiner grellen LED-Taschenlampe in den Flur von Sabine Grässle.

»Haut ab, aber sofort!«, befahl Schmölzl von drinnen.

Damit war die Kontaktaufnahme mit dem Täter erfolgt. Ludwig wertete das als ersten Erfolg. Immerhin wusste der jetzt, dass er unter Beobachtung stand.

»Den Kerl hab ich schon mal irgendwo gesehen«, meinte Ludwig nachdenklich, »ich weiß nur nicht mehr wo!«

Am nächsten Morgen fuhr Ludwig wieder in die Uhlandstraße. Er besuchte Cem Yildirim, um ihn in Kenntnis zu setzen, was am Vorabend passiert war.

»Haben Sie ein Fernglas?«, fragte Yildirim den Profiler.

»Schon, aber nicht bei mir. Wozu denn?«, fragte Ludwig zurück.

»Vom oberen Stockwerk aus gibt es eine Stelle, von der man in Sabines Garten sehen kann. Nicht, dass Sie mich jetzt für einen Spanner halten; ich habe es entdeckt, als wir mal bei Sabine im Garten saßen. Da habe ich dieses Fenster von ihrem Garten aus gesehen. Meine Frau hat danach gemeint, sie hätte es schon länger gesehen. Wissen Sie, es ist ihr Bügelzimmer.«

»Darf ich das sehen?«

»Jederzeit, aber ohne Fernglas werden Sie nicht das entdecken können, was ich Ihnen zeigen will«, sagte Cem Yildirim.

Die beiden gingen eine Etage höher. In einem Eckzimmer gab es ein ganz kleines Fenster, von dem aus man einen Blick in den Garten von Sabine Grässle werfen konnte.

»Was wollen Sie mir denn zeigen?«

»Sehen Sie den Liegestuhl? Auf dem liegt die Sabine öfter. Und sie hat in letzter Zeit sehr oft Kühlbeutel an verschiedenen Stellen liegen. Wenn Sie ein Fernglas haben, können Sie die Verletzungen am Körper sehen.«

Dieser kleine, gedrungene und kräftige Kerl ist Gold wert, dachte Ludwig.

»Und Sie haben keines da?«

»Ich besitze gar kein Fernglas«, meinte der Ringer.

»Dann besorge ich mir eines. Und wenn Sie erlauben, werde ich mich hier in Position bringen.«

»Kein Problem. Nur, wenn Hyla bügelt, wird's nicht gehen, weil sie sehr beschäftigt ist. Sie ist ja auch berufstätig und ihre Freizeit ist knapp bemessen. Wenn sie dann mal Zeit zum Bügeln hat, darf nicht einmal ich hier herein.«

»Ich werde mich daran halten«, versprach Ludwig.

»Und ich bitte Sie, Rücksicht darauf zu nehmen, dass wir beide gläubige Muslime sind. Meine Frau ist deshalb sehr zurückhaltend im Umgang mit fremden Männern«, bat Yildirim zusätzlich um Verständnis.

Ludwig wusste damit, dass er das Haus des Ehepaars nur nach Aufforderung von Hyla Yildirim betreten durfte, wenn der Hausherr nicht zugegen war. Er beschloss, in einem solchen Fall auch nicht zu klingeln.

Er stieg sofort auf das Rad und fuhr schnurstracks zur Memelstraße. Dort traf er auf Gernot Heubl.

»Sag mal, hast du noch deinen alten Feldstecher?«

»Ja klar, für was brauchst du den?«

»Ich habe ein Fenster entdeckt, von dem ich in den Garten von Sabine Grässle sehen kann. Um aber Details zu erkennen, brauch ich deinen Feldstecher.«

Gabi schaltete sich jetzt ein:

»Warte mal, ich habe irgendwo noch ein sehr teures Fernglas von Robert, meinem verstorbenen Mann. Als Architekt hat er die Umgebung seiner Baustellen vorher immer mit dem Fernglas abgesucht.«

»Prima, wenn ich das kriege, nehme ich es gleich mit.«

Mit diesem zwischenzeitlich etwas in die Jahre gekommenen Fernglas ausgerüstet, fuhr Ludwig unmittelbar wieder auf den Galgenberg, wo er von Cem Yildirim schon erwartet wurde.

»Ich glaube, Sabine liegt gerade im Garten auf dem Liegestuhl!«

»Dann nichts wie hoch«, sagte Ludwig, sehr zufrieden über die Marotte seines früheren Kumpels, des Architekten. Dieses Fernglas war wirklich hervorragend.

Nur das, was er sah, das gefiel ihm gar nicht. Die junge Frau mit der knabenhaften Figur und dem Pferdeschwanz war übersät von blauen Flecken am ganzen Körper.

»Na, wenn das kein Beweis ist!«, meinte Ludwig, eher zu sich selbst sprechend.

Danach sagte er zu Cem Yildirim:

»Wir sollten uns duzen, ich heiße Ludwig.«

»Und ich bin der Cem.«

Nicht nur, dass ihm dieser Zeitgenosse äußerst sympathisch war, darüber hinaus war »Cem« auch viel leichter auszusprechen, als »Herr Yildirim«.

Gegen Abend rief Lothar an und fragte, wann es denn los gehe heute Abend. Ludwig musste deutlich werden.

»Weißt du, Lothar, ich habe dich dafür einspannen wollen, dass wir uns bei der Überwachung ablösen können. Gemeinsam brauchen wir da nicht hinzugehen. Und bevor du alleine gehen kannst, muss ich dich mit Cem, äh, Herrn Yildirim bekannt machen, dem anderen Nachbarn.«

»Ah, das ist wohl der, der nicht so grantig reagiert hat wie der Bawonzer?«

»Genau der. Dafür solltest du aber tagsüber mal mit mir hinfahren, denn der Mann arbeitet in Schicht und ist zu völlig unterschiedlichen Zeiten zu Hause.«

»Warum sagst du mir das erst jetzt?«, beschwerte sich Lothar.

»Weil du tagsüber mit deinen 1000 sozialen und politischen Projekten sowieso keine Zeit hast«, erwiderte Ludwig.

»Dafür nehme ich mir die Zeit. Auf jeden Fall. Morgen gehen wir gemeinsam da hin!«

Das klang fast wie ein Befehl.

»Also gehen wir heute Abend halt nochmals gemeinsam auf die Pirsch!«, beruhigte Ludwig den Uralt-Kumpel.

»Um wie viel Uhr?«

»In einer Stunde.«

Pünktlich wie ein Maurer stand Lothar eine Stunde später vor Ludwigs Hotel. Ebenfalls mit Fahrrad. Die beiden fuhren direkt in die Uhlandstraße.

Es dauerte nicht lange, bis Leopold Schmölzl seinen Audi an diesem Abend in die Garage fahren wollte. Wie jeden Tag. Ludwig stellte sich ihm vor der Garage in den Weg.

»Fohr mer schlagen?«, fragte er Schmölzl auf wienerisch.

»Lassen Sie mich. Was wollen Sie überhaupt von mir, Sie lächerlicher, alter Pimpf«, gab dieser barsch zurück, nachdem er die Fensterscheibe heruntergekurbelt hatte.

»Das hätte der zu mir nicht gesagt. Den hätte ich aus seiner Karre gezogen, das kannst du mir glauben«, empörte sich Lothar.

»Wieso? Ich wollte nur erreichen, dass er mich wahrnimmt. Das ist mir gelungen. Und je aggressiver er gegen mich wird, umso besser. Umso eher macht er Fehler.«

Bei sich dachte Ludwig: Lothar muss beherrschter werden, sonst kann ich ihn auf keinen Fall alleine auf dieses Ekel loslassen.

»Ich habe ein sehr gutes Mikro bei mir, Herr Schmölzl«, rief er dem mutmaßlichen Peiniger von Sabine Grässle hinterher.

»So was hat viel mehr Wirkung als eine tätliche Auseinandersetzung, Lothar«, belehrte er anschließend seinen Mitstreiter.

»Ja, da hast du schon recht, Lude. Da muss ich zurückhaltender, souveräner reagieren. Das ist mir schon klar.«

Ein erster Schritt war also getan. Und in der Tat hielt sich Leopold Schmölzl an diesem Abend zurück. Ludwig und Lothar warteten bis weit nach Mitternacht vor dem Haus von Sabine Grässle. Etwas Auffälliges passierte an diesem Abend nicht. Es gab noch nicht einmal einen lauten Wortwechsel.

Bevor sie mit den Rädern die Heimfahrt antraten, kam Ludwig eine Idee.

»Sag mal, Lothar, kennst du die Firma ›Dentamal‹ hier in Biberach?«

»Ja, das ist die Filiale einer Kette von Dental-Labors. Die sind im Gewerbegebiet Wolfental«, antwortete Lothar.

»Kennst du dort jemanden?«

»Den Betriebsratsvorsitzenden, den kenne ich ganz gut«, gab Lothar beiläufig Auskunft.

»Dann werden wir uns den mal vorknöpfen.« Ludwig war zufrieden.

»Moment mal, der ist nicht hier in Biberach, der ist in München. Da ist der Hauptsitz dieser Firma.«

»Rufe ihn einfach an«, gab Ludwig zurück.

»Und was soll der machen?«

»Es reicht, wenn wir ihn über unseren Verdacht informieren. Vorläufig braucht er gar nichts tun. Aber wenn es notwendig ist, werden wir versuchen, ihn in unsere Ermittlungen einzubinden.«

»Du bist ein ganz schöner Sauhund, Lude. So langsam steige ich hinter deine Strategie.«

»Als nächstes werden wir auskundschaften, in welchem Beisl, äh, in welcher Kneipe der Schmölzl ständig verkehrt.«

»Und dann?«

»Werde ich seinen Stammtischbrüdern erklären, was für ein Prachtstück sie bei sich am Tisch sitzen haben.«

»Ui, das kann man aber auch als Verleumdung sehen«, warnte Lothar.

»Genauso ist es gedacht!«

»Dann wird's spannend«, freute sich ein feixender Lolo.

Da der Betriebsratsvorsitzende auf einem Seminar weilte, mussten sie den Anruf um einen Tag verschieben. Noch einmal gingen sie an diesem Abend zu zweit in die Uhlandstraße.

Als Schmölzl mit seinem Audi vorfuhr, stellte sich ihm Ludwig wieder in den Weg.

»No hom mer sich g'fircht, gestern auf d'Nacht?«, fragte Ludwig, wieder betont in wienerischem Dialekt.

Schmölzl war jedoch vorbereitet und gab sich wesentlich weniger aggressiv als am Vorabend.

»Fürchten tu ich mich vor Ihnen überhaupt nicht, Herr Hirschberger. Ich habe auch gar keinen Grund dazu. Sie wissen das. Erkennen Sie einfach an, dass Sie hier fehl am Platze sind. Gehen Sie lieber wieder zurück nach Wien zu Ihrem komischen Verein, vielleicht werden Sie da wirklich gebraucht. Hier vergeuden Sie nur Ihre Zeit.«

»Wunderbar«, antwortete Ludwig, »nur bestimmen das nicht Sie, wann ich nach Wien zurückkehre. Das bestimmen immer noch meine Auftraggeber.«

»Nehmen S' die am besten gleich mit«, sagte Schmölzl und lachte höhnisch.

»Am liebsten würd ich Sie mitnehmen, damit die Frau Grässle wieder in Ruhe ihr Leben führen kann.«

»Tja, dann schlagen Sie Ihre Zeit halt hier unnütz tot. Aber so alte Männer wie Sie haben ja offenbar sowieso nichts anderes zu tun.«

»Der ist aber ganz schön selbstbewusst«, staunte Lothar. »Was hast du dem eigentlich da vorhin auf Wienerisch gesagt, Lude?«

»Ach so, ob er gestern Abend Angst gehabt habe«, übersetzte Ludwig. »Und was sein Auftreten angeht, vermute ich, dass dem in seiner Kindheit und Jugend sehr oft Unrecht zugefügt worden ist.«

»Woher weißt du das?«

»Vom Heubl. Der sagt immer: Menschen, denen in der Kindheit oder in der Jugend Unrecht getan wurde, fühlen sich als Erwachsene dauernd im Recht. Mit allem, was sie tun«, erklärte Ludwig.

»Die haben also überhaupt kein Unrechtsbewusstsein?«

»Null. Die sind auch unbelehrbar und absolut beratungsresistent.«

Lothar dachte kurz nach.

»Deswegen willst du ihn zu Fehlern provozieren!«

»Genau, jetzt hast du es erfasst. Diesen Typen ist mit normalen Methoden nicht beizukommen. Wenn das Opfer keine Anzeige erstattet, hast du überhaupt keine Chance gegen solche Monster.«

Im Gegensatz zu gestern wurde es heute Abend im Haus der Sabine Grässle wieder extrem laut. Ludwig wollte wieder seine übliche Prozedur starten, musste, als er läutete, aber feststellen, dass Schmölzl die Klingel abgestellt hatte. Diese Erfahrung hatte er allerdings schon in früheren Fällen gemacht, er war deshalb entsprechend vorbereitet. Mit seinem Smartphone rief er die Festnetz-Nummer von Sabine Grässle an.

»Bei Grässle«, meldete sich Schmölzl.

»Wenn Sie meinen, ich hör nicht, was Sie da machen, dann haben Sie sich getäuscht.«

»Aber Herr Hirschberger, welche Halluzinationen haben Sie denn?«

Das war eindeutig. Schmölzl provozierte zurück. Er legte auf und stellte das Telefon offenbar auf stumm. Ludwig bemerkte dies, nachdem er mehrere Male hintereinander Sabines Nummer gewählt hatte. Daraufhin rief er bei Gabi an.

»Kannst du bitte bei Elvira Grässle anrufen und nach der Handynummer ihrer Tochter fragen?«

»Ja klar, gerne.«

»Ich rufe dich in fünf Minuten wieder zurück.«

Die Laute, die aus dem Haus kamen, wurden zwischenzeitlich immer eindeutiger. Sabine Grässle musste für Ludwigs Provokationen büßen. Dies tat ihm zwar leid für sie, aber er musste das zumindest vorübergehend billigend in Kauf nehmen, wenn er mit seiner Strategie Erfolg haben wollte.

Ludwig startete die nächste Stufe seiner Taktik. Als er Sabine Grässles Handynummer anrief, meldete sich wieder Schmölzl.

»Hallo.«

»Ich bin's wieder, Ihr schlechtes Gewissen!«

Wortlos legte Schmölzl auf und schaltete auch das Handy auf stumm.

»Und jetzt?« Lothar wurde wieder einmal fuchsteufelswild.

»Jetzt machen wir ein bisschen Feuerwerk«, antwortete Ludwig grinsend.

Er holte seine ultrahelle LED-Taschenlampe aus seiner Mappe heraus und leuchtete direkt in ein Fenster des Reihenhauses. Ein kleines Fenster im Flur hatte keine Jalousien, sodass der Lichtstrahl das gesamte Haus erleuchtete.

Daraufhin hörten die Schläge auf. Für diesen Abend.

Ludwig nahm sein Notizbuch und begann, Zahlen in eine Tabelle einzutragen.

»Was machst du da?«

Neugierig steckte Lothar seine Nase in Ludwigs Tabellen.

»Das ist ein von der A.g.A. erarbeitetes Schema. Hier halte ich fest, um wie viel Uhr der Täter das Zuhause erreicht. Dann markiere ich die Tage, an denen er zuschlägt, und die Uhrzeiten, an denen er rabiat wird.«

»Interessant, und was soll das?«

»Damit können wir uns ein besseres Bild über das Täterverhalten machen, können ihn quasi charakterisieren. Im Vergleich mit den Daten bei anderen Delinquenten können wir ein gewisses Täterprofil erstellen. Das wiederum nutzen wir bei der weiteren Vorgehensweise.«

»Aha, der Profiler im Ludwig. Alles klar«, folgerte Lothar.

»Ungefähr schon. Deshalb werden diese Daten auch über einen längeren Zeitpunkt gesammelt und prinzipiell im Zentralcomputer der A.g.A. in Wien gespeichert. Wenn du mich einmal in den nächsten Tagen ablösen solltest, musst auch du die Daten in die Liste eintragen.«

Ludwig erklärte seinem Freund, worauf es bei der Liste ankam.

»Ihr seid vielleicht kompliziert bei der Polizei!«, stöhnte der.

»Nein, nicht kompliziert. Nur genau. Aus dem Täterprofil erarbeiten wir die Vorgehensweise. Nicht alle Typen, die zuschlagen, ticken gleich. Im Grunde genommen tickt sogar jeder anders. Aber im Vergleich mit den zu Rate gezogenen Daten bekommen wir schon ein etwas genaueres Bild von unserem Täter.«

Vorsichtshalber übergab Ludwig schon einmal einige

Blanko-Tabellen an Lothar. Dass dieser recht bald damit würde arbeiten müssen, konnten die beiden zu diesem Zeitpunkt jedoch noch nicht ahnen.

Gabi hatte Ludwig in seinem Hotel eine Nachricht hinterlassen, dass sie am nächsten Tag eine Fahrradtour mit ihrem Damenkränzchen unternehmen werde, sie also ihr E-Bike benötige. Im Gegenzug wollte sie Ludwig ihren Fahrzeugschlüssel überlassen. Der war zwar nicht sonderlich begeistert, nahm das Angebot aber dennoch an, obwohl ihm ein Spaziergang von seinem Hotel aus auf den Galgenberg sicher gut getan hätte. Aber wer weiß, für was es gut war.

Am nächsten Morgen stand Ludwig früh auf, schließlich benötigte Gabi ihr Fahrrad rechtzeitig.

Nachdem er ihr das E-Bike übergeben und den Autoschlüssel erhalten hatte, setzte er sich in Gabis Wagen, den sie schon vor der Garage platziert hatte. Gernot schien noch selig zu schlafen, ansonsten hätte der sich sicher bemerkbar gemacht. Das Autoradio war auf Gabis Lieblingssender SWR4 eingestellt. Ludwig hatte wenig Lust auf Berieselung, wollte etwas anspruchsvollere Unterhaltung und war froh, dass er ORF 1 einstellen konnte. Der Sender brachte um diese Uhrzeit die Nachrichten. Ludwig stand gerade an der Ampel in der Rollinstraße und wollte die Waldseer Straße überqueren, als er plötzlich innehielt und das Radio unwillkürlich lauter drehte:

»Hofrat Professor Dr. Norbert di Lenardo, langjähriger

Leiter des Kunsthistorischen Museums in Wien, ist heute früh plötzlich und überraschend verstorben. Norbert di Lenardo wurde 65 Jahre alt und stand kurz vor seiner Pensionierung.«

In der Folge erzählte die Moderatorin noch den Werdegang des Verstorbenen. Ludwig verpasste die Grünphase der Ampel und wurde durch das wilde Hupen der hinter ihm Stehenden aus seiner Schockstarre gerissen.

Das konnte doch gar nicht sein. Der Norbert tot! Der jetzige Ehemann seiner früheren Ehefrau Lea. Das würde sie sicher total aus der Bahn werfen, war Ludwig überzeugt. Trotz Trennung und Scheidung war er mit Lea noch befreundet. Und auch mit Norbert hatte er sich angefreundet. Der war ein feinsinniger Mann, hochintelligent und sehr gebildet. Ihm gegenüber wirkte Ludwig tatsächlich wie ein Kulturbanause. Ludwig hatte sich auch eingestehen müssen, dass Norbert viel besser zu Lea passte als er selbst. Obwohl: Er war das Gefühl nie losgeworden, dass es sich bei den beiden eher um eine Kameradschaftsehe als um eine Liebesehe handelte. Zu gut kannte er seine Lea, mit der er fast 30 Jahre zusammen gewesen war. Möglicherweise redete sich Ludwig das aber auch nur ein, denn eines stand für ihn fest: Er würde seine Lea lieben, solange er lebte.

Und genau deswegen musste er sofort nach Wien. Sie war sicherlich total erschüttert und brauchte jetzt seinen Beistand. Er wollte sich umgehend auf den Weg machen. Sein erster Anruf galt deshalb Lothar. Er bat ihn, für einige Tage die Überwachung des Hauses alleine oder zusammen mit Cem Yildirim zu übernehmen und gegebenenfalls einzuschreiten.

»Aber mach bloß keinen Scheiß. Und rufe noch den Betriebsrat an!«, bläute er dem Kumpel ein, dessen impulsive Art er ja schon einige Male erlebt hatte.

»Keine Angst, du kannst dich auf mich verlassen, Lude. Fahr ganz beruhigt nach Wien. Deine Handy-Nummer habe ich ja. Wenn wir diesen Saukerl haben, rufe ich dich einfach an!«

»Ohne den Polizeiobermeister Biechele unternimmst du gar nichts! Sonst kommen wir beide in Teufels Küche«, redete Ludwig auf Lothar ein. »In ein paar Tagen bin ich wieder da.«

Als nächstes informierte er POM Biechele und Gerlinde Lüscher. Danach setzte er auch den inzwischen erwachten Gernot in Kenntnis.

»Wohin fahrst, nach Wien? Weil der Herr Professer gstorbn ist? Und die Lea braucht dich jetzt. Aha, der Herr Gutmensch muss wieder seines Amtes walten.«

»Das ist einfach meine Pflicht, Gernot. Die Lea braucht mich jetzt wirklich. In dieser entsetzlichen Situation. Ich muss da hin. Ich muss ihr eine Stütze sein!«

»Und du glaubst, die Lea hätte das im umgekehrten Fall auch gemacht?«, fragte der Psychiater nach.

»Als ob das jetzt eine Rolle spielen würde. Die Lea war immer für mich da. Außerdem geht's bei uns nicht um Auge um Auge und Zahn um Zahn.«

»Sondern um die große Zuneigung des Herrn Fallanalytiker, obwohl ihn die Dame einfach hat sitzen gelassen.«

Ludwig kannte die Einstellung von Gernot Heubl zur Genüge und beendete das Telefonat. Für den forensischen Psychiater hieß Ende nun mal Ende, da war er fast dogmatisch. Ganz im Gegensatz zu Ludwig.

Als nächstes rief er den gemeinsamen Sohn Marco in New York an.

»Papa, weißt du eigentlich, welche Uhrzeit wir hier an der Ostküste haben? Was gibt es denn so Wichtiges?«

»Der Norbert ist tot. Ich habe es gerade in den Nachrichten gehört.«

Am anderen Ende der Leitung herrschte erst einmal betretenes Schweigen.

»Ich bin für die A.g.A. in Biberach und habe hier einen Fall übernommen, mache mich jetzt aber sofort auf den Weg nach Wien zur Mama.«

Marco wirkte echt geschockt, obwohl er dem neuen Lebenspartner seiner Mutter nicht annähernd so viel Sympathie entgegenbrachte wie sein Vater.

»Entsetzlich, das wird die Mama treffen wie ein Keulenschlag. Fahr bitte sofort zu ihr. Du bist der Einzige, der ihr jetzt helfen kann. Ich kann hier unmöglich weg.«

»Das verstehe ich, Marco, deshalb mache ich mich sofort auf den Weg. Ich fahr jetzt mit der Bahn nach München und nehme den nächsten Flieger nach Wien«, beruhigte Ludwig seinen Sohn.

»Ja, und wenn es ganz schlimm wird, gibst du mir Bescheid, dann muss ich doch kommen.«

»Alles klar, Marco, ich halte dich auf dem Laufenden, aber ruf die Mama wenigstens an. Dann kannst du ihr auch sagen, dass ich schon auf dem Weg zu ihr bin. Grüß die Manuela und die Lara schön von mir!«

Manuela war seine Schwiegertochter und Larissa, die er nur Lara nannte, seine Enkeltochter.

»Tu alles, um ihr eine Stütze zu sein. Jetzt braucht sie dich wirklich, Papa.«

»Ich versprech's dir.«

Plötzlich war dieser Schmölzl nur noch zweitrangig für Ludwig, hatten sich die Parameter in seinem Leben verschoben. Jetzt war er nicht mehr als Polizist, als Fallanalytiker, als Nothelfer für in Bedrängnis geratene Ehefrauen gefragt, jetzt war er als Ehemann gefragt. Obwohl er der Ex-Ehemann war, aber er alleine konnte Lea einigermaßen helfen. Da war er sich ziemlich sicher. Und dieses Mal wollte er nicht versagen. Dieses Mal wollte er seiner Lea die große Stütze sein, die sie brauchte. Dieses Mal würde er sich nicht von einem »Fall« davon abhalten lassen, für sie da zu sein. Für sie ganz alleine. Leute wie Schmölzl oder dieser Abklatsch vom Bawonzer, diese ganze unangenehme Mischpoke war auf einen Schlag in den Hintergrund getreten.

Ludwig fuhr in sein Hotel, packte seinen Koffer, bezahlte die Rechnung und checkte aus. Er werde vermutlich in ein paar Tagen wieder zurückkommen, meinte er noch. Danach fuhr er in die Memelstraße und gab Gernot die Autoschlüssel, nachdem er den Wagen in Gabis Garage gefahren hatte.

»Gute Reise, Herr Samariter«, rief ihm Gernot nach.

»Servus, du Nervensäge«, konterte Ludwig, wohl wissend, dass sein alter Freund und Kollege das alles gar nicht so meinte.

Und wenn er jetzt bloß den Samariter gab – doch genau den brauchte Lea in diesem Moment. Er konnte sich in sie hineinfühlen. Jetzt hatte sie mit dem Trennungsschmerz zu kämpfen, den er erfahren musste, als sie ihn verlassen hatte. Nur, es gab einen nicht ganz unbedeutenden Unterschied: Lea hatte ihn nicht für immer verlassen so wie jetzt der Norbert sie.

Auf dem Weg zum Bahnhof kaufte sich Ludwig in einer Bäckerei noch etwas Reiseproviant. In Ulm musste er in den ICE nach München umsteigen. Er überlegte sich die ganze Zeit, ob er Lea anrufen sollte, fand aber, dass es besser sei, sie direkt aufzusuchen. Auf dem Münchener Hauptbahnhof entdeckte er auf der Anzeigetafel, dass in einer Viertelstunde ein Railjet nach Wien fahren würde. Damit wäre er dann garantiert nicht viel langsamer als mit dem Flieger. Er besorgte sich ein Ticket für den schnellen österreichischen Express-Zug und verzichtete auf den Flug nach Schwechat, wo der Wiener Flughafen lag.

Um sich abzulenken, zog er sein Notizbuch aus der Tasche und las seine Aufzeichnungen, die er sich bis jetzt gemacht hatte, ganz genau durch. Diesem Leopold Schmölzl würde er in Wien noch einmal auf den Grund gehen. Wieso hatte der seine Heimatstadt verlassen und war nach Biberach gegangen? Wieso wohnte er in Ulm? Wieso behielt er diese Wohnung? Wieso wurde er das Gefühl nicht los, diesen Typen schon irgendwo einmal gesehen zu haben? Und zwar in Wien! Sofern es die Betreuung von Lea zuließ, wollte er diesen Fragen nachgehen. Womöglich lag die Lösung tatsächlich in Wien. Er würde seinem Nachfolger Thomas Egger auf die Nerven gehen müssen.

In Wien angekommen, ging er kurz nach Hause, duschte sich, zog sich um und begab sich sofort zu Lea. Sie war natürlich völlig aufgelöst. Als sie ihm die Haustüre öffnete, fiel sie ihm sofort um den Hals.

»Zu spät. Es ist alles zu spät, Wiggerl. Alles!«

Sie befand sich noch im ersten Schock. Jetzt war es wichtig, einfach mit ihr zu reden. Jetzt musste sie ihren Gefühlen Ausdruck geben können.

»Was meinst du mit ›zu spät‹?«

»Seine Dienstbeflissenheit meine ich. Seine idiotische Dienstbeflissenheit.«

Tränen rannen über Leas Backen. Sie wirkte jetzt aber eher zornig.

»Kannst du mir das mal näher erläutern?«

»Seit einem Jahr hätte sich Norbert eine neue Herzklappe einsetzen lassen sollen, er hatte schon einen OP-Termin in Lainz. Aber nein, was macht der Herr Professor? Er verschiebt alles, weil er es erst nach seiner Pensionierung erledigen will. Jawoll, erledigen. Er hat das behandelt wie eine Akte, die man erledigen muss. Und jetzt ist alles zu spät.«

»Das ist tragisch«, sagte Ludwig betroffen.

»Tragisch? – Nein, das ist deppert. Was hat er denn nun davon? Er ist tot. Verstehst du Ludwig, Norbert ist tot!«

Erst jetzt schien sie wirklich zu realisieren, dass Ludwig ihr leibhaftig gegenüberstand.

»Was machst du eigentlich in Wien, ich dachte du bist für die A.g.A. in Biberach und untersuchst einen Vorfall?«

»War ich auch. Bis ich heute im Radio von Norberts Tod erfahren habe. Danach habe ich mich sofort auf den Weg gemacht. Vielleicht kann ich dir ja was helfen!«

»Ach, stimmt, Marco hat mich ja heute früh angerufen und mir dein Kommen signalisiert. Dass du mir helfen willst, das ist sehr nett von dir, Wiggerl. Verdient hab ich's aber nicht, dass du mir noch hilfst.«

»So ein Quatsch. Natürlich bin ich jetzt für dich da.«

Ludwig ging in den Keller, holte eine Flasche Rioja herauf und legte Schuberts Unvollendete in den CD-Player. Sie saßen während der gesamten Spieldauer einfach nur da und hörten der Musik zu. Das konnte den Schmerz der Mutter seines Sohnes zwar nicht lindern, aber ihn vielleicht ein bisschen erträglicher machen. Er registrierte, wie sie dennoch die wunderbaren Dialoge zwischen den Holzblasinstrumenten verfolgen konnte und in die Romantik dieser siebenten und wohl schönsten Schubert-Sinfonie eintauchte.

»Gib noch die Mondscheinsonate hinein«, bat sie ihn, nachdem die Unvollendete verklungen war. Er legte Beethovens Klaviersonate ein. Gespielt von Paul Badura-Skoda. Er wusste, dass sie dessen Interpretation besonders schätzte.

Ludwig fiel auf, dass Lea in ihrem schwarzen Rock und dem schwarzen Pulli sehr schlank aussah. Seit sie im Klimakterium war, hatte sie zwar ein paar Kilo zugenommen, aber die Farbe der Trauer ließ sie sehr schlank aussehen. Sie wirkte immer noch ausgesprochen sportlich und drahtig, was Ludwig von sich nicht gerade behaupten konnte.

Nachdem auch diese Musik verklungen war, seufzte Lea und bat ihn dann:

»Erzähl mir von dem Fall, an dem du gerade dran bist.«

Offensichtlich suchte sie ein bisschen Ablenkung. Die wollte ihr Ludwig gerne geben.

»Schon komisch, da fahre ich 600 Kilometer, um in meiner Geburtsstadt einen Fall häuslicher Gewalt ans Tageslicht zu fördern. Und woher stammt der Täter? Aus Wien!«

»Und, kennst den?«

»Eigentlich nicht. Ich meine zwar, ihn schon einmal gesehen zu haben, kann mich aber nicht mehr genau erinnern, bei welcher Gelegenheit. Er könnte ein Zeuge gewesen sein. Ich weiß es nicht!«

»Und der ist jetzt in Biberach und misshandelt eine Frau, na servus«, entfuhr es Lea.

Ludwig berichtete ihr von seinen bisherigen Erkundungen und was er vorhatte mit diesem Herrn Schmölzl. Berichtete ihr von Cem Yildirim und davon, dass er Lothar Sattler in den Fall eingebunden hatte und dass der jetzt an seiner Stelle die Überwachung des Leopold Schmölzls vornehme.

»Und wieso macht das net der Heubl? Der wohnt doch jetzt dort.«

»Ach weißt du, der Gernot ist ein Genie, der kann Dinge verknüpfen, die andere nicht einmal für verknüpfbar halten, der kann in einer Stunde einen Aktenordner lesen und weiß hinterher jedes Detail. Aber sich vor einen möglichen Verbrecher hinstellen und ihn befragen, ihn bedrängen, ihn unter Druck setzen, das kann er nicht. Deswegen ist der dafür nicht geeignet. Ich bin aber sicher, dass ich ihn in dieser Causa noch benötigen werde.«

Danach sprachen die beiden früheren Eheleute noch lange über Norbert, bis Lea mitten in der Nacht sagte:

»Geh, Wiggerl, tu mir einen Gefallen, schlaf heute Nacht im Gästezimmer. Ich möchte jetzt nicht so ganz alleine in diesem Haus sein.«

Das frühere Kinderzimmer von Marco war nach dessen Heirat mit Manuela zum Gästezimmer umfunktioniert worden. Ludwig tauchte dort deshalb in Erinnerungen an die gemeinsame Familienzeit ein.

Am nächsten Morgen war Lea in einer Stimmung, dass Ludwig befürchtete, sie würde durchdrehen. So kannte er seine Lea nicht; so hatte er sie noch nie erlebt. Völlig hysterisch saß sie am Frühstückstisch:

»Ich bin schuld an seinem Tod, ich trage die Verantwortung. Ich ganz alleine. Ich gehöre vor den Richter wegen unterlassener Hilfeleistung.«

Dicke Tränen rannen ihr die Wangen herab, die Verzweiflung war ihr ins Gesicht gezeichnet.

»Aber schon gar net«, erwiderte Ludwig. »Wie kommst denn auf so einen Blödsinn?«

»Ich bin es, die an seiner Seite gelebt hat. Ich bin es, die die Zeichen erkannt hat. Ich bin es, die ihn hätte warnen müssen. Ich bin es, die von ihm hätte verlangen müssen, die Herzoperation sofort und unmittelbar machen zu lassen. Ich habe ihn gewähren lassen, ihm erlaubt, zu warten bis nach seiner Pensionierung. Ich trage die Schuld Ludwig. Verstehst du? Ich ganz alleine!«

»Ich glaube, da bringst du im Augenblick etwas durcheinander, Lea. Norbert war weder ein Kind, noch ein dementer Greis. Er war auch nicht jemand, der sich in seiner Meinung von irgendjemand hat beeinflussen lassen. Norbert war ein sehr höflicher, verbindlicher, charmanter und außerordentlich freundlicher Mensch. Aber er war auch sehr emanzipiert, wusste ganz genau, was er wollte. Ich glaube nicht, dass du ihn hättest umstimmen können.«

»Woher willst denn du das wissen, he?«

»Ich habe mich vor wenigen Wochen mit ihm im ›Café Central‹ auf eine Melange getroffen und wir haben uns über seine bevorstehende Pensionierung unterhalten. Dabei hat er expressis verbis zu mir gesagt, er freue sich schon sehr auf seine Pensionierung, aber zuvor habe er noch etwas ganz Wichtiges zu erledigen, denn seine Mission sei noch nicht beendet. Er könne nicht beruhigt aufhören, ohne sein Werk vollendet zu haben.«

»Und was soll das gewesen sein, bitte schön?«

Lea weinte bitterlich. Ludwig ließ sie gewähren. Er wusste nur zu gut, dass es in diesen ersten Stunden der Trauerarbeit die Tränen waren, die zu einem winzigen Quäntchen Trost verhalfen.

»Das, liebe Lea, hat er mir leider nicht verraten. Wie du weißt, hielt er mich für einen Banausen, was sein Fachgebiet anbetraf. Womit er im Übrigen vollkommen recht hatte.«

»Aber er hat dich sehr geschätzt und sehr gemocht.«

Das stimmte. Es war eine erstaunliche Freundschaft entstanden zwischen Ludwig und Norbert, den zwei Männern in Leas Leben, was ihr sogar manchmal seltsam vorgekommen war. Ludwig indes war es recht, dass er das Gespräch in eine etwas andere Richtung lenken konnte.

Überhaupt: Wenn die ganzen Formalitäten hier erledigt waren, wenn Norberts Begräbnis vorbei war, würde er Lea ablenken müssen, sie davor bewahren müssen, in dieses entsetzliche Loch der Leere zu fallen. Doch wie?

Plötzlich hatte er eine Idee: Er könnte Lea ja in den Fall Schmölzl einspannen und sie in Wien Recherchen über Leopold Schmölzl anstellen lassen. Etwas beschämt erinnerte sich Ludwig daran, dass Lea eine sehr gute Polizistin gewesen war, ehe Marco zur Welt kam. Als Spezialistin für Wirtschaftskriminalität hatte sie in den späten Siebzigern die Lucona-Affäre um den Besitzer des weltberühmten »Café Demel« aufgedeckt. Sie hätte wohl eine große Karriere gemacht, wenn Ludwig nicht darauf bestanden hätte, dass sie sich ausschließlich um ihr gemeinsames Kind kümmerte. Obwohl die Gleichstellung von Mann und Frau damals noch in den Kinderschuhen steckte, wunderte sich Ludwig bis heute darüber, dass sich Lea darauf überhaupt eingelassen hatte. Sie als Vorreiterin der Emanzipation, ohne dabei auch nur den Hauch von Militanz zu versprühen.

Der Tag von Norberts Beerdigung war gekommen. Tausende Menschen strömten auf den Wiener Zentralfriedhof. Norbert war von vielen sehr geachtet worden. Vor allem durch seine zahllosen Fernseh-Sendungen über die bildende Kunst war er zu einem Begriff, zu einer Institution geworden. So hielten denn auch die Wissenschaftsministerin und der Bürgermeister von Wien Reden auf seiner Trauerfeier. Sie hoben hervor, dass insbesondere di Lenardos detailgetreuen Beschreibungen der Werke von Gustav Klimt und Egon Schiele schon vor Jahrzehnten die Künstler der Wiener Moderne einer breiten Bevölkerungsschicht in der österreichischen Hauptstadt nähergebracht hätten, als das jemals zuvor der Fall gewesen sei.

»Norbert di Lenardo hat uns diese Künstler quasi wieder geschenkt, nachdem man sie lange Jahre vermissen musste. Alleine diese Leistung verdient meine allerhöchste Anerkennung. Aber auch darüber hinaus hat uns der Verstorbene in zahllosen Veröffentlichungen mit der bildenden Kunst vertraut gemacht. Er hat uns ein Bild der bildenden Kunst gemalt«, betonte der Kulturdezernent der Stadt Wien als letzter Redner vor der Beisetzung.

Schon am nächsten Morgen drohte Lea in dieses tiefe Loch zu fallen. Ludwig war jedoch darauf vorbereitet.

»Sag mal Lea, könnest du mir einen Riesengefallen tun?«

»Und der wäre?«

Lea klang desinteressiert und zu sehr mit sich selbst beschäftigt.

»Na ja. Ich bräuchte im Fall Schmölzl dringend Hilfe hier in Wien. Irgendwie habe ich den Verdacht, dass die Lösung oder besser gesagt die Auflösung dieser Geschichte gar nicht in Biberach, sondern vielmehr hier in Wien liegt. Ich habe mir nämlich schon überlegt, ob ich nicht für einen längeren Zeitraum hierbleibe und ausführlich über meinen Delinquenten recherchiere. Aber dann fehle ich in Biberach. Deshalb meine Frage: Könntest du für mich die Rolle des Statthalters hier in Wien übernehmen?«

»Geh, kann des net der Egger machen?«, wehrte Lea ab.

»Du vergisst, dass ich nicht mehr im Dienst bin und privat ermittle. Was bitte soll mein Nachfolger ermitteln über ein mögliches Vergehen in Baden-Württemberg, das dort noch nicht einmal als Fall registriert ist?«

»Und wie soll ausgerechnet ich dir dabei helfen?«

Ludwig wähnte sich auf dem richtigen Weg. Er begann, Lea den Fall detailliert zu beschreiben, berichtete ihr haarklein die Vorfälle, zeigte ihr seine Befürchtungen auf und weihte sie in seine Pläne über das weitere Vorgehen ein.

»Und was erwartest du genau von mir?«

Lea sprach nicht mehr im Konjunktiv. Das stimmte Ludwig zuversichtlich.

»Um wirklich weiterzukommen, muss ich die Vergangenheit des Leopold Schmölzls in Wien kennen. Ich muss jedes Detail seiner Vergangenheit hier erfahren. Ich muss wissen, ob er irgendwann einmal mit der Polizei zu tun hatte. Ich muss seine Verbindungen von früher kennenlernen. Welche Frauen hatte er in Wien? Wo hat er gearbeitet? Wie wird er von seiner Umwelt beurteilt? Wer lebt von seiner Verwandtschaft hier?«

»Ganz schön viel auf einmal. Du hast wohl vergessen, wie lange ich schon nicht mehr ermittelt habe.«

»Das spielt doch überhaupt keine Rolle. Deinen Spürsinn, dein Talent, deine verknüpfende Intelligenz hast du nicht verloren. Genau betrachtet, bist du meine Idealbesetzung hier in Wien.«

»Und du verschwindest also schon wieder?«

Lea wirkte wieder verzweifelt.

»Nein, auf gar keinen Fall. Du bestimmst den Zeitpunkt, wann ich mich wieder auf den Weg nach Biberach mache. Du ganz alleine.«

Die Erleichterung war Lea direkt anzusehen. Die Dinge unter ihrer Kontrolle zu haben, war ihr schon immer sehr wichtig gewesen.

»Und wo fangen wir an?«, lautete deshalb auch ihre nächste Frage.

»Schon beim Egger. Wir gehen morgen dorthin. Der muss seinen Quatschkasten, also seinen Computer, nach diesem Schmölzl ausfragen. Irgendwas muss es da geben.«

Gleich am nächsten Morgen wollten sich die beiden in Ludwigs frühere Dienststelle begeben, die umgezogen war und jetzt in der Taborstraße lag. Allerdings fühlte sich Lea nicht imstande dazu und blieb zu Hause.

»Wir suchen alles über diesen Leopold Schmölzl, von

dem ich dir neulich am Telefon berichtet habe«, bat Ludwig seinen Nachfolger.

»Und von dem hier überhaupt nichts vermerkt ist. Hast du schon einmal im Telefonbuch nachgeschaut?«, schlug Thomas Egger vor.

»Na klar, da gibt es 46 männliche Schmölzl, aber keinen mit Vornamen Leopold.«

»Dann wird's extrem schwierig. Unter häusliche Gewalt habe ich schon nachgesehen, aber da ist gegen keinen Schmölzl was zu finden.«

»Puh«, stöhnte Ludwig.

»Versuchen wir es doch mal mit dem Geburtsdatum«, meinte sein Nachfolger, »hast du das, Wiggerl?«

Ein genialer Gedanke.

»Ja klar.«

Ludwig nahm sofort sein Notizbuch heraus, blätterte hin und her, vor und zurück.

»Ich bin mir sicher, dass ich es aufgeschrieben habe, Moment. Ah, hier ist es: 12. Mai 1982.«

Thomas Egger gab das Datum mit dem Namen Schmölzl in seinen Computer ein.

»Hier. Ja, da habe ich einen Eintrag, aber nicht von einem Leopold Schmölzl, sondern von einem Herbert Schmölzl.«

»Oh, das ist aber ein großer Zufall. Zwei Schmölzl mit demselben Geburtsdatum, das muss ich mir genauer anschauen.«

Thomas Egger las den Vorgang auf seinem Bildschirm kurz durch und meinte dann überrascht:

»Den müsstest du eigentlich kennen, Ludwig. Du hast den im Jahr 1997 selbst einmal vernommen.«

»Aha, das ist schon komisch. Mir ist dieser Leopold Schmölzl in Biberach irgendwie bekannt vorgekommen. Er ist möglicherweise verwandt mit Herbert Schmölzl. Wieso hab ich ihn denn vernommen?«, fragte er ebenfalls überrascht.

»Sein Vater kam durch einen Treppensturz ums Leben und Nachbarn hatten gemeint, der Sohn habe womöglich nachgeholfen. Der Gernot und du, ihr seid damals nach einem Profil über den Herbert Schmölzl gefragt worden.«

»Und, was ist damals herausgekommen?«

Ludwig konnte sich nicht mehr an die Einzelheiten erinnern. Aber dass die »Aktensau« das nicht mehr auf dem Radar hatte, verwunderte ihn dann schon.

»Nix ist rausgekommen. Gar nichts. Die Ermittlungen gegen Herbert Schmölzl sind eingestellt worden.«

»Und der zweite Eintrag?«, hakte Ludwig nach.

»Da hat er eine Frau als vermisst gemeldet. Das war vor einem halben Jahr!«, antwortete Egger.

»Und wie heißt diese Dame?«

Ludwig wurde unruhig. Ihn interessierte das jetzt sehr.

»Heidi Stürmer.«

»Und was ist daraus geworden?«

»Tja die gute Frau ist nie mehr aufgetaucht!«

Jetzt war auch Thomas Egger einigermaßen konsterniert. Und Ludwig pfiff durch die Zähne.

»Aber gesucht wird nicht mehr nach ihr, der Fall gilt als erledigt. Soll ich genau nachforschen, wieso?«, fragte Egger.

»Nein, Thomas. Zum jetzigen Zeitpunkt noch nicht. Wenn es erledigt ist, dann dürfte ja kein Verdacht mehr gegen den Herbert Schmölzl bestehen. Trotzdem, dem müssen wir jetzt aber sofort nachgehen. Wir müssen herausfinden, wer dieser Herbert Schmölzl ist. In welchem Zusammenhang steht er zu Leopold Schmölzl? Ist er womöglich sein Bruder?«

»Dann würde der sicher auch hier aufgeführt sein und es müssten dann Zwillinge sein«, erwiderte sein Nachfolger messerscharf.

»Auch wieder wahr. Hat er noch Angehörige in Wien?«, fragte Ludwig.

Nachdem Egger in seinem Computer nachgesehen hatte, beantwortete er die Frage, immer noch etwas nachdenklich:

»Ja es gibt eine Mutter, die wohnt in der Koppstraße in Ottakring.«

»Ich glaube, der sollten wir dringend mal einen Besuch abstatten«, sagte Ludwig sehr aufgewühlt.

»Wieso wir?«, fragte sein Nachfolger. »Ich kann dir zwar helfen, aber mit dir zusammen ermitteln kann ich nicht, das weißt du doch.«

»Nicht du, sondern Lea, meine Ex-Frau. Die werde ich nämlich in meinen Fall mit einbauen.«

Da war er womöglich auf etwas gestoßen. Etwas Handfestes gab es zwar noch nicht, aber möglicherweise einen Untersuchungsansatz.

»Ja, das halte ich für eine gute Idee«, schloss sich Ludwigs Nachfolger dessen Absicht an.

»Also auf in den 16. Bezirk«, gab Ludwig das Zeichen zum Aufbruch.

Wäre jetzt Gernot dabei gewesen, hätte er ihnen alle Ermittlungen von damals haarklein erzählen können. So aber war Ludwig auf die Angaben seines Nachfolgers angewiesen. Aber auch diese nicht so in die Tiefe gehenden Informationen waren für Ludwig sehr hilfreich.

Ludwig berichtete Lea, dass er einen neuen Ermittlungsansatz gefunden habe. Die war nun plötzlich Feuer und Flamme und von ihrer Unpässlichkeit war nichts mehr zu spüren. Natürlich gehe sie mit zu der Dame, meinte sie.

Die Koppstraße war eine Ausfallstraße von der Wiener Innenstadt in den Westen der Stadt, die vor allem von Taxifahrern gerne benutzt wurde, wenn die Wienzeile wieder einmal hoffnungslos überfüllt war. Ottakring war ein Arbeiterbezirk mit Mietskasernen. Diese wie Quader angelegten Wohnblöcke wirkten, als seien sie direkt vom Reißbrett weg gebaut worden, und ähnelten sich sehr. Wenigstens war zwischenzeitlich die graue Farbe übermalt worden, die diese Häuser in den 70er- und 80er-Jahren noch so langweilig hatten aussehen lassen.

In der Mietskaserne angekommen, stiegen die beiden Ex-Eheleute in die vierte Etage hinauf. Den Zwischenstock, Mezzanin genannt, zwischen Erdgeschoss und dem ersten Stockwerk mitgerechnet, mussten sie sogar hoch in die fünfte Etage. Ludwig war dementsprechend etwas außer Atem und musste erst einmal durchschnaufen, ehe Lea läutete.

Eine alte Frau öffnete etwas überrascht die Türe.

»Wo wolln S' denn hin?«

Ludwig hatte den Eindruck, dass sie an eine Verwechslung glaubte.

»Guten Tag, sind Sie die Frau Hedwig Schmölzl?«, fragte Lea in einem sehr höflichen Ton.

»Ja, die bin ich. Um was geht es? Und wer sind Sie?«, gab die Frau zurück.

»Wir würden gerne mit Ihrem Sohn sprechen«, meinte Lea, ohne ihre Namen zu nennen.

»Ja, was ist denn? Ist irgendetwas mit dem Bertl passiert?«, fragte Hedwig Schmölzl besorgt.

»Nein, gnä' Frau«, antwortete Lea beruhigend. »Wir haben nur ein paar Fragen an Sie. Dürfen wir hereinkommen?«

»Ja kommen S' nur herein. Wollen S' ein Kaffeetscherl haben?«

»Sehr gerne, Frau Schmölzl«, antwortete Lea rasch.

Sie hatte sehr wohl bemerkt, dass Ludwig verneinen wollte, was ihrer Meinung nach aber nicht gerade vertrauenserweckend gewirkt hätte. Auf Ludwigs Aversion gegen Geschirr in fremden Wohnungen konnte sie jetzt keine Rücksicht nehmen. Sobald er aus einem Glas oder einer Tasse trank, die nicht absolut sauber gespült war, bekam er Herpes. Zumindest bildete er sich das ein. Und sobald er ein neues Lippenbläschen befürchtete, bekam er auch eines.

Als Hedwig Schmölzl die Tassen brachte und sich danach um den Kaffee in der Küche kümmerte, putzte Ludwig die Tasse mit seinem Taschentuch nach. Lea schüttelte mit dem Kopf und sagte:

»Immer noch der Alte! Fällt dir hier übrigens was auf?« Lea stand auf und begutachtete Gemälde an der Wand.

»Hier, ein Monet. Ein Chagall, ein Egon Schiele. Perfekte Fälschungen. Das muss ein echter Künstler sein, der so etwas machen kann.«

Hedwig Schmölzl brachte den Kaffee, den Ludwig im Übrigen köstlich fand und genoss. Er überließ Lea das Reden, weil er spürte, dass sie sich mit der Frau auf einer Wellenlänge befand.

Dass Hedwig Schmölzl nur nach ihrem Bertl und nicht nach ihren Söhnen gefragt hatte, bewegte Lea zu glauben, dass es nur den Herbert Schmölzl im Leben dieser Frau gab.

»Sagen Sie, Frau Schmölzl, Ihr Bertl, wann kommt denn der nach Hause oder wohnt der gar nicht mehr bei Ihnen?«

»Sind Sie von der Polizei oder warum wollen Sie das wissen?«

»Nein«, sagte Lea, »nicht von der Polizei. Wir sind private Ermittler. Wir arbeiten für einen Zahnarzt und suchen Ihren Sohn als Zeugen.«

Etwas anderes war Lea auf die Schnelle nicht eingefallen.

»Nein, er wohnt seit über einem Jahr nicht mehr bei mir. Wo genau er jetzt wohnt, das weiß ich gar nicht so genau. Das letzte Mal, als er sich bei mir gemeldet hat, da hat er in Deutschland gelebt. Wissen Sie, er ist nicht wegen mir von hier weggegangen.«

»Sondern?«, fragte Ludwig knapp.

»Wegen der Heidi. Sie war seine große Liebe. Die beiden waren ein Traumpaar. Ich war sehr glücklich, weil ich mich so für den Bertl gefreut hab. Ich dachte mir, endlich findet auch mein armer Bub einmal sein Glück. Ich habe mich schon so auf die Hochzeit von den beiden gefreut.

Und dann hat sie ihn verlassen. Von heute auf morgen. Ist mit irgendeinem anderen Kerl durchgebrannt. Wahrscheinlich. Kein Mensch weiß, wo die hin ist. Der Bertl hat sie wochenlang gesucht, ist sogar zur Polizei gegangen und hat sie als vermisst gemeldet.«

Die beiden hatten das Gefühl, als suchte Hedwig Schmölzl geradezu das Gespräch. Offenbar bekam sie kaum noch Besuch, seit ihr Sohn weggezogen war. Die große schlanke Frau hatte tiefe Falten im Gesicht. In ihrem Gesicht und in ihren traurigen Augen hatten sich viele Sorgen vergraben. Ihr Alter war deshalb für Ludwig und Lea nur sehr schwierig zu schätzen. Und Lea vermutete, dass sie in ihrer altmodischen Kleiderschürze auch älter aussah, als sie tatsächlich war.

»Moment, Frau Schmölzl, eines nach dem anderen. Hat der Bertl mit der Heidi hier bei Ihnen gelebt?«

Lea stellt genau die richtigen Fragen, gestand sich Ludwig ein.

»Nein, er ist zu der Heidi gezogen!«

»Und als sie wegging, hat sie ihre Wohnung einfach so dem Bertl überlassen und ist mit einem anderen durchgebrannt?«, fragte Ludwig skeptisch.

»Ja, das war ja das Mysteriöse daran. Mir nichts, dir nichts weg. Und dann kamen die Eltern von der Heidi. Die haben den Bertl verdächtigt, der Heidi was getan zu haben. Mein Bertl der Heidi. Nein, habe ich gesagt, der Bertl würde der Heidi nie was antun, dazu hat er sie viel zu sehr geliebt!«

»Und …?«

Weiter kam Lea nicht. Mutter Schmölzl sprach sehr erregt weiter:

»Und dann haben sie den Bertl bei der Polizei angezeigt. Das hat er nicht mehr verkraftet, der Bertl. Drum ist er weg von Wien damals!«

»Angezeigt bei der Polizei? Die Eltern von der Heidi?« Ludwig war wirklich erstaunt. Davon hätte ihm Thomas Egger doch sicher etwas erzählt.

»Und die Polizei hat auch nie etwas von der Heidi gefunden?«, fragte Lea ebenfalls etwas verwundert nach.

»Gar nix haben die g'funden. Und der Bertl hat so gelitten. Wieder diese Vorwürfe gegen meinen Bertl. Immer sind s' auf ihn losgegangen, die Leit.«

»Wieso, hat man Ihren Bertl schon früher verdächtigt?« Lea war überrascht.

»Eine fürchterliche G'schicht damals. Wissen S', mein Poldi, ich meine meinen Mann Leopold …«

»Ihr Mann hieß Leopold?«

»Ja. Leopold Schmölzl. Er starb vor über 20 Jahren. Wissen S', er hat sehr stark dem Alkohol zugesprochen. Und eines Tages isser die Treppen obe und hat sich 's G'nick gebrochen.«

»Und was hatte das mit Ihrem Bertl zu tun?« Jetzt hakte Lea selbst interessiert nach.

»Ja, die Nachbarn haben sich das Maul zerrissen und haben behauptet, mein Bertl hätte ein bisserl nachgeholfen beim Treppensturz. Aber das hat überhaupt nicht gestimmt. Das kann ich beschwören!«

»Und wieso haben die Nachbarn das behauptet?«

»Wissen S', gnä' Frau. Mein Bertl und der Poldi haben fürchterlich gestritten. Jeden Tag. Und immer, wenn mir der Poldi eine gegeben hat, ist der Bertl hin und hat ihm auch eine mitgegeben.«

Lea machte große Augen.

»Habe ich das eben richtig verstanden? Ihr Ehemann hat Sie geschlagen?«

»Jo, aber nur wenn er b'soffen war. Do is ihm immer öfter die Hand ausg'rutscht.«

»Aha«, wollte sich Ludwig in das Gespräch einmischen, aber ein Stoß von Lea sagte ihm, dass es jetzt besser sei zu schweigen.

»Und weil die beiden sich immer so angeschrien und auch geschlagen haben, haben die Nachbarn gemeint, dass der Herbert den Leopold die Treppe hinuntergestoßen hätte.«

»Und dann hat die Polizei das untersucht mit den Vorwürfen?«, warf Lea ein.

»Ja natürlich haben die das untersucht und wie. Immer wieder musste der Bertl auf die Polizei. Sogar zum Landeskriminalamt hat er einmal müssen.«

Damit spielte Hedwig Schmölzl unbewusst auf die Anhörung an, die Ludwig seinerzeit mit dem »Bertl« geführt hatte. Zu mehr kam es gar nicht mehr, weil dem Herbert Schmölzl nichts, aber auch gar nichts nachzuweisen gewesen war. Und sowohl er selbst als auch Gernot Heubl, das hatte Ludwig ja von Thomas Egger erfahren, hatten absolut nichts Verdächtiges finden können.

Viel mehr Gedanken machte sich Ludwig um den Vornamen des Vaters und um die Gewalttätigkeiten dieses Mannes. War der Leopold Schmölzl, der Sabine Grässle so peinigte, womöglich dieser Bertl? Hatte er den Namen des Vaters angenommen? Eigentlich unwahrscheinlich. Söhne, die ihre Väter hassen, werden wohl kaum posthum deren Identität annehmen. Immerhin hatten sie so viel erfahren, dass es sich auf jeden Fall lohnte, den Spuren dieses Herbert Schmölzl zu folgen.

»Sagen S', Frau Schmölzl, woher haben Sie denn diese prachtvollen Gemälde?«

»G'fallen Ihnen die? Das freut mich aber. Wissen S', die hat mein Bertl mir gemalt. Das waren meine Lieblingsbilder im Kunsthistorischen Museum. Die hat mein Bertl einfach abfotografiert und sie mir gemalt. Prachtvoll nicht wahr? Er hätt Künstler werden sollen, net Ingenieur für Implantate für Zahnärzte.«

Beim »Kunsthistorischen Museum« zuckte Lea kurz zusammen und Ludwig sah, dass es ihr einen Stich ins Herz versetzte. Aber sie hatte sich sogleich wieder im Griff.

»Jessas, jetzt hob ich Ihnen so viel erzählt, das hat mit der G'schicht mit dem Zahnarzt sicher nichts zu tun«, entschuldigte sich die alte Frau.

»Nicht direkt, aber interessant war's. Wissen S', wir hören so viele Dinge, die nur mit dem Fall zu tun haben, da ist es geradezu erholsam, wenn man auch einmal etwas anderes, Normales zu hören bekommt«, beruhigte Ludwig sie.

»Also Ihr Sohn, Frau Schmölzl, das ist ein Künstler, ein richtiger Künstler. Mich wundert sehr, dass ich noch nie etwas von ihm gehört habe«, sagte Lea mit leichter Bewunderung in ihrer Stimme.

»Wieso, haben Sie etwas mit der Kunst zu tun?«, fragte Hedwig Schmölzl.

»Das möchte ich schon meinen. Mein Name ist Lea di Lenardo. Ich bin die Ehefrau des gerade verstorbenen Direktors des Kunsthistorischen Museums. Und Sie dürfen mir glauben, ich kenne mich mit diesen Dingen sehr gut aus. In vielen Dingen, wenn es um Kunstfälschungen geht, unterstütze ich meinen Mann, äh, unterstützte ich ihn.«

Ludwig war völlig perplex. Dass sich Lea outete, war weder vereinbart noch passte es zu ihr. War sie jetzt völlig übergeschnappt? Was um Himmels willen brachte sie dazu?

»Jessas«, entfuhr es Hedwig Schmölzl. »Mein herzliches Beileid, gnä' Frau. Des ist ja furchtbar. So plötzlich.«

Lea sagte gar nichts dazu. Doch plötzlich fuhr Hedwig Schmölzl fort:

»Wissen S', in seinem Zimmer hat mein Herbert noch ganz andere Bilder hängen, die was er nachgemalt hat. Das sind aber viel modernere Bilder. Mir gefallen s' jo net so sehr. Aber vielleicht wollen Sie sie auch sehen?«

»Aber ja, Frau Schmölzl, das würde ich mir nie verzeihen, wenn ich mir diese Bilder nicht auch angesehen hätte.«

Lea bedeutete Ludwig, ja nicht mit in dieses Zimmer zu folgen, was er einhielt, obwohl er natürlich liebend gerne mit hineingegangen wäre.

Das ehemalige Zimmer von Herbert Schmölzl war pieksauber gereinigt und geputzt. Man hätte auf dem Boden essen können. Die Bemühungen von Mutter Schmölzl waren zu erkennen: Wenn ihr Bertl wieder nach Hause kam, sollte er sich sofort wohlfühlen. Auch hier identifizierte Lea gefälschte Bilder, allerdings weit modernere. Victor Vasarely war offensichtlich neben Wassily Kandinsky sein bevorzugter Künstler.

Als die beiden Frauen wieder aus dem Zimmer herauskamen, verabschiedeten sie sich herzlich voneinander.

Ludwig hingegen erhielt von Mutter Schmölzl nur ein höfliches »Adieu«. Gerne hätte er sie noch ein paar Dinge gefragt, aber Leas Signal war eindeutig: Rückzug!

Doch zuvor hatte Lea noch eine glänzende Idee.

»Gehen S', gnä' Frau. Haben Sie mir ein Bild von Ihrem Herbert?«, fragte sie ungeniert.

»Wofür brauchen S' denn ein Bild vom Herbert?«

Es war ihr deutlich anzusehen, dass sie misstrauisch geworden war.

»Entschuldigen Sie, wir müssen den Zahnarzt ja fragen, ob Ihr Sohn wirklich der Zeuge ist, den er sucht!«

Etwas widerwillig stapfte die alte Frau zu ihrem Wohnzimmer-Buffet, das in Deutschland dem altmodischen Stil des Gelsenkirchener Barocks zugeordnet worden wäre. Hewig Schmölzl suchte in alten Fotoalben nach Bildern. Sie holte einen Karton heraus und suchte auch darin. Immer darauf bedacht, dass die beiden Gäste keinen Einblick in ihre Fotos bekamen. Das war schon sonderbar. Irgendetwas hatte die Mutter von Herbert Schmölzl zu verbergen. Irgendetwas gab es im Leben dieser alten Frau, was nicht für Lea und Ludwig bestimmt war. Ob es etwas mit ihrem Fall zu tun hatte, konnten die beiden jedoch nicht ausmachen.

»Schaun S' amal, können S' mit der Aufnahme was anfangen?«, fragte Hedwig Schmölzl und gab der ehemaligen Polizeibeamtin ein Foto, das Herbert Schmölzl und eine junge Frau auf dem Michaelerplatz in der Wiener Innenstadt zeigte.

Lea nahm das Bild an sich, betrachtete es und meinte:

»Das wird uns sicher weiterführen. Darf ich mir das abfotografieren?«

Sie nahm ihr Smartphone heraus und machte fix eine Aufnahme von dem Bild.

»Das ist ein Foto zusammen mit der Heidi, als sie noch glücklich miteinander waren«, meinte Hedwig Schmölzl wehmütig.

Danach verabschiedeten sich beide noch einmal sehr höflich von ihr und verließen die Wohnung.

Das Foto zeigte eindeutig den Herbert Schmölzl, den Ludwig in Biberach als Leopold Schmölzl kennengelernt hatte.

»Wieso hast du mir das Bild nicht gleich gezeigt?«, fragte Ludwig.

»Weil die Frau Schmölzl sonst dasselbe überraschte Gesicht von dir gesehen hätte, das ich jetzt gesehen habe.«

In der Tat war Ludwig überrascht. Es konnte keine Verwechslung sein. Herbert Schmölzl war eindeutig jener Leopold Schmölzl, der Sabine Grässle im Moment in Biberach das Leben zur Hölle machte. Und diese »kleine« Namensänderung, die offenbar völlig legal erschien, war auch der Grund dafür, warum weder Ludwig noch Gernot einen Zusammenhang mit einem Fall aus der Vergangenheit herstellen konnten, in den Herbert Schmölzl involviert war. Außerdem fiel ihm eine geradezu verblüffende Ähnlichkeit von Sabine Grässle mit dieser Heidi Stürmer auf. Als ob sie Zwillingsschwestern wären. Genau dieselbe knabenhafte Figur und der Pferdeschwanz. Zudem: Wären die beiden Frauen nicht Hunderte von Kilometern entfernt beheimatet, könnte man meinen, sie hätten ihre Hosenanzüge im selben Geschäft gekauft.

Kaum hatten sie den Wohnblock verlassen, zeigte Lea

ihrem Ex-Mann die Visitenkarte einer Firma aus dem 10. Wiener Gemeindebezirk. Ludwig las:

AMALEX – Zahntechnisches Institut
Ing. Herbert L. Schmölzl
Entwicklungs-Ingenieur
Industriegasse 9a/2, A-1104 Wien
WIEN – PARIS – LONDON – NEW YORK –
TOKIO – DUBAI

Das war natürlich ein hochbrisantes Dokument. Der Bertl hatte ebenfalls mit der Dental-Technik zu tun – wie der Leopold Schmölzl. Es fiel Ludwig immer schwerer, an Zufälle zu glauben.

»Was heißt denn das ›L.‹ nach dem Herbert?«, fragte Ludwig.

»Das, lieber Ludwig, habe ich die Frau Schmölzl auch gefragt. Es heißt, halte dich fest: Leopold. Leopold war der Vorname seines Vaters. So sollte Herbert eigentlich heißen. Aber einmal hat sich Frau Schmölzl gegen ihren Mann durchsetzen können und den Rufnamen ihres Sohnes nach dem Namen ihres eigenen Vaters Herbert bestimmt.«

Diesen Hammer mussten die beiden erst einmal verdauen. Leopold Schmölzl hieß gar nicht Leopold, sondern Herbert, wie Ludwig vermutete. Leopold war nur sein zweiter Vorname.

Gleich am nächsten Morgen begab sich Ludwig in das Büro von Thomas Egger, um sich einen genauen Überblick über die Akten zu verschaffen. Zuerst allerdings fragte er nach den Eltern von Heidi Stürmer in Klosterneuburg, nur wenige Fahrminuten von Wien entfernt.

»Dürfte ich dir nicht geben, also bitte vertraulich behandeln«, sagte Egger streng, als er ihm die Kontaktdaten gab.

Ludwig sicherte das zu und vertiefte sich in die alten Akten.

Am 17. April 1997 hatte er folgenden Fall auf den Tisch bekommen: Ein Leopold Schmölzl war in betrunkenem Zustand eine Treppe hinabgestürzt und hatte sich dabei das Genick gebrochen. Die Gefahr eines Genickbruchs stieg erfahrungsgemäß mit dem Grad der Alkoholisierung, weil Stürze dann unkontrollierter ausfielen. Im Falle von Leopold Schmölzl wurde posthum ein Promillegehalt von 2,8 festgestellt. Er war im medizinischen Sinne also volltrunken gewesen. Wie in solchen Todesfällen üblich wurde eine nähere Untersuchung eingeleitet. Dabei stießen die ermittelnden Beamten auf Nachbarn, die den gerade einmal knapp 15-jährigen Sohn Herbert bezichtigten, er könne womöglich etwas mit dem Unfalltod des Vaters zu tun haben.

»Der Schmölzl war ein fürchterlicher Mensch. Immer ang'soffen hat er seine Frau und den Buam regelmäßig auf das Übelste verdroschen. Und als der Schmölzl so fett war, dass er kaum mehr stehen konnte, hot ihn der Bua die Treppen hinuntergeworfen«, hatte eine Nachbarin zu Protokoll gegeben.

Verstehen könnt ich's, so wie der Kerl immer gewütet hat, dachte Ludwig, als er dies jetzt las.

Hirschberger leitete den Fall damals schnell an Gernot Heubl weiter, der den Heranwachsenden eingehend befragte. Er konnte jedoch nichts Verdächtiges aus dem Jungen herausbekommen. Nachdem auch die Ehefrau des Toten sowie die Nachbarn übereinstimmend vom hohen Grad der Alkoholisierung berichteten, verließen sich die Experten auf das Ergebnis aus der Sensengasse, wo sich sinnigerweise das gerichtsmedizinische Institut der Stadt Wien befand. Dies besagte, dass es an der Leiche keinerlei Spuren von Gewalt gegeben habe, außer eben jenen, die der Treppensturz herbeigeführt habe. Nachdem die Nachbarn noch nicht einmal Wahrnehmungen, sondern nur Mutmaßungen geäußert hatten, wurde der Fall zu den Akten gelegt.

Was allerdings Gernot Heubl über den Sohn Herbert Schmölzl in seinen Akten notiert hatte, machte Ludwig dann doch nachdenklich.

Höchst labile Persönlichkeit, die sich mit einem Panzer des Schweigens umgibt. Keinerlei Gefühlsregung für den verstorbenen Vater, keine Spur von Trauer. Ganz offensichtlich nicht zur Empathie fähig. Für sein Alter unheimliches Geschick, unangenehmen Fragen auszuweichen. Persönliches von ihm zu erfahren, ist bei einer relativ kurzen Vernehmung nicht möglich. Aber auch kein Verdacht, dass er möglicherweise nachgeholfen hat. Sollte Herbert Schmölzl mit der Tat in Zusammenhang stehen, hätte er sich bei der Vernehmung absolut professionell verhalten. Ein Verhalten, welches bei einem Jungen, welcher in einem Monat das 15. Lebensjahr vollendet, höchst unwahrscheinlich sein dürfte. Dennoch

schlage ich, ob seiner Gefühlskälte, eine weitere psychiatrische Überwachung des Jungen durch das Jugendamt dringend vor.
Gez. Dr. Gernot Heubl

Auf diesen Bericht hatte sich Ludwig damals verlassen und ebenfalls diese psychiatrische Beobachtung durch das Jugendamt empfohlen.

In Leas Haus, das sie bis zu ihrer Trennung gemeinsam bewohnt hatten, griff Ludwig sofort zum Telefon und rief Gernot Heubl in Biberach an.

»Servus Piefke, was gibt's Neichs in Wien«, erkundigte sich der ehemalige forensische Psychiater fröhlich.

»Du wirst lachen, es gibt tatsächlich Neues. Unser Freund Leopold Schmölzl heißt gar nicht Leopold, sondern Herbert Schmölzl.«

Gernot Heubl pfiff durch die Zähne.

»April 1997. Betrunkener Vater stürzt die Treppe hinunter, Nachbarn verdächtigen den heranwachsenden Sohn. Der ist aber eiskalt wie ein Profi und wir können dem nichts, aber auch gar nichts nachweisen. Einstellung des Verfahrens mit einer weiteren psychologischen Überwachung durch das Jugendamt.«

Wie aus der Pistole geschossen konnte Heubl den über 20 Jahre alten Fall rekonstruieren. Eindeutig bekam Ludwig wieder einmal den Beleg dafür, warum er seinem Freund und Kollegen den Spitznamen ›Aktensau‹ verpasst hatte.

»Hat sich daraus etwas entwickelt?«, fragte Heubl neugierig geworden nach.

»Da habe ich im Augenblick noch keine Ahnung. Wir haben es gerade erst erfahren, die Lea und ich. Der Magister Egger versucht aber, noch mehr herauszufinden«, berichtete Ludwig nach Biberach.

»Das kann ich dir gleich sagen, da brauchst den Egger gar nicht fragen«, meinte Gernot Heubl lakonisch.

»Wieso?«

»Nichts ist geschehen. Nichts hat das Jugendamt unternommen. ›Keine weiteren Auffälligkeiten‹ wird im Bericht stehen. ›Beaufsichtigung eingestellt‹. Ich kenne das von anderen Fällen. So ist das Jugendamt!«

Während Ludwig am nächsten Morgen erneut in die Taborstraße zu Thomas Egger ging, besuchte Lea noch einmal Hedwig Schmölzl. Sie wollte der alten Frau das Gefühl geben, dass das Interesse an ihr nicht nur ihrem Sohn galt. Sie ging ins »Café Demel«, um bei den ›Demelinerinnen‹, wie die Bediensteten dieses wohl berühmtesten Kaffeehauses der Stadt genannt wurden, Köstlichkeiten für ein Kaffeetscherl zu besorgen.

»Dass das so einfach geht, sich den zweiten Namen zu geben«, sinnierte Ludwigs Nachfolger.

»Auf jeden Fall hat er uns dadurch ganz schöne in die Bredouille gebracht.«

»Aber, er hätte doch wissen müssen, dass man ihm so auf die Schliche kommt. Ich mein, so blöd ist doch der nicht«, vermutete Egger.

»Ja schon. Doch schau, er konnte ja nicht damit rechnen, dass sich die Mutter seines Opfers im fast 600 Kilometer entfernten Biberach ausgerechnet einen pensionierten Kiberer von der A.g.A. in Wien engagiert.«

»Auch wieder wahr. Aber ich glaube, wir müssen die Vermissten-Akte Heidi Stürmer wieder öffnen. Hat nicht die Mutter von Schmölzl behauptet, die Heidi Stürmer wäre mit einem Liebhaber durchgebrannt?«

»Hat sie«, sinnierte Ludwig, »jedoch, das hat ihr der Sohn eingetrichtert. Was geben denn die Vermerke der Vermisstenakte her?«

»Hab ich bis jetzt noch nicht eingesehen. Ich hoffe, ich komme dieser Tage einmal dazu. Ich werde dir natürlich sofort darüber berichten, Wiggerl.«

Ludwig fuhr mit der Bim bis zum Schwedenplatz. Von dort aus ging er zu Fuß ins »Café Bräunerhof«. Ein bisschen frische Luft tat ihm gut. Sie belebt meine Sinne, pflegte er einen Werbespruch für ein Mineralwasser zu zitieren. In diesem uralten Wiener Etablissement wollte er sich mit Lea treffen. Das »Café Bräunerhof« war genauso eingerichtet, wie sich die zahllosen Touristen, die Wien tagtäglich bevölkerten, ein echtes Wiener Kaffeehaus vorstellten. Nur dass es die wenigsten von ihnen kannten. Was gut war. So konnte man den Kaffee in aller Ruhe und das ausliegende internationale Zeitungsangebot in vollem Umfang genießen.

Lea kam ein bisschen später nach und setzte sich zu Ludwig. Wieder bemerkte er, wie gut ihr es tat, von ihrer Trauer ein bisschen abgelenkt und von ihm in seine Ermittlungen eingebunden zu werden.

Entsprechend stolz legte sie ihm einen Zettel mit einer Adresse auf den Tisch.

»Hier, habe ich vorhin von der Frau Schmölzl bekommen.«

Ludwig las eine Adresse:

Angela Krilinger, Franz Schalk-Straße, Salzburg

»Was ist das für eine Adresse?«, fragte er irritiert.

»Zu der Krilinger ist Leopold oder besser gesagt Herbert Schmölzl gezogen, als er von Wien weggegangen ist.«

Ludwig war echt überrascht und kratzte sich nachdenklich am Kopf.

»Na, der Frau werden wir irgendwann einmal einen Besuch abstatten müssen.«

»Ja Wiggerl, aber jetzt musst wieder nach Biberach gehen. Jetzt musst du die Dame beschützen. Ich glaube nämlich, die ist in echter Gefahr.«

Lea wirkte echt besorgt. Dass sie es aber war, die Ludwig wieder nach Biberach schickte, erleichterte ihm den Weggang natürlich sehr.

»Nur wenn du mir versprichst, hier in Wien als meine Statthalterin zu agieren, Lea!«

»Klar mach ich das. Und ohne dich kann ich das viel besser. Ich glaube, die Frau Schmölzl wird mir noch so manches erzählen.«

»Okay, ich reise morgen wieder ab. Aber zwei Dinge will ich noch erledigen: Zur Polizei nach Klosterneuburg will ich gehen und anschließend noch zur Firma ›Amalex‹. Ich will wissen, ob die etwas über den Herbert Schmölzl wissen.«

Gleich am nächsten Morgen fuhr Ludwig mit Thomas Egger zur Polizeistation in Klosterneuburg. Egger hatte die beiden angemeldet, weshalb der zuständige leitende Major Helmut Graner bereits auf die Profiler wartete. Das war Ludwig gar nicht recht. Er hätte viel lieber mit den einfachen Polizeibeamten geredet. Außerdem musste er erst einmal Thomas Egger den Vorrang lassen. Der hatte den Hut auf, nicht Ludwig.

»Grüß Gott, Major«, begann Thomas Egger das Gespräch. »Wie Sie ja wissen, kommen wir wegen des Entführungsfalls Heidi Stürmer zu Ihnen.«

»Worüber ich, ehrlich gesagt, höchst erstaunt bin«, meinte Graner.

»Eigentlich liegt das Erstaunen bei mir, Herr Major«, sagte Egger nachdrücklich. »Gemäß den Vorschriften hätten Sie diesen Fall unmittelbar an das Bundeskriminalamt melden müssen. Das ist nicht geschehen. Und das erstaunt mich!«

»Und was mich erstaunt, ist die Tatsache, dass wir dem Innenministerium den Fall als gelöst gemeldet haben. Genauso im Übrigen, wie es in den Vorschriften steht. Und dass man das Bundeskriminalamt von dort nicht informiert hat, erstaunt uns offenbar beide.«

»Wieso gelöst?«, mischte sich Ludwig ein.

Ein nicht so ganz freundlicher Seitenblick seines Nachfolgers sagte ihm allerdings, dass er die Gesprächsführung doch besser Thomas Egger überlassen sollte.

»Na, die Frau Stürmer wurde ja sowohl von Herrn Schmölzl als auch von ihren Eltern als vermisst gemeldet. Und da haben wir sofort das Innenministerium informiert. Aber ich erzähle ja ganz sicher nichts Neues, wenn ich Ihnen mitteile, dass unsere Ermittlungen zunächst eher theoretischer Natur waren, weil wir ja alle wissen, dass sich 95 Prozent aller Vermisstenfälle innert weniger Tage in Wohlgefallen auflösen. So war es auch bei Frau Stürmer.«

»Wie – ›So war es auch bei Frau Stürmer‹?«

Thomas Egger wirkte ungläubig, aber der Polizeioffizier war bestens vorbereitet. Er schlug seine Akte auf und übergab ihm zwei Briefe aus Dubai.

»Hier, diese beiden Briefe beweisen alles. Übrigens von einem Grafologen geprüft.«

Einen der beiden Briefe hatte Heidi Stürmer an ihren »geliebten Bertl« geschrieben:

Bitte verzeih mir, lieber Bertl. Ich habe dich wirklich innig und von Herzen geliebt. Ich war mir sicher, dass ich nie einen Menschen mehr lieben werde als dich. Doch ich habe mich getäuscht. Ich habe den Mann meines Lebens getroffen. Es war Liebe auf den ersten Blick. Ich bin mit ihm hierher nach Dubai gegangen. Und ich werde hier bei ihm bleiben. Ich konnte es dir nicht direkt sagen. Ich habe es einfach nicht übers Herz gebracht. Ich bin mir bewusst, welchen Schmerz ich dir zufüge, lieber Bertl. Du wirst für immer und ewig einen Platz in meinem Herzen haben. Aber hier stehe ich – ich kann nicht anders. Ich habe mir gedacht, Aufrichtigkeit hast du wenigstens verdient. Deswegen schreibe ich es so, wie es wirklich war.

Bitte suche mich nicht, es würde alles noch viel schlimmer machen!

In ähnlichem Wortlaut war auch der Brief an ihre »geliebten Eltern« verfasst. Die beiden Briefumschläge trugen einen Poststempel aus Dubai und die Kriminaltechnische Untersuchung hatte sowohl Briefpapier als auch Umschläge als eindeutig arabischer Herkunft eingestuft.

»Warum sollte ich danach noch das Bundeskriminalamt einschalten? Das wäre doch dann die Sache des Innenministeriums gewesen!«, polterte Helmut Graner.

»Da haben Sie vollkommen recht, Herr Major. Bitte entschuldigen Sie, da muss wohl die Kommunikation zwischen dem Ministerium und dem BKA nicht einwandfrei funktioniert haben.«

»Und dann schiebt man alles wieder auf die Gschärten!«, empörte sich der Polizeioffizier.

Da der Oberschwabe Ludwig schon so lange in Wien lebte, wusste er, dass früher Personen, die aus den umliegenden niederösterreichischen Gemeinden in die Stadt gekommen waren, Gschärte genannt wurden, weil ihr Haar meistens sehr hoch geschnitten war.

»Und wie haben die Eltern von Heidi Stürmer darauf reagiert?«, mischte sich Ludwig jetzt doch nochmals ein.

»Erstaunt, sehr erstaunt«, berichtete Graner. »Sie hätten ihrer Tochter nie eine solche spontane Eskapade zugetraut. Dazu sei sie gar nicht fähig, meinten sie. Sie pochten weiterhin darauf, dass der Schmölzl mit dem Verschwinden zu tun habe. Aber dafür gab es überhaupt keine Anhaltspunkte.«

»Und die Wohnung und der Wagen von Schmölzl. Wurden die untersucht?«, hakte Ludwig nach.

»Mit welcher Begründung? Nur weil die Eltern nicht

damit klarkommen wollten, dass ihre Tochter mit einem arabischen Prinzen abgehauen ist?«

Ludwig erkannte, dass sie hier in einer Sackgasse gelandet waren. Entweder war Heidi Stürmer tatsächlich nach Dubai gezogen, wofür sehr vieles sprach, oder aber das Innenministerium besaß Informationen, von denen es glaubte, sie nicht an das BKA weiterleiten zu müssen.

Danach fuhr Ludwig zum 10. Wiener Gemeindebezirk, Favoriten genannt, in die Industriegasse zur Firma »Amalex«, um sich nach Leopold beziehungsweise nach Herbert Schmölzl zu erkundigen.

Ein Kommerzialrat Gerhard Wechselberger empfing Ludwig und gab bereitwillig über Herbert Schmölzl Auskunft. Er sei ein außergewöhnlich hoch qualifizierter Mitarbeiter gewesen, der sehr diszipliniert und zielstrebig gearbeitet habe. Zahlreiche Erfindungen von ihm hätten zur positiven Entwicklung der Firma beigetragen. Leider habe er nach einer persönlichen Tragödie Wien verlassen und sei zunächst in die Filiale nach Salzburg gewechselt, wo er aber offensichtlich unterfordert gewesen sei. Bereits nach etwa einem Monat habe er die Firma verlassen und sich der Hauptstelle einer deutschen Tochter in München angeschlossen. Diese heiße allerdings nicht »Amalex«, sondern »Dentamal«. Sein Verhalten gegenüber den Kolleginnen und Kollegen sowie den Vorgesetzten sei tadellos gewesen, auch wenn man ihm eine gewisse Neigung zum Jähzorn nicht absprechen könne.

Auf die Frage, wie sich das denn geäußert habe, antwortete Kommerzialrat Wechselberger:

»Nun ja, wenn Ingenieur Schmölzl von einer Sache

überzeugt war, verteidigte er sie bis aufs Blut. Bei Widersprüchen, die ihm wenig sachlich vorkamen, wurde er relativ schnell laut. Es konnten schon auch Bleistifte und Notizblöcke durch den Besprechungsraum fliegen.«

Das seien aber Ausnahmen gewesen. Insgesamt sei er ein sehr freundlicher Mensch, der sich viele Freunde im Unternehmen gemacht habe.

Mit einem klein wenig schlechten Gewissen fuhr Ludwig nach seiner etwas schwermütigen Verabschiedung von Lea wieder mit der Bahn in Richtung Biberach. Wieder hatte er Glück; er erwischte einen Railjet, der ihn schnurstracks nach Ulm brachte. Deshalb musste er nur einmal umsteigen.

Als er in Ulm den IRE Richtung Lindau bestieg, rief er auf Lothars Handy an.

»Servus Lude, was gibt's?«, fragte Lothar.

»Na, das wollte ich eigentlich dich fragen. Habt ihr irgendetwas Außergewöhnliches beobachtet?«, fragte Ludwig zurück.

»Schon, dieser Kerl schlägt fast jeden Abend zu. Und wird immer hämischer, wenn wir klingeln. Meistens kommt die Sabine Grässle raus und schickt uns weg. Und mir gefällt der Yildirim, der ist eine hervorragende Stütze. Sehr aufmerksam, aber nicht aufdringlich«, lobte Lothar den Nachbarn.

Ludwig war sehr froh über diese Stütze.

»Wo bist du jetzt?«, fragte er den alten Kumpel.

»Na wo wohl? In der Uhlandstraße.«

»Kannst du mich um kurz nach halb am Bahnhof abholen?«, fragte Ludwig.

»Kein Problem, ich bin da!«

Danach rief er noch bei Gabi und Gernot an, um seine Rückkehr mitzuteilen. Auch in seinem Hotel gab er Bescheid, dass er jetzt wieder da sei.

»Das ist gut, Herr Hirschberger, dass Sie anrufen. Meine Kollegin wollte nämlich gerade Ihr Zimmer vermieten.«

»Ja, ich weiß, ich hätte Ihnen schon viel früher Bescheid geben müssen. Sorry.«

»Na ja, ist ja noch mal gut gegangen.«

Pünktlich war die Bahn und pünktlich wartete Lothar vor dem Bahnhof. Dass er im absoluten Halteverbot stand, störte ihn überhaupt nicht. Lothar durfte das. Lothar durfte offensichtlich alles. Wer sich traute, ihm einen Strafzettel ans Auto zu hängen, tat das nur einmal. Obwohl er ein Gerechtigkeitsfanatiker war, hielt er seine Verdienste um die Stadt für so groß, dass er kleine Sünden zumindest für sich als tolerabel erachtete.

Sie fuhren direkt auf den Galgenberg. Unterwegs meinte Lolo, dass es heute Abend ausnahmsweise ziemlich ruhig bei Sabine Grässle sei.

Das änderte sich jedoch, als sie vor dem Haus ankamen. Sofort wurde ihnen bewusst, dass Leopold Schmölzl nur den Moment abgewartet hatte, bis Lothar seinen Beobachterposten verlassen hatte, um dann umso brutaler vorzugehen. Er war offenbar dem Irrtum unterlegen, Lothar habe seine »Spionagetätigkeit« für diesen Abend eingestellt. Umso überraschter war er, als Ludwig anrief.

»Ah, der Herr Kiberer, habe die Ehre, gschamster Diener!

Von wo aus pflegen mich der Herr Fallanalytiker anzurufen?«

Hohn klang aus seinen Worten. Beißender, zynischer Hohn.

Leopold Schmölzl hatte – so vermutete Ludwig – anscheinend geglaubt, Hirschberger habe aufgegeben, weil er ihn ein paar Tage nicht mehr gesehen hatte. Und auch dieser Sattler, dieser unsympathische Kerl, war frühzeitig verschwunden an diesem Abend. Vermutlich hatte er sich gefühlt wie der sichere Sieger.

»Uhlandstraße Biberach«, sagte Ludwig trocken und ruhig.

»Ach und ich dachte schon, die Erkenntnis der Weisheit wäre über Sie hereingebrochen.«

»Nein, die hat im Augenblick keine Zeit, denn die versucht vergeblich, Ihrer Herr zu werden«, gab sich Ludwig schlagfertig.

Daraufhin legte Schmölzl auf und Ludwig konnte beobachten, wie dieser Unmensch aus dem kleinen Fenster sah, um sich zu überzeugen, dass Ludwig auch wirklich zurückgekehrt war. Der war jedoch auf die Situation vorbereitet und leuchtete sofort mit seiner LED-Lampe in das Fenster hinein, sodass er und Lothar in das erschrockene Gesicht Schmölzls hinter dem Fensterchen blicken konnten.

»So, wir machen jetzt einen Abendspaziergang und gehen zu Fuß nach Hause«, schlug Ludwig vor.

»Wieso denn das?«

»Ganz einfach. Ich brauche nach der langen Bahnfahrt etwas Bewegung. Und die Sabine hat heute Abend ihre Ruhe, solange dein Auto dasteht.«

»Ganz schön clever«, staunte Lothar.

Die beiden machten sich auf den Fußweg in die Stadt. Ludwig berichtete seinem Freund, was er in Wien erlebt und wie er seine Ex-Frau in den Fall eingebunden hatte. Zunächst, um sie abzulenken, aber zwischenzeitlich auch, um durch ihre Ermittlungen zu neuen Erkenntnissen zu kommen. Stolz erzählte er Lothar, wie geschickt sich Lea anstelle.

»Du hängst wohl noch sehr an ihr. Wie lange seid ihr jetzt getrennt?«, fragte Lothar mit einem bei ihm nicht gerade häufig anzutreffenden Einfühlungsvermögen.

»Im Oktober werden es 20 Jahre«, antwortete Ludwig und senkte seinen Kopf dabei.

»Und du hast seither keine andere Frau gehabt?«

»Ein paar flüchtige Geschichten, aber nichts Ernstes. Obwohl, es hätten sich schon Perspektiven ergeben können, aber ich mache halt immer alles kaputt.«

»Du bist nie erwachsen geworden. So warst du schon in der Pubertät. Die hast du immer noch nicht abgelegt, oder?«

Ludwig antwortete nicht. Ihm war dieses ganze Thema zu unangenehm, um mit Lothar darüber zu diskutieren. Es genügt ihm schon, dass Gernot Heubl ihn ständig damit plagte.

Zwei Tage lang blieb es still im Hause Grässle. Zwei Nächte stand sich Ludwig die Füße in den Bauch, ohne dass Leopold Schmölzl gewalttätig wurde. Aber Ludwig glaubte nicht daran, dass damit das Ende der Leiden von Sabine Grässle eingeläutet war. Er vermutete eine Zwangspause, weil dieser Herbert alias Leopold Schmölzl erst verarbeiten musste, dass dieser lästige Alte aus Wien wieder eingetroffen war und ihn weiter beobachten würde. Von wegen in die Flucht geschlagen.

In der dritten Nacht, Lothar hatte die Überwachung übernommen, schlug Schmölzl wieder zu. Lothar rief sofort auf Ludwigs Handy an und fragte nach der weiteren Vorgehensweise.

»Einfach nur eintragen und sonst gar nichts machen. Nicht läuten, nicht anrufen, nicht ins Haus hineinleuchten. Wir lassen den jetzt zunächst auf der sicheren Seite. Nimm einfach das Richtmikro und höre zu. Und morgen erzählst du mir alles.«

»Hast du die Taktik geändert?«, gab sich Lothar überrascht.

»Nein, das ist Teil der Strategie. Nach den Pausen, die der Täter einlegt, geben wir ihm das Gefühl, wir hätten aufgegeben. Aber nur für zwei, höchstens für drei Tage, dann schlagen wir wieder zu.«

»Verstehe ich zwar nicht, aber du wirst schon wissen, was du da tust«, meinte Lothar schulterzuckend.

Es waren am Ende nur zwei Tage, an denen sie Schmölzl gewähren ließen. Allein die Tatsache, dass er die Gewalt jeden Tag steigerte, veranlasste sie, die Schrauben abermals anzuziehen. So gingen am darauffolgenden Abend beide erneut gemeinsam auf Beobachtungstour.

Und prompt begann Schmölzl wieder, sein Opfer zu traktieren. Ludwig klingelte Sturm, bis Schmölzl die Tür öffnete. Sofort bemerkte Ludwig, dass sich Blut auf seinem Handknöchel befand.

»Aha, haben wir heute Abend wieder Idiotentreffen?«, fragte Schmölzl zynisch.

Doch Ludwig war schlagfertig und konterte.

»Nein, heute ist Idioten-Schauen angesagt. Lassen Sie mich ganz kurz zu Frau Grässle?«

»Die will gerade Sie sprechen, was? Ausgerechnet Sie. Sie haben doch gar keine Ahnung, wie lästig Sie der Sabine sind. Also schleichen S' Ihna«, schrie Schmölzl und schickte sich an, die Tür zuzuschlagen.

Aber Ludwig hatte bereits einen Fuß in die Tür gestellt.

»Wissen Sie, warum ich der Frau Grässle lästig bin? Weil sie Angst hat. Angst hat vor Ihnen, vor Ihren Gewaltausbrüchen. Und weil sie glaubt, je öfter wir hier stehen, desto gewalttätiger werden Sie. Aber merk dir eines: Dich kriege ich. Mir kommst du nicht mehr aus den Fängen. Mit solchen Irrsinnigen wie mit dir werde ich noch lange fertig. Da hatte ich schon ganz andere Kaliber vor der Mündung.«

Ludwig war gezielt und absichtlich in das Du gewechselt.

»Ah, erschießen will mich der Herr Kiberer, nur zu. Und jetzt nimm den Fuß aus meiner Türe, sonst kracht's.«

Mit dem Absatz wollte Leopold Schmölzl Ludwigs Rist treffen, doch der war auf diese Attacke gefasst und zog blitzschnell seinen Fuß aus der Türe, sodass Schmölzl nur den Boden traf.

»Jetzt wird's langsam interessant«, meinte Lothar erwartungsvoll.

»Ja, ab sofort werden wir etwas handfester. Irgendwann werde ich oder wirst du den Kerl richtig am Kragen packen, denn jetzt traut sich der nicht mehr, zur Polizei zu gehen. Der weiß garantiert, dass wir Hand in Hand mit denen arbeiten.«

»Geben Sie acht, Herr Schmölzl«, rief Lothar grinsend, hocherfreut darüber, dass Ludwig endlich härtere Töne anschlagen wollte.

Als Ludwig am nächsten Morgen mit Lea telefonierte, bemerkte er, dass sie wieder in ein tiefes Loch gefallen war. Es war an der Zeit, ihr in dem Fall weitere Aufgaben zu übertragen. Eigentlich hatte er das Bedürfnis, sofort wieder zu ihr nach Wien zu fahren, aber ihm kam eine andere Idee.

»Ich glaube, wir sollten gemeinsam zu dieser Frau Krilinger nach Salzburg fahren«, schlug er vor.

»Was erhoffst du dir von Angela Krilinger«, fragte Lea, wobei ihre Stimme desinteressiert klang.

»Na ja, zuerst einmal will ich wissen, ob sie noch dort wohnt oder ob auch sie das Weite gesucht hat wie Heidi Stürmer.«

»Da kann ich dir helfen«, sagte Lea. »Ich habe bereits mit ihr telefoniert. Sie wohnt noch in derselben Straße und ist unter der Nummer zu erreichen gewesen, die ich von Frau Schmölzl erhalten habe.«

»Und?«, fragte Ludwig neugierig.

»Na ja, am Telefon wollte die mit mir nicht darüber reden.«

»Verständlich«, meinte Ludwig. »Weißt du was, mache schnellstmöglich einen Termin mit ihr aus, dann treffen wir uns in Salzburg und fahren zu ihr hin. Das interessiert mich jetzt. Und nimm das Bild mit, das du von der Frau Schmölzl bekommen hast, auf dem der Herbert und die

Heidi Stürmer drauf sind. Ich muss jetzt wissen, wie die Krilinger den Kerl erlebt hat.«

»Und was soll ich dabei?«

»Weil ich genau dich dazu brauche, das rauszukriegen. Weil ich schon bei Hedwig Schmölzl bemerkt habe, wie einfühlsam du im Gegensatz zu mir mit den Frauen reden kannst. Was du aus der herausbekommen hast, hätte ich in fünf Verhören nicht erfahren.«

Dass dies natürlich nicht ganz stimmte, war Ludwig schon bewusst. Er war der Meinung, dass er das alles auch erfahren hätte, allerdings auf andere Art und Weise. Und garantiert nicht so schnell. Das hatte Ludwig schon kapiert. In erster Linie aber war er bestrebt, Lea wieder aus ihrem psychischen Tief herauszuholen.

»Wenn wir das ohne Übernachtung hinbekommen, dann ja. Ich weiß nicht, ob ich jetzt in irgendeinem Hotelbett gut aufgehoben wäre.«

»Das ist überhaupt kein Problem.« Ludwig wusste ganz genau, dass er jetzt auf Lea eingehen musste. »Du fährst von Wien aus nach Salzburg und ich von Biberach aus. Ich sehe nach den Zugverbindungen und schicke dir eine Whatsapp, welche Bahn du nehmen könntest, damit wir ziemlich gleichzeitig in Salzburg ankommen.«

»Tu das«, meinte Lea, »ich rufe derweil Angela Krilinger an und mache einen Termin mit ihr aus.«

Die beiden verabschiedeten sich und irgendwie hatte Ludwig das Gefühl, Leas Zustand hätte sich schon während dieses Telefonats ein bisschen stabilisiert. Wieder eine Aufgabe zu haben, gab ihr offensichtlich Halt.

Ludwig suchte nach den entsprechenden Zugverbindungen und schickte die versprochene Info an Lea.

Der wiederum gelang es relativ schnell, einen Termin mit Angela Krillinger zu vereinbaren, denn schon am übernächsten Tag sollte das Treffen in Salzburg stattfinden.

Lothar würde solange die Überwachung von Leopold Schmölzl übernehmen. Das passte Ludwig sehr gut ins Konzept. Gerade in der jetzigen Phase schien Lothars etwas aggressivere Art dem Täter gegenüber die richtige Taktik zu sein. Er instruierte Lothar, was aber gar nicht mehr notwendig war, denn der hatte natürlich Ludwigs Strategie längst durchschaut und wusste ganz genau, wie er vorzugehen hatte.

Doch zunächst war Ludwig selbst noch einmal dran mit der Überwachung vor dem Haus von Sabine Grässle. Etwas überraschend kam das Angebot von POM Biechele, sich als Privatmann einmal an der nächtlichen Beobachtung zu beteiligen, nur um zu sehen, was sich da nachts vor und in dem Haus so abspielte und wie Ludwig als Privatermittler vorging. Biechele machte Ludwig das Angebot, ihn mit einem Privatwagen am Hotel abzuholen, worüber der Fallanlaytiker sehr erfreut war.

Pünktlich stand Biechele vor seinem Hotel.

»Ich habe das Auto meines Freundes geliehen. Auf meinem Wagen ist ein Edelweiß drauf, was mich als Mitglied der Polizei identifizieren könnte.«

Biechele erwies sich trotz seiner jungen Jahre als höchst gewiefter Ermittler. Gerlinde wird sich etwas dabei gedacht haben, mir diesen jungen Mann zur Seite zu stellen, dachte Ludwig anerkennend.

Vorbei ging es am Arbeitsamt in der Waldseer Straße zum Galgenberg. Der Abendverkehr war in vollem Gange.

Am Ziel angekommen erklärte Ludwig dem Polizeibeamten, dass er jetzt in einer Phase sei, in der er dem Schmölzl etwas härter gegenübertrete. Biechele wollte wissen, wie das vonstattengehe, und Ludwig erklärte es ihm haarklein. Zeit gab es reichlich dazu, denn im Hause Grässle tat sich an diesem Abend nichts. Entweder gab es heute einfach mal keine Gewaltausbrüche oder Leopold Schmölzl hatte entdeckt, dass neben Ludwig eine ihm bisher unbekannte Person stand. Ob er den Polizeibeamten auch in Zivil als solchen erkannt hatte, wagte Ludwig nicht zu spekulieren. Biecheles Wagen hatten sie etwas abseits geparkt, sodass Schmölzl ihn nicht sehen konnte.

»Sagen Sie mal, ist es Ihnen schon einmal passiert, dass Sie während Ihrer Tätigkeit für diese A.g.A. auch einmal ernsthafte Probleme mit den Kollegen bekommen haben?«, löcherte Biechele Ludwig.

Der Fallanalytiker brauchte nicht lange zu überlegen:

»Ein einziges Mal ist es passiert, da wurde ich vorläufig festgenommen und musste eine Nacht einsitzen.«

»Oh, das müssen Sie mir aber erzählen!«, sagte Biechele, der schon heiße Ohren bekam.

»Das war so: Ich saß im Wagen mit meinem Richtmikrofon im 10. Bezirk in Wien. Favoriten heißt der Stadtteil. Ich hörte, wie ein Mann auf seine Frau einschlug. Man muss sich das so vorstellen: Hier ist die Arbeit mit einem Richtmikrofon relativ einfach, weil man es mit lauter Reihenhäuschen zu tun hat. In Favoriten war es etwas anders, weil dort riesige Gebäudekomplexe stehen. Erstens musste das Mikro sehr präzise bedient werden und zweitens kamen trotzdem sehr viele Störgeräusche dazwischen, da ja verhältnismäßig viele Personen in diesen Mietskasernen wohnen. Aber ich war mir nach kurzer Zeit ziemlich sicher, dass ich das Wimmern des vierjährigen Töchterchens hörte und wie die Mutter verzweifelt schrie: ›Nicht die Kleine, nicht wieder sie!‹ Da bin ich dann losgestürmt und habe Sturm geklingelt. Der Typ hat mir dann zwar die Türe aufgemacht, wollte mich aber nicht in die Wohnung lassen.«

»Ui, das war heikel«, warf der Polizist ein.

»Und wie«, entgegnete Ludwig. »Ich habe den Kerl zur Seite geschubst und bin in die Wohnung gestürmt. Da habe ich die Frau am Boden liegen sehen und das kleine Mädchen, aus Nase und Ohren blutend, auf der Mutter drauf. Dann ist der Typ auf mich losgegangen.«

»Und dann?«

»... ist leider der heilige Zorn mit mir durchgegangen. Man muss sich vorstellen, ich habe bereits zwei Wochen auf der Lauer gelegen, habe festgestellt, dass die Frau nahezu jeden Morgen mit blauem Auge oder blauen Flecken aus dem Haus ging. Als ich dann das bewusstlose Kind wahrgenommen habe, konnte ich mich nicht mehr kontrollieren und bin auf dieses Monster losgegangen. Eines sage ich Ihnen, Herr Biechele, der Zorn ist ein schlechter Ratgeber.«

»Also, Sie sind dem Kerl gegenüber gewalttätig geworden. Das wäre ich wahrscheinlich auch.« Biechele gab sich verständnisvoll.

»Ja schon, aber ein gebrochenes Nasenbein und zwei

verlorene Schneidezähne waren dann doch ein bisschen viel.«

»Oho! Und wie ging es dann weiter?«

»Dann habe ich die Rettung angerufen, wie man in Wien sagt. Die sind relativ schnell gekommen und haben von sich aus Ihre Kollegen alarmiert. Ich wollte einfach den Dienstweg einhalten und habe den Rettungsleuten das Rufen der Polizei überlassen.«

»Und die Kollegen haben dann ausgerechnet Sie festgenommen?«, wunderte sich Biechele.

»Nein, die haben schon den Delinquenten zuerst festgesetzt. Als sie dann aber gesehen haben, wie sehr ich dem zugesetzt hatte, traf es mich auch. Ich wurde vorläufig festgenommen und für eine Nacht inhaftiert.«

»Puh.«

»Als ich am nächsten Morgen dem Untersuchungsrichter vorgeführt wurde, kam ich gegen Kaution frei. Und in der Gerichtsverhandlung wurde ich freigesprochen, weil ich einschreiten musste, um das Leben des kleinen Mädchens zu retten. Lediglich eine Rüge des Gerichts habe ich erhalten, wegen unverhältnismäßiger Härte. Wir haben da als A.g.A. schon gewisse Vorteile«, räumte Ludwig ein.

»Und was ist aus dem Mädchen geworden?«

»Das kleine Mädchen hatte einen Schädelbruch erlitten, weil es der Stiefvater mit dem Kopf gegen die Wand geschlagen hatte, was letztlich dazu führte, dass der Mann wegen versuchten Totschlags zu sieben Jahren Haft verurteilt worden ist. Dem Mädchen geht's heute wieder sehr gut. Sie hat physisch alles gut überstanden und besucht heute ein Gymnasium. Wie es tief in ihr drin aussieht, vermag ich aber nicht zu beurteilen.«

»Der Täter müsste ja jetzt wieder frei sein?«

»Oh nein«, entgegnete Ludwig, »der hat im Häfn versucht, einen Mithäftling zu töten, dafür hat er weitere zwölf Jahre bekommen mit anschließender Sicherheitsverwahrung.« Ludwig registrierte, dass der Biberacher Polizist verständnislos dreinschaute, und schob deshalb rasch nach: »Ach so, Sie können ja nicht wissen, was ein Häfn ist, das sagt der Wiener zu Gefängnis.«

»Und wieso ist der Zorn jetzt ein schlechter Ratgeber?«

»Sehen Sie, Biechele, es hätte völlig genügt, wenn ich den Mann außer Gefecht gesetzt, wenn ich ihn festgehalten und parallel die Kollegen und die Rettung angerufen hätte. Dass ich mich so habe gehen lassen, war nicht gut und so manch anderer Richter hätte mir eine empfindliche Geldstrafe oder sogar eine Bewährungsstrafe aufgebrummt. Mit eigener Gewalt schaden wir nur unserer eigenen Sache. Und ich glaube, der Richter hatte mich nur deshalb nicht verurteilt, weil er im Grunde die A.g.A. vor Schaden bewahren wollte.«

»Das muss ich erst mal verarbeiten.«

POM Biechele wirkte sehr nachdenklich, als die beiden kurze Zeit später ihre Observation beendeten. Es war tatsächlich nichts mehr los an diesem Abend. Doch als sie gerade zu Biecheles Auto gehen wollten, öffnete Leopold Schmölzl plötzlich die Garage und fuhr mit seinem Wagen los.

»Was hat er denn da auf dem Dach?« Ludwig wirkte ratlos.

»Sieht aus wie ein Schlauchboot.« Biecheles Augen fanden sich in der Dunkelheit besser zurecht. »Das hat er auf den Dachträger gebunden.«

»Was will denn der mit einem Schlauchboot mitten in der Nacht?«, fragte Ludwig etwas fassungslos.

»Ich will wissen, wo der Kerl hin will«, meinte der junge Polizist.

So schnell wie möglich liefen die beiden zu dem Wagen, den Biechele von einem Freund geliehen hatte. Mit diesem konnten sie Leopold Schmölzl folgen, ohne dass er Verdacht schöpfte. POM Biechele war ein gewiefter Verfolger. Immerhin schaffte er es, Schmölzl bis an sein Ziel zu verfolgen, ohne dass er sie bemerkte. Und dieses Ziel war der Schwaigfurter Weiher in der Nähe von Otterswang, einem Ortsteil von Bad Schussenried im Landkreis Biberach. Leopold Schmölzl nahm sein Schlauchboot vom Dach, trug es bis ans Ufer, setzte es ins Wasser und befuhr damit den kleinen Weiher. Wohin er allerdings paddelte, konnten die beiden nicht erkennen, dazu war es viel zu dunkel.

Es war schon sehr seltsam, was hier vor sich ging. Auf jeden Fall informierte Ludwig seinen Freund Lothar Sattler, während Ralf Biechele Kommissarin Gerlinde Lüscher ins Bild setzte.

Am übernächsten Morgen machte sich Ludwig relativ früh auf den Weg zum Bahnhof, um nach Salzburg zu reisen. Er musste zwei Mal umsteigen, in Ulm und in München. In Ulm bestieg er einen ICE und in München wieder dessen österreichisches Gegenstück, einen Railjet.

Ludwigs Bahn aus München kam eine Viertelstunde früher in Salzburg an als Leas Zug aus Wien. Er aß deswegen noch kurz eine Leberkäse-Semmel. So wie er Lea kannte, würde sie direkt zu der Frau fahren und nicht erst noch mit Ludwig essen gehen wollen. Und genauso geschah es. Lea eilte schnurstracks aus dem Bahnhofsgebäude hinaus und bestieg ein Taxi. Ludwig trottete mehr oder weniger hinterher. Bei der Spesenabrechnung wird Gernot maulen, weil wir beide nicht mit öffentlichen Verkehrsmitteln gefahren sind, sinnierte er.

»In die Franz-Schalk-Straße im Nonntal«, gab Lea dem Taxifahrer das Reiseziel bekannt und zu Ludwig gewandt sagte sie: »Ich habe noch einmal bei der Frau Krilinger angerufen, um mich zu vergewissern, dass sie den Termin nicht vergessen hat. Sie erwartet uns.«

»Kommen S' einfach die Treppe herauf«, sagte eine angenehme und gleichzeitig etwas forsch klingende Frauenstimme durch die Sprechanlage, nachdem sie geklingelt und sich gemeldet hatten.

Angela Krilinger wohnte in einem Mehrfamilienhaus, das vermutlich in den 70er-Jahren des vorigen Jahrhunderts erbaut worden war. Die Wohngegend war zwar nicht gerade eine noble, aber ihre Wohnung hatte sie sehr geschmackvoll eingerichtet.

Nachdem Ludwig sich und Lea, die ein dunkelgraues Kostüm trug, neben dem er sich in seinen Jeans etwas schäbig vorkam, vorgestellt hatte, meinte Angela Krilinger:

»So, Sie kommen also wegen dem Herbert hierher. Was hat er denn genau gemacht? Ich meine, Sie hatten mir ja schon am Telefon gesagt, dass er wieder irgendwo zuschlägt, dieser Saukerl.«

Ludwig hatte wirklich das Gefühl, als sitze er Sabine Grässle mit österreichischem Dialekt gegenüber. Sie sah ihr frappierend ähnlich. Wieder diese knabenhafte Figur, wieder der Pferdeschwanz. Sie war ein ganz kleines bisschen weiblicher und einen Hosenanzug hatte sie auch nicht an. Dennoch ließ ihre figurbetonende dunkle Schnürlsamthose, wie Österreicher zu einer Cordhose sagen, einen eindeutigen Vergleich mit der Biberacherin zu. Aber das war für Ludwig nichts Neues. Diese Täter suchten sich meistens sehr ähnlich aussehende Opfer aus.

»Bewiesen ist das noch nicht«, schränkte Ludwig etwas ein, »aber es gibt ziemlich belastendes Material gegen ihn.«

»Also, dann erzähle ich Ihnen einmal, wie es mir mit dem Herrn Schmölzl ergangen ist«, begann Angela Krilinger. »Kennengelernt habe ich ihn auf der Geburtstagsfeier eines Arbeitskollegen. Wie der Bertl da hinkam, weiß ich jetzt nicht mehr genau. Wir waren uns sofort sympathisch, nein, man könnte sogar sagen, es war Liebe auf den ersten Blick. Sein Charme hat mich von der ersten Sekunde an fasziniert. Er verhielt sich so ganz anders als die anderen vor ihm. Ich hatte den Eindruck, er interessierte sich nur für mich. Er sah mir nur ins Gesicht, nicht auf meine Brüste oder auf meinen Po. Nein, ihn schien nur meine Person als Mensch zu interessieren. Nicht als Lustobjekt oder Sexualpartner. Überhaupt nicht. Hinzu kommt, dass er sehr aufmerksam war. Wenn du mit anderen Typen tanzt und ihnen dabei etwas erzählst, haben sie es spätestens dann wieder vergessen, wenn das Musikstück zu Ende ist. Nicht so bei ihm. Als er mich zum zweiten Tanz aufforderte, hat er die Unterhaltung präzise an dem Punkt wieder begonnen, an dem wir durch die Tanzpause unterbrochen worden waren. Die nächsten Tage fühlte ich mich wie im siebten Himmel: Wir haben jede freie Minute zusammen verbracht und wie selbstverständlich ist er plötzlich bei mir eingezogen. Nur für ein paar Tage, hat er zunächst gemeint. Doch er ist geblieben. Bis zum bitteren Ende.«

Gerne hätte Angela Krilinger jetzt gleich das Ende beschrieben, wollte die Zeit ihres Martyriums weggelassen. Aber genau deswegen waren Lea und Ludwig ja extra nach Salzburg gefahren. Sie wollten in erster Linie erfahren, wie Schmölzl mit seinen Opfern umgegangen war.

»Wann ungefähr fing er an, gewalttätig zu werden?«, fragte Lea deshalb rasch bei einer Atempause der Krilinger dazwischen.

»Nein, nein, er wurde nicht gleich gewalttätig; es begann vielmehr damit, dass er sich immer mehr in mein normales Leben eingemischt hat. Als ich einmal von der Arbeit nicht sofort nach Hause gekommen bin, sondern noch mit einer Freundin auf einen Kaffee ging, meinte er, dass er das gar nicht gut finde in der heutigen Zeit. Es sei viel zu gefährlich für mich und ich solle doch viel lieber mit ihm auf einen Kaffee gehen. Als ich dann kurze Zeit später wieder mit der Freundin wegging, ging's eigentlich los.«

Jetzt war es Ludwig, der sich einmischte.

»Da ist er schon grob gegen Sie geworden?«

»Noch immer nicht; er hat mir nur verboten, noch einmal mit meiner Freundin Kaffee trinken zu gehen. Verstehen Sie? Verboten! Da kommt einer daher, nistet sich bei mir ein und verbietet mir, mit meiner Freundin Kaffee trinken zu gehen. Und ich blödes Weib gehorche dem sogar. Tue genau, was dieser durchgeknallte Idiot sagt. Ich Kuh glaubte, diese Beziehung wäre zu wertvoll, um sie aufs Spiel zu setzen.«

»Und bei welcher Gelegenheit wurde er dann gewalttätig?«

Lea ließ nicht locker.

»Kurze Zeit später. Wir feierten einen Geburtstag im Betrieb. Es war sehr lustig und wir gingen nach Betriebsschluss noch auf ein Vierterl in die Stadt. Als ich gegen Mitternacht nach Hause kam, hat er mir eine geknallt.«

»Ohne Vorwarnung?«

»Ohne Vorwarnung!«

»Und warum haben Sie den Kerl nicht unmittelbar danach hinausgeworfen?«, insistierte Ludwig.

»Sie hätten die Liebesbekundungen und die Schwüre danach hören müssen. Dass er sich selbst das niemals verzeihen werde, dass ihm das so unendlich leidtue und dass nur der Gaul mit ihm durchgegangen sei, weil er mich so entsetzlich liebe und er sich fürchterliche Sorgen um mich gemacht habe. Keine Stunde könne er noch ohne mich sein. Die Zeit bei der Arbeit wäre ihm zum Gräuel geworden. Lauter solche Gschichterln hat der mir erzählt.«

»Die Sie ihm natürlich am Anfang geglaubt haben«, ergänze Ludwig aus seiner A.g.A.-Erfahrung.

»Am Anfang? Immer, ich habe ihm immer alles geglaubt. Hätte der mir erzählt, dass die Wiesen dunkelblau sind, hätte ich ihm das auch noch geglaubt.«

Angela Krilinger war zwischendurch aufgestanden. Sie hatte sich richtig in Rage geredet. Ihr war anzumerken, dass der Hass, der in ihr aufkam, sich eher gegen sie selbst richtete. Dass sie nicht glauben konnte, diesem Menschen aufgesessen zu sein.

»Und diese Schläge hörten nicht auf?«, vermutete Ludwig.

»Im Gegenteil, er wurde von Tag zu Tag brutaler. Und irgendwann kam zur Liebe bei mir die Angst dazu. Ganz schleichend. Jeden Tag ein bisschen mehr. Und immer mehr hatte ich das beklemmende Gefühl, dass dieses Miststück immer mehr Besitz von mir nimmt. Jeden Tag mehr, jeden Tag intensiver. Und jeden Tag wurde er gewalttätiger.«

»Grundlos?« Jetzt war es Lea, die sich einschaltete.

»Ja, es nahm wirklich verrückte Züge an. Wenn ich von der Arbeit nach Hause kam, fragte er mich, mit wem ich es heute getrieben hätte. Mit dem Kollegen, mit dem Abteilungsleiter oder gar mit dem Chef? Aber vielleicht war es ja auch nur der Lehrling. Hauptsache, ich hätte einen gehabt. Und wenn ich es nicht zugegeben hab, weil ich nichts zuzugeben hatte, hat er wie wild auf mich eingeprügelt und mich als ›verlogene Hure‹ beschimpft.«

»Und weiter?« Ludwig ahnte es, wollte es aber vom Opfer selbst hören.

»Ich habe einmal versucht, es zuzugeben. Obwohl ich es niemals gemacht hatte. Aber ich habe es zugegeben. Ich hoffte, seine Reaktion würde eine andere sein oder er würde mich vielleicht sogar verlassen.«

»Aber das Gegenteil war der Fall«, meinte Ludwig prophetisch.

»Genau. Er hat mich an jenem Abend halbtot geprügelt, hat mich vergewaltigt und mir angedroht, mich umzubringen, wenn ich so etwas noch einmal tun würde.«

»Und wahrscheinlich hat er Sie vollkommen kontrolliert«, hakte Ludwig nach.

»Sie wissen ja schon alles. Ja, er hat eine App auf meinem Handy installiert. Ohne dass ich das bemerkt hatte.

So konnte er immer genau feststellen, wo ich mich gerade befand. Als mich mein Chef einmal nach Anif, das ist südlich von Salzburg, geschickt hat, um bei einem Zahnarzt etwas abzuholen, was er dringend benötigt hat, stand der Typ plötzlich vor der Firma und fragte, was ich hier zu suchen hätte. Stellen Sie sich das einmal vor, diese Situation! Der Zahnarzt fragte mich, ob er mir helfen könne, ob ich ein Problem mit diesem Mann hätte?«

Lea hatte genug gehört. Sie wollte die Brutalitäten nicht bis ins letzte Detail wissen. Sie befürchtete, dass sich Angela Krilinger mit jeder weiteren Schilderung wieder in ein Trauma reden könnte.

»Und wie hat es aufgehört, wie sind Sie Herrn Schmölzl losgeworden?«, fragte sie deshalb.

»Eines Tages stand mein Bruder Franzl vor der Tür. Er war aus Kärnten nach Salzburg gekommen. Seine Frau hatte einen anderen und ihn aus der Wohnung geworfen. Es war an einem Samstag und er wusste nicht ein noch aus. Da kam er zu mir.«

»Und er hat bemerkt, was mit Ihnen los war!«, sagte Ludwig, ohne raten zu müssen.

»Ja klar, er war total erschrocken, wie ich aussah. Als ich ihm einen Kaffee brachte, sah er plötzlich die blauen Flecken auf meinem Arm. Er schöpfte sofort Verdacht, weil er einmal eine Kollegin hatte, der es ähnlich erging. Als dann der Herbert vom Einkaufen zurückkam, hat ihn der Franzl fürchterlich verprügelt und ihn aus der Wohnung geworfen. Und wissen Sie, was der Kerl gesagt hat, das werden Sie nicht glauben!«

»Ich vermute mal, Sie seien seine große und einzige Liebe und er würde Sie ein Leben lang lieben.«

»Sind Sie Hellseher oder was?« Angela Krilinger schien verwirrt.

»Nein«, antwortete Ludwig, »nichts von alledem. Ich habe nur schon sehr oft mit dieser Art von Menschen zu tun gehabt und kenne deren Reaktion im Allgemeinen schon.«

»So, ich dachte, er wäre einzigartig in seiner großen Brutalität, in seiner Besitzergreifung und in seinem übermächtigen Charme.«

»Die Charaktereigenschaft des unglaublich charmanten, des einfühlsamen und großartigen Liebhabers ist den meisten, ich möchte sogar fast sagen, allen Tätern, die so etwas machen, zu eigen«, schöpfte Ludwig aus seiner Erfahrung.

Lea drängte wieder auf ein Ende des Gespräches. Sie hatte wirklich genug gehört.

»Und dann war er weg? Ich meine, er hat nicht versucht, wieder bei Ihnen aufzutauchen, nachdem Ihr Bruder wieder nach Kärnten zurückgegangen war?«

»Natürlich, aber der Franz ging gar nicht weg. Der hatte Angst um mich. Er rief in seiner Firma in Villach an und nahm seinen Resturlaub. Dann haben wir gleich am Montag ein neues Schloss einbauen lassen. Und tatsächlich ist am Dienstag der Herbert zurückgekommen. Zunächst hat er versucht, mit seinem Schlüssel die Türe aufzusperren. Als das nicht gelang, hat er wie ein Wilder gegen die Tür geklopft. Als dann der Franzl die Tür geöffnet hat, ist er sofort abgehauen.«

»Ich meine, irgendwann einmal ist aber Ihr Bruder doch wieder zurück nach Villach, was war dann?«

Ludwig wollte sich doch ein genaueres Bild von Schmölzl machen. Er wusste ja, wie er bei Sabine Grässle auftrat.

»Nein, der Franzl ist in Salzburg geblieben. Der ist gar nicht mehr zurück nach Villach. Er hat sich hier eine neue Arbeit gesucht und wohnt eine Straße weiter. Er hat inzwischen wieder eine neue Lebenspartnerin gefunden und fühlt sich sehr wohl hier in Salzburg.«

»Und der Schmölzl? Haben Sie von dem jemals wieder etwas gehört?«

Ludwigs dauernde Fragerei ging Lea inzwischen auf die Nerven. Wenn es nach ihr gegangen wäre, hätten sie das Haus schon lange verlassen. Ludwig spürte das, entschuldigte ihre Ungeduld bei sich aber damit, dass sie bisher nicht das Gesicht der Sabine Grässle nach einer Gewaltattacke Schmölzls hatte sehen müssen.

»Ja, Sie werden lachen. Eines Tages rief der mich aus München an. Er fragte, wie es mir gehe und ob mein gewalttätiger Bruder wieder in Villach sei. Verstehen Sie, dieser Mensch nennt meinen Bruder gewalttätig!«

»Und wieso München? Und was wollte er von Ihnen?«

»Das werden nicht einmal Sie glauben. Der Kerl fragte mich doch tatsächlich, wie es mir gehe. Als ich ihm sagte, ›viel besser, seit du nicht mehr da bist‹, hat er das einfach ignoriert. Er sagte mir, dass seine Liebe zu mir ungebrochen sei. Und er hat mir eine Handynummer gegeben. Dann sagt mir dieser Mensch noch, dass er jetzt bei einer neuen Partnerin wohne. Man muss sich das einmal geben. Der wohnt bei einer neuen Partnerin und ruft mich an, um mir vorzugaukeln, er würde mich immer noch lieben. Haben Sie so etwas schon einmal gehört?«

Ludwig überraschte dieses Tun keinesfalls. Er hatte es schon öfter erlebt. Diese Männer besaßen eine unvorstellbare Chuzpe. Gernot Heubl hatte einmal eine treffende

Charakterisierung dieser Menschen zum Besten gegeben:

»Sie sehen Probleme immer nur bei anderen, suchen Fehler immer nur bei denen. Die große Schwierigkeit ist, dass sie niemals erkennen, selbst Fehler zu machen oder noch mehr selbst das Problem zu sein. Aus diesem Mangel an Erkenntnis heraus entwickeln sie diese überbordende Aggressivität, die sich dann genau gegen die Person richtet, der man eh schon Ungeheures zufügt.«

Das traf bei Schmölzl nach Ludwigs Einschätzung zu 100 Prozent zu, und weil die Probleme niemals kleiner, sondern immer größer wurden, wuchs auch die Aggressivität. War der Delinquent dann eine Weile weg, empfand er plötzlich wieder Empathie für sein Opfer. So war auch der Anruf des Herbert Schmölzl aus München bei Angela Krilinger zu deuten.

»Aber eine Adresse in München hat er Ihnen natürlich nicht genannt«, fragte Ludwig davon ausgehend, dass dies so gewesen war.

»Aber klar doch, er hat mir die Adresse sogar mitgeteilt und den Namen der Frau, bei der er jetzt wohnt!«

Ludwig und Lea schauten sich stirnrunzelnd an. Das war außergewöhnlich. Hatte Schmölzl womöglich eine Schizophrenie? Gernot Heubl, der forensische Psychiater, hätte bei einer solchen Vermutung die Hände über dem Kopf zusammengeschlagen und Ludwig wieder einmal so belehrt:

»Die Diagnose der Schizophrenie ist eine höchst schwierige und komplexe Angelegenheit. Sie erfordert eine genaue differenzialdiagnostische Untersuchung und kann keinesfalls von einem Laien wie dir so zwischen Tür und Angel getroffen werden.«

Das war Ludwig im Augenblick aber völlig egal.

»Könnten Sie mir die Adresse und den Namen der Frau geben?«, bat Ludwig innerlich ganz aufgeregt und nach außen bemüht, ruhig und gelassen zu bleiben.

»Aber gerne, ich brauche sie eh nicht. Ich habe nämlich nicht vor, mit diesem Menschen noch einmal in Kontakt zu treten.«

»Ich kann Ihnen sagen, dass er dort nicht mehr wohnt, Frau Krilinger«, informierte er sie. »Er wohnt jetzt bei einer Frau in Biberach in Baden-Württemberg.«

»Oh, dann kann er ja jetzt mit der Schwäbischen Eisenbahn fahren«, sagte Angela Krilinger spöttisch.

Sie überreichte den beiden den Zettel mit der Adresse der Dame aus München, bedankte sich für den Besuch und verabschiedete sich mit den Worten:

»Wissen Sie, das hat mir jetzt richtig gut getan, mit Ihnen über diese Sache zu reden. Ich glaube, das hat mir bis jetzt gefehlt, dass mich jemand so ausführlich über die Sache befragt hat. Und dass es anderen auch nicht besser mit dem Kerl geht, tut mir zwar für diese Frauen leid, beruhigt mich aber ein bisschen. Nun weiß ich, dass es nämlich nicht an mir liegen kann!«

»Haben Sie diese App auf Ihrem Smartphone eigentlich entfernen lassen?«, wollte Ludwig noch wissen.

»Am nächsten Tag, als er weg war!«

Das war natürlich gut für die Frau, aber schlecht für Ludwig. Zu gerne hätte er gewusst, um welche App es sich genau gehandelt hatte. Womöglich hätte er sich in den Account von Herbert oder Leopold Schmölzl einloggen lassen können. Aber Angela Krilinger war clever genug gewesen, sich zu schützen.

Sie bestellte noch ein Taxi, das Lea und Ludwig wieder zum Salzburger Hautbahnhof brachte.

»Maria Reidinger heißt die nächste Frau, zu der Schmölzl gezogen ist. Sie wohnt in München-Neuperlach, im Plivier-Park.«

»Da kannst du ja auf dem Rückweg gleich vorbeifahren und die Dame befragen«, schlug Lea vor.

»Nein, mir reicht's für heute.«

»Mir auch – und wie«, meinte Lea. »Wenn ich Glück habe, bekomme ich sogar noch die frühere Bahn nach Wien.«

Es war wenig Verkehr um diese Zeit, weshalb der Taxifahrer relativ zügig vorankam.

Als Lea am Hauptbahnhof ihren Zug nach Wien bestieg, sagte sie:

»Siehst Wiggerl, das ist wie ein Spiegelbild unserer Ehe. Wir steigen beide in einen Zug ein. Leider fahren sie jeweils in die entgegengesetzte Richtung. Schade. Findest nicht auch?«

Sagte es, drückte Ludwig einen Kuss auf die Wange und entschwand im Railjet.

Nachdenklich machte er sich auf ins Bahnhofsrestaurant, um noch einen Kaffee zu trinken. Schließlich würde er zumindest für die nächsten Tage nur noch deutschen Filterkaffee bekommen. Zu allem Überfluss spielte im Radio des Restaurants auch noch ein Song von Hubert von Goisern: »Jetzt bist so weit, weit weg, so weit, weit weg von mir.«

Als Ludwig dann selbst im Zug nach München saß, bekam er den Blues. Blues, so nannte er jene Stimmungslage, die ihn überkam, wenn der Trennungsschmerz übermächtig wurde. Wenn er von ganz weit unten nach oben kroch. Fast depressiv konnte man das nennen, wie sich Ludwig dann fühlte.

Sein Freund Gernot nannte es »das nach unten geschobene Trauma«.

»Weißt Wiggerl, ich kann mich noch gut an die Zeit erinnern, als dich die Lea verlassen hat. Anstatt dich mit der Situation auseinanderzusetzen, hast du sie mit noch mehr Arbeit, mit noch mehr Einsatz für deine Fälle verdrängt. Hast sie immer weiter nach unten verschoben. Und da sitzt sie heute noch, nach fast 20 Jahren. Und wenn sie hochkommt, schieb sie ja nicht wieder hinab. Setz dich mit ihr auseinander, behandele sie. Analysiere die Fehler, die du gemacht hast. Aber nicht Leas Fehler, nur deine Fehler. Denn sie alleine kannst du beeinflussen. Nur sie.«

Womit Gernot recht hatte. Absolut recht. Bei seinen Pflicht-Seminaren hatte er gelernt, dass die meisten Eifersuchtstaten nur darauf zurückzuführen waren, weil die Täter ihre Ohnmacht beeinflussen wollten, denn es gab etwas, das sie nur oberflächlich, keinesfalls aber substanziell beeinflussen konnten: den Willen ihres Partners oder öfter Ex-Partners. Dass sie sich nicht damit abfinden konnten zu akzeptieren, mit einer neuen Lebenssituation fertig werden zu müssen. Allen Eifersuchtstätern oder -täterinnen war dabei eines gemein: Sie waren absolut unfähig, ihre eigenen Fehler zu erkennen und zu analysieren. Nur das »Fehlverhalten« des Partners spielte noch eine Rolle. Und wenn das nicht mehr zu beeinflussen war, begingen manche Menschen solche Eifersuchtstaten. Verzweiflungstaten wurden sie im Volksmund genannt. Gernot sprach hingegen immer davon, dass diese

Menschen unfähig seien, Situationen zu analysieren, Fehlerquellen bei sich selbst zu suchen und zu beheben.

»Erst wenn das Kind in den Brunnen gefallen ist, erkennen diese Menschen den Ernst der Situation. Danach sind sie nicht mehr in der Lage, sie zu beeinflussen«, hatte er einmal gesagt.

Als Ludwig in München ankam, um in den ICE nach Ulm umzusteigen, überlegte er noch kurz, ob er nicht doch noch nach Neuperlach fahren sollte, verwarf aber diese Idee. Schließlich wollte er an diesem Abend wieder in die Uhlandstraße. Womöglich konnte er Schmölzl mit seinen neuen Erkenntnissen schocken.

Lothar holte ihn am Bahnhof ab.

»Und, gibt's was Neues? Hast du bei der Frau in Salzburg neue Erkenntnisse gesammelt?«

»Und ob«, triumphierte Ludwig. »Ich weiß jetzt, dass er diese Frau geschlagen, bedroht, misshandelt und vergewaltigt hat.«

»Ich habe dich gefragt, was es Neues gibt, Lude. Dass er so mit Frauen umgeht, wissen wir doch.«

»Ja, es gibt auch etwas Neues: Er ist von Salzburg aus nach München. Hat sich dort bei einer Frau in Neuperlach eingenistet.«

»Woher weißt du denn das?« Lothar runzelte die Stirn.

Ludwig hielt ihm den Zettel mit der Adresse hin, den ihm Angela Krilinger mitgegeben hatte.

»Hier ist die Adresse und der Name der Dame. Ich

glaube, hier hat der Schmölzl seinen ersten Fehler begangen.«

»Der hat seine neue Adresse bei seinem letzten Opfer hinterlassen? Der muss ja doof sein. Das war kein Fehler, es war doch eher Dummheit.«

»Weißt du Lothar, meine Erfahrung mit diesen Typen sagt mir, dass die mit der Zeit so sehr an ihre Überlegenheit glauben, dass sie meinen, auch noch später Macht über ihre Opfer ausüben zu können. Der hatte doch tatsächlich geglaubt, sich diese Frau für später warmhalten zu können!«

»Und deshalb hat er ihr seine Adresse und den Namen seiner neuen Flamme mitgeteilt? Der tickt doch nicht richtig, der Kerl.«

»Jetzt wäre es an der Zeit, dass du mal was Neues erzählst«, entgegnete Ludwig lachend, »dass der Kerl nicht mehr alle Latten am Zaun hat, wissen wir ja inzwischen.«

»Hast wieder mal recht«, meinte Lothar zerknirscht, wollte dann aber von Ludwig wissen, was denn diese Sabine beruflich mache.

»Also ihren erlernten Beruf kenne ich nicht. Ich weiß aber von ihrer Mutter, dass sie eine Dreiviertelstelle in einem Architekturbüro hat.«

»Biberach hatte immer schon bekannte Architekten«, schwärmte Lothar, »denke mal an den Hugo Häring oder an Robert Maurer.«

»Ach ja, der Bobby. Zum Glück hat's die Gabi jetzt überwunden«, sinnierte Ludwig und dachte dabei an den lange zurückliegenden Mord an Gabis Ehemann.

»Ja, mit deinem komischen Psychiater aus Wien. Was die an dem Klugscheißer findet?«

»Vielleicht hat sie gerade den gebraucht. Stell dir mal vor, dein eigener Vater killt deinen Ehegatten. Das ist doch der totale Horror. Da brauchst sogar du so eine Figur wie den Gernot.«

»Jaja, Ludwig der Gutmensch!«, murrte Lothar.

»Au, das Richtmikrofon, das brauchen wir. Haben wir es dabei oder müssen wir noch in deine Wohnung?«

»Manchmal denke sogar ich vorausschauend«, meinte Lothar und deutete auf die Rückbank, wo das Richtmikrofon lag. »Weiß eigentlich der Biechele, dass wir mit diesem Monstrum arbeiten?«

»Das will der gar nicht wissen«, sagte Ludwig kryptisch, obwohl Biechele das wusste. Aber Ludwig wollte den Polizeibeamten schützen.

Bewusst war den beiden schon, dass das nicht erlaubt war, sich dem Anwesen der Sabine Grässle mit dem Richtmikrofon zu nähern. Würde die Hauseigentümerin Anzeige bei der Polizei erstatten, müssten die Behörden tatsächlich gegen Ludwig ermitteln. Aber das war dem völlig egal.

Sie legten sich auf die Lauer. Durch das Richtmikrofon konnten sie in Lothars Wagen bequem sitzen bleiben und von dort aus zuhören. Und sie brauchten nicht lange zu warten. Sobald Schmölzl nach Hause kam, ging es sofort wieder los.

»Mit welchem Bock hast du heute wieder gepudert, du Hure?«

Eine nettere Begrüßung hätte sich Leopold Schmölzl wohl kaum aussuchen können.

»Komm, lass es, Poldi. Seh lieber, dass ich uns beiden einen leckeren Elsässer Flammkuchen gemacht habe.«

»Gemacht, dass ich nicht lache. Aufgebacken im Backofen. Einen tiefgefrorenen Teiglappen hast du gebacken. Das will ich nicht. Das nächste Mal einen Tafelspitz!«

Sabine konnte nicht mehr antworten. Der erste Schlag war deutlich zu hören.

»Ich bin doch auch erst gerade vorher von der Arbeit heimgekommen, Poldi«, stammelte sie, wie um Gnade bettelnd.

»Arbeiten nennst du das? Mit allen Typen, die du in deinem Betrieb zwischen die Beine kriegst, ins Bett zu steigen? Eines Tages wirst du mir das büßen, das verspreche ich dir.«

»Ich hab doch gar nichts gemacht, Poldi!«

Rums, schon bekam sie den nächsten Hieb verpasst.

»Kannst ja deinen Helfer in der Not anrufen und um Hilfe bitten. Den Herrn Hirschberger, den alten Trottel. Glaubst du wirklich, dieser senile Bock will dir helfen? Der will doch auch bloß mit dir ins Bett. Das ist der einzige Grund, warum der hier herumschnüffelt. Aber mit dem werde ich auch noch fertig. Merk dir das. Und mit dem Kümmeltürken von nebenan genauso. Verlass dich drauf.«

Ludwig und Lothar hatten genug gehört und verließen ihr bequemes Versteck. Sie klingelten Sturm. Durch die Haustür hörten sie Schmölzl hämisch höhnen:

»Wenn man den Esel nennt, kummt er g'rennt. Du gehst jetzt zu dem an die Tür und sagst zu ihm, dass er abhauen soll. Das ist dein Haus, das ist dein Grundstück, da hat der alte Depp gar nichts verloren.«

Woher Sabine Grässle die Kraft nahm, die Türe zu öffnen und sich ihm entgegenzustellen, wunderte Ludwig dann schon. Aus seiner Erfahrung war er sich sicher, dass sie panische Angst haben müsste, weil sie ganz offensichtlich nicht mehr Herrin im eigenen Haus war. Eine Angst, die sie vermutlich auch lähmte, sich irgendjemandem oder gar der Polizei anzuvertrauen.

»Hören Sie, das geht jetzt aber wirklich zu weit«, sagte Sabine, der die Anstrengung anzusehen war, sich um ein forsches und bestimmendes Auftreten zu bemühen. »Sie belästigen uns jetzt schon jeden Tag. Lassen Sie uns endlich in Ruhe. Was Sie hier betreiben, ist Stalking. Verschwinden Sie aus meinem Leben, hauen Sie endlich ab, Sie unverschämter alter Idiot, Sie. Und Ihren Freund, den Stadtrat, können Sie auch gleich mitnehmen! Wenn ich Sie noch einmal sehe, rufe ich wirklich die Polizei!«

Lothar wollte geradewegs in die Wohnung hineinstürmen, wurde aber von Ludwig zurückgezogen. Das wäre jetzt wirklich fatal geworden. Stattdessen kam ein völlig relaxter Leopold Schmölzl an die Türe und sage in schönstem Wienerisch mit beißendem Spott:

»Na Herr Hirschberger, ham S' jetzt die Dame g'hört? Der geht's gut, seit ich bei ihr wohne, die fühlt sich richtig wohl. Die will nicht, dass Sie sich in unser Leben einmischen. Also schleichen S' Ihna.«

Sprach's und knallte die Türe zu. Aber Ludwigs Entgegnung konnte er noch hören:

»Bei Philippi sehen wir uns wieder!«

»Schleichen S' Ihna, damit meint der Wiener in etwa ›Hau ab‹«, erläuterte er anschließend Lothar.

»Das war unschwer zu erraten«, meinte der.

Inzwischen war Cem Yildirim durch den Lärm aufmerksam geworden und herausgekommen.

»Wieso Philippi, wieso sehen Sie ihn dort. Wo ist das, Philippi?«

Der gute Mann wusste natürlich mit diesem Spruch nichts anzufangen. Lothar klärte ihn auf:

»Das ist nur sinnbildlich gemeint. Das kommt von Shakespeare. Die Römer drohten ihren Feinden mit Rache bei Philippi für diejenigen, die Julius Cäsar ermordet hatten. Das hat er von unserem früheren Deutschlehrer Dr. Poll. Das war genauso ein Klugscheißer wie der Herr Hirschberger.«

»Des han i fei g'hört!«, beschwerte sich Ludwig.

Am darauffolgenden Sonntag unternahmen Gabi, Gernot und Ludwig einen Ausflug zum Schwaigfurter Weiher. Die drei fuhren mit dem Wagen dorthin. Ludwig hatte die beiden eingeladen. Nicht ohne Hintergedanken, denn schließlich war Leopold oder Herbert Schmölzl ein paar Tage zuvor mitten in der Nacht hierhergefahren. Ludwig wollte sich im wahrsten Sinne des Wortes das Ganze bei Lichte besehen. Außerdem gab es dort ausgezeichnete Hähnchen.

»Das glaub ich nicht, anständige Henderl kriegst nur in Wien oder in ein paar ganz wenigen anderen österreichischen Orten, aber nicht hier.« Gernot Heubl wartete mal wieder mit einem Vorurteil auf.

»Du bist ein bornierter Kerl. Warte doch erst einmal ab«, konterte der Fallanalytiker.

Ein idyllisch gelegenes Kleinod offenbarte sich Gernot

Heubl, der im Gegensatz zu den beiden anderen den Schwaigfurter Weiher, im Volksmund das »Schwaigfurter Insele« genannt, nicht kannte. Weil man um den Weiher herum im Gegensatz zu Ludwigs Jugendzeit nicht mehr wandern durfte, unternahmen die drei eine Bootsfahrt und umrundeten die kleine Insel, das Schmuckstück des Weihers.

»Do steht jo a Haus drauf«, staunte Gernot, als er das alte und unbewohnte Jugendstilhäuschen auf der Insel entdeckte.

Ludwig konnte nachvollziehen, warum auch Leopold Schmölzl und Sabine Grässle regelmäßig hierherkamen. Die Ruhe auf dem See, die vielen Wasservögel in ihrem natürlichen Raum – fast ein kleines Paradies.

Nach der Bootstour gingen die drei in die Gartenwirtschaft direkt am Weiher. Glücklicherweise bekamen sie in dem kleinen Garten noch einen Platz. Kurz darauf hörte Ludwig, wie Gabi zum Nachbartisch hinüberrief:

»Hallo Sabine, so eine Freude, dich hier zu sehen!«

»Hallo Frau Maurer«, antwortete Sabine Grässle ziemlich schmallippig.

Dass Gabi die Tochter von Elvira Grässle trotz ihrer übergroßen Sonnenbrille und dem Kopftuch überhaupt erkannt hatte, grenzte für Ludwig an ein Wunder. Die langärmliche Bluse, die sie bis oben hin zugeknöpft trotz des recht warmen Wetters trug, bestätigte ihm zudem seine Vermutung, dass sie alles unternahm, um in der Öffentlichkeit die Spuren der Gewalttätigkeiten Schmölzls zu verbergen. So waren auch fast alle Opfer vorgegangen, mit denen er es bisher bei der A.g.A. zu tun gehabt hatte.

Leopold Schmölzl sah überhaupt nicht herüber, sondern tat so, als ob er die kleinen Enten auf dem See verfolgen würde. Zur Bedienung gewandt meinte er:

»Bitte bezahlen!«

»Aber Sie haben Ihr Essen ja noch gar nicht bekommen!«, wandte diese höchst erstaunt ein.

»Wir haben gerade einen Anruf bekommen, wir müssen sofort weg. Das Essen zahle ich natürlich.«

Schmölzl bezahlte, die beiden standen auf und verließen grußlos die Gartenwirtschaft.

»Komisch«, sagte die Bedienung zu sich selbst, »wir haben hier ja gar keinen Handy-Empfang.«

»Machen Sie sich nichts daraus, die sind wegen uns gegangen«, versuchte Ludwig die verblüffte Frau zu beruhigen und nutzte die Gelegenheit, gleich drei halbe Hähnchen für sich, Gabi und Gernot zu bestellen.

»Na ja, zwei hab ich ja noch von denen übrig«, meinte die Kellnerin lakonisch.

»Meinst nicht, dass du dem Kerl ein bisserl zu brutal begegnest, Wiggerl?«, insistierte Gernot Heubl.

»Wieso denn das? Solchen Typen kann man gar nicht brutal genug begegnen!«

»Ja ich mein ja nur. Machst dir keine Sorgen um die Sabine?«

Der Psychiater war offensichtlich besorgt über Ludwigs forsche Gangart gegenüber Schmölzl.

In diesem Augenblick servierte die Kellnerin das Essen und die Diskussion wurde unterbrochen, was Ludwig durchaus recht war. Dennoch hegte er den Verdacht, dass Heubl ihn mit diesem Thema sicher noch einmal konfrontieren würde.

Nach einer Weile der gefräßigen Stille räumte Gernot mit einem leisen Schmatzen ein:

»Gabi, ich muss dich loben. Du hast mir nicht zu viel versprochen, das ist das beste Henderl, das ich außerhalb von Wien jemals gegessen habe.«

Es war eigentlich kein humoristischer Satz, aber Ludwig begann trotzdem lauthals zu lachen. Er kriegte sich gar nicht mehr ein.

»Ich weiß genau, warum du lachst, du Hund!«, sagte Gernot, der inzwischen auch heftig mitlachte.

Als Ludwig vor lauter Lachen die Tränen kamen, wollte Gabi endlich wissen, was denn der Grund für die Lachsalven sei und ob sie eventuell mitlachen dürfe.

Die beiden spielten auf eine Situation an, die sich Ende der 70er-Jahre abgespielt hatte, und erzählten sie nun Gabi.

Der damalige Bundeskanzler der Republik Österreich, Bruno Kreisky, hatte, obwohl selbst Jude, ein ausgesprochen gutes Verhältnis zu den arabischen und nordafrikanischen Staaten. Als es darum ging, einigen dieser Staaten bei der Ausbildung ihrer Polizei behilflich zu sein, wurden Gernot und Ludwig gemeinsam mit ihrem Vorgesetzten, Franz Pöltinger, irgendwohin nach Nordafrika geschickt.

Zum Abschluss ihrer Tätigkeit war die »befreundete österreichische Delegation« bei einem Prinzen zum Dinieren eingeladen. Auch der österreichische Botschafter nahm an diesem festlichen Abendessen teil. Man konnte wählen zwischen einem Henderl und einem einheimischen Gericht, das der Prinz und sein Anhang bevorzugten. Alle anderen bestellten ein Henderl. Nur nicht Gernot Heubl.

Er war besonders neugierig und wollte das essen, was sich der Prinz bestellt hatte.

Als das Essen auf den Tisch kam, war Gernot entsetzt. Ein übelriechendes Menü stand da vor ihm. Reis in einer grauen Sauce. Darin schienen sich Bauchlappen irgendeines Tieres zu befinden. Mit der Gabel aufgespießt zogen sie sich wie Schleim in die Höhe. Ludwig wurde schon schlecht beim Zusehen. Aber Gernot Heubl wäre nicht Gernot Heubl gewesen, hätte er sich nicht elegant aus der Zwickmühle befreit.

»Des können S' net machen, Herr Hofrat«, flüsterte er Franz Pöltinger zu.

»Was kann ich nicht machen, Heubl?«

»Sie können doch nicht einfach ein Henderl bestellen. Das gibt einen diplomatischen Konflikt. Der Prinz wird sich diskriminiert und beleidigt fühlen, wenn Sie nicht sein Gericht, sondern ein Henderl essen.«

»Wieso, die anderen essen doch auch ein Henderl«, verteidigte sich der Hofrat.

»Ja schon, aber Sie sind der Delegationsleiter. Auf Sie wird g'schaut. Wir sind nicht wichtig, aber Sie, Sie sind eminent wichtig.« Gernot flüsterte dem Hofrat zischend ins Gewissen.

»Und was soll ich jetzt machen?«

»Nehmen S' meine Portion, ich ess derweil Ihr Henderl, Herr Hofrat.«

So wurden die Speisen getauscht. Während Gernot das Henderl genoss, würgte der Hofrat mit hohem Gaumen das einheimische Essen, das für europäische Geschmäcker tatsächlich ungenießbar war, hinunter. Und ihm war noch drei Tage hinterher hundeelend. Als dann der Botschafter dem Hofrat sagte, er sei seines Wissens nach der erste Europäer gewesen, der diese Speise verzehrt habe, und noch nicht einmal alle Mitglieder des Hofes fänden diese Schleimhaut des Hammelmagens bekömmlich, stand fest: Das war die letzte Auslandsreise des angehenden Doktors der forensischen Psychiatrie Gernot Heubl gewesen.

Ludwig gab der Bedienung ein relativ hohes Trinkgeld, bei dem der geizige Heubl erblasste. Schließlich waren sie ja schuld daran, dass die Gäste am Nachbartisch so frühzeitig das Lokal verlassen hatten.

»Die sind sehr oft hier, die beiden, das fällt schon auf!«, merkte die Kellnerin an.

Zum Parkplatz mussten die drei nur die nicht besonders stark befahrene Straße überqueren und schon waren sie an Gabis Wagen angelangt.

Überraschenderweise kamen in diesem Augenblick Sabine Grässle und Leopold Schmölzl von einem Weg an den Parkplatz, der aus Aulendorf zu kommen schien. Sie sahen aus, als seien sie gewandert.

Auf der Heimfahrt musste sich Ludwig erst eine Moralpredigt wegen seines üppigen Trinkgeldes anhören. Anschließend sinnierte Gernot Heubl über Sabine Grässle und ihren Peiniger:

»Ich meine, es ist ja wirklich sehr schön hier, aber warum kommen die beiden so oft hierher? Ich meine, ich kenn die Gegend nun auch schon ein bisserl, da gibt's doch irrsinnig viele Seen, Weiher, Teiche. Warum ausgerechnet immer hierher?«

»Du siehst aber auch hinter allem einen psychischen Knacks«, monierte Gabi.

»Trotzdem, irgendeine Bewandtnis könnte es haben«, beharrte Gernot.

»Na ja, vielleicht liegt's daran, dass es hier eine Insel gibt. Das haben wir auch in Oberschwaben nicht so häufig«, ergänzte Ludwig.

»Hier findet gerade etwas zum zweiten Mal statt, was beim ersten Mal nicht hätte passieren dürfen.«

Das war wieder einer jener Sätze, die Heubl mehr zu sich als zu den anderen Anwesenden sagte. Aber Ludwig kannte den forensischen Psychiater zu lange, zu gut. Er wusste, dass dieser Platz hier eine Schlüsselstelle war, dass an Plätzen wie diesem in der Vergangenheit des Leopold Schmölzl die Abweichung vom Normalen begonnen hatte.

Am Abend war Lothar mit der Überwachung dran. Er hatte sich aber mit Cem Yildirim darüber verständigt, dass dieser ihn benachrichtigte, sobald etwas Auffälliges im Nachbarhaus passierte.

Dass Leopold Schmölzl mitten in der Nacht die Garage verlassen hatte, noch dazu mit dem Schlauchboot auf dem Dachträger, in dem sich eine Schaufel und ein Pickel befanden, erzählte Cem Lothar allerdings erst am nächsten Tag. Der unterrichtete sofort Ludwig.

»Was macht der Kerl mitten in der Nacht mit einem Schlauchboot auf dem Dach? Mit Schaufel und Pickel drin?«

»Seltsam!«, gab Ludwig zu. »Gestern Nachmittag hätte es noch Sinn gemacht. Da waren die beiden auf dem Schwaigfurter Insele. Aber nachts? Was soll denn das? Vor allem: Er war vor wenigen Tagen schon einmal dort.

Ebenfalls mit einem Schlauchboot auf dem Dach. Und ist auf den See hinausgefahren.«

In Ludwig dämmerte es. Was hatte Gernot mehr zu sich als zu ihm gesagt? Die Wiederholung von dem, was schon beim ersten Mal niemals hätte passieren dürfen. Ludwig musste unbedingt in Erfahrung bringen, was Gernot mit diesem kryptischen Satz gemeint hatte.

Ludwig erkannte, dass er keine andere Wahl hatte, als sich nachts noch einmal auf die Lauer zu legen. Was machte Schmölzl mitten in der Nacht auf dem Schwaigfurter Weiher? Was machte er mit Schaufel und Pickel? Wonach grub der Mann? Es half nichts, hier war Nachtarbeit angesagt. Als ob Ludwig nicht schon etliche Nächte geopfert hätte in diesem Fall. Nur gut, dass er mit relativ wenig Schlaf auskam. Aber er würde versuchen, Gernot zu überreden, sich mit ihm auf die Lauer zu legen. Gernot war ein äußerst unterhaltsamer Mensch, unvorstellbar belesen und von einer seltenen Intelligenz. Mit ihm konnte man sich leicht eine Nacht um die Ohren schlagen. Manchmal war das sogar ein Vergnügen, sofern genügend Grüner Veltliner aus dem Kamptal zur Verfügung stand, von den Wienern »Grüve« genannt.

»Hörst, Gernot, hättest du nicht Lust, heute Nacht mit mir dort hinzugehen. Ich muss unbedingt wissen, was der Schmölzl da treibt.«

»Bist du narrisch, ich hau mir doch nicht die Nacht um die Ohren wegen dieser Kreatur. Des derfst selber machen.«

»Komm Gernot, du weißt doch, wie fad so eine Nacht werden kann«, bettelte Ludwig.

»Na genau deswegen. Und außerdem fürcht ich mich bei der Nacht.«

Gernot Heubl war bekannt dafür, dass er als Schreibtischtäter nicht gerade zu den Mutigsten zählte.

»Außerdem bist du Vorstandschef von der A.g.A., nicht ich.«

Heubl konnte so unwiderstehlich entwaffnend sein. Da half nur Ludwigs Geheimrezept:

»Ich hab zwei gekühlte Flascherln Grüve in meiner Kühltasche im Hotel, die sollten vernichtet werden.«

»Und dazu müssen wir unbedingt heute Nacht an diesen gottverlassenen Ort fahren?«

»Unbedingt.«

»Hearst, Piefke, du bist vielleicht so was von lästig«, moserte Gernot.

Aber für Ludwig bedeutete dies Zustimmung und so verabredeten sie sich für den Abend. Zwar würde Ludwigs nicht gerade üppiger Grüve-Vorrat weiter geschmälert, aber dieser Einsatz war es ihm allemal wert.

Ludwig war froh darüber, dass Gernot sich bereit erklärt hatte, mit ihm zusammen in dieser Nacht am Schwaigfurter Weiher Aufsicht zu schieben. Nicht dass er sich vor Leopold Schmölzl fürchtete, nein, es war die Langeweile, die Ludwig Kopfzerbrechen bereitete. Und die Angst, ob der vielen stillen Stunden einzuschlafen und das Wichtigste zu verpassen. So saßen die beiden in Gabis Auto und beobachteten die Szenerie.

Gernot war ein angenehmer Partner für Ludwig, weil er mit ihm herrlich diskutieren konnte. Es gab kaum ein

Thema, für das sich Gernot nicht interessierte. Und er wusste viel, um nicht zu sagen alles. Aber er war auch ein Mann mit Grundsätzen, der sich nicht leicht von seiner Meinung abbringen ließ. Manche nannten ihn gar beratungsresistent. Dies konnte Ludwig nicht bestätigen, aber eine überaus harte Nuss war er auch für ihn.

»Schon herrlich, dieses Stückchen Natur hier«, schwärmte Ludwig. »Man könnte sich richtig in die Gegend verlieben, wäre unser Auftrag nicht so problematisch.«

»Ja, die Natur kann einen manches Mal schon sehr verwöhnen. In der Dunkelheit kommt es mir hier fast vor, als wären wir in den Donau-Auen.«

Auch vor Ludwigs innerem Auge tauchten jetzt die Donau-Auen östlich von Wien auf, die er als wunderbares Naturparadies, völlig sich selbst überlassen, kennengelernt hatte.

»Die zweite Strophe des Biberacher Schützenfestliedes beginnt so: ›Das Murmeln in belaubten Bäumen ruft: Freudig müsst ihr Gott erhöhn. Die Zeit in Schwermut zu verträumen, ist Gottes Welt zu voll, zu schön‹«, schwärmte Ludwig.

»Kenn ich zwischenzeitlich, die Hymne der Biberacher. Wird am Fest schließlich alle paar Minuten an irgendeiner Ecke gesungen. Das Einzige, was mich dabei stört, ist das Wort Gott.«

Da war er wieder, der Atheist Gernot. Auch Gabi war es in diesem Jahr, seit er bei ihr in Biberach wohnte, offensichtlich nicht gelungen, aus ihm einen Christen zu machen. Wäre auch höchst verwunderlich gewesen. Verwunderlich war aber auch, dass sie es schon so lange mit ihm aushielt.

»Wer hat die Natur denn dann erschaffen, wenn nicht Gott«, fragte Ludwig.

»Sie selbst.«

Doch Gernot Heubl war nicht nach philosophieren zumute. Ihm brannte ein ganz anderes Problem auf den Nägeln.

»Weißt noch, was ich dich gestern am Nachmittag in Schwaigfurt gefragt hab?«

»Ja, ob ich dem Schmölzl zu brutal begegne.«

Ludwig zierte sich, er wollte sich nicht so recht wieder mit diesem Thema befassen müssen.

»Und, meinst nicht auch, dass du die Sabine in Gefahr bringst?«

»Nein.«

»Schau her, Wiggerl. Diesen Fanatismus, den du in diesem Fall an den Tag legst, den kenne ich an dir überhaupt nicht. Du musst doch sehen, dass deine Art, wie du dem Schmölzl gegenübertrittst, die Sabine gefährdet!«

Da brach es richtig aus Ludwig heraus:

»Das genaue Gegenteil ist der Fall. Das absolute Gegenteil sogar. Mit jedem Mal, mit dem ich ihm auf die Zehen steige, wird ihm bewusster, dass ich ihn in der Mangel habe und dass er aus dieser Mangel nicht mehr herauskommt. Es ist nämlich so, dass ich bei diesem Kerl ein ganz dummes Bauchgefühl habe. Ich befürchte, dass das kein normaler Fall häuslicher Gewalt ist, wie ich ihn bei der A.g.A. zigmal gehabt habe. Nein dieser Typ tickt anders. Mit dem stimmt etwas nicht. Und ja: Ich habe richtig Angst um Sabine. Und wer weiß, was inzwischen mit ihr geschehen wäre, hättest du mich nicht gerufen.«

»Und was macht dich so sicher, dass der Kerl anders

tickt?« Gernot Heubl war nicht überzeugt von Ludwigs Gefühlen.

»Es ist wirklich nur mein Bauchgefühl. Aber niemand weiß so genau wie du, dass ich mich immer voll und ganz auf dieses Gefühl verlassen konnte. Dieser Schmölzl ist gefährlich. Ich meine, alle Täter häuslicher Gewalt sind gefährlich, aber Schmölzl ist lebensgefährlich.«

»Dann solltest du, nein dann musst du den Fall der Polizei übergeben«, drängte Heubl.

»Mit welchem Grund? Schaun S', Frau Kommissar, ich hab ein ungutes Bauchgefühl, nehmen S' bittschön den Herrn Schmölzl fest. Nein, Gernot, ich will den Kerl kriegen, will wissen, welches Geheimnis hinter ihm steckt. Und außerdem will Kommissarin Lüscher, dass ich selbstständig arbeite. Immerhin hat sie mir einen ihrer Leute an die Seite gestellt. Ein fixer Junge übrigens.«

»Ist dein Vorgehen überhaupt noch mit den Richtlinien der A.g.A. konform?« Der forensische Psychiater ließ nicht locker.

»Mit der A.g.A.? Nein, ganz sicher nicht. Aber erstens sind wir hier nicht in Österreich und sie nützt mir hier gar nichts und zweitens glaube ich, dass hinter dem Schmölzl mehr steckt als ein Fall häuslicher Gewalt, der in unseren Statuten so blödsinnig mit ›hGF‹ abgekürzt wird.«

»Und was macht dich so sicher?«, insistierte Heubl.

»Sein Verhalten. Es unterscheidet sich grundlegend von den üblichen hGF-Fällen.«

»Wie?«

»Schau, in 99,9 Prozent dieser Fälle versucht ein Täter, sobald er sich entdeckt glaubt, in der Versenkung der Unauffälligkeit zu verschwinden. Wie oft habe ich es in Wien erlebt, dass diese Täter, sobald sie sich von der A.g.A. in die Enge getrieben gefühlt haben, unmittelbar, nein sofort mit ihrem Schlagen aufgehört haben. Zumindest so lange, bis wir uns wieder aus dem Staub gemacht haben. Das ist auch der Grund, warum die A.g.A. ein paar Wochen später nachkontrolliert, ob der Täter wieder zuschlägt.«

»Und beim Schmölzl ist's anders?«

»Komplett, der hält sich für unwiderstehlich. Unbesiegbar. Unverwundbar. Dieser Typ verlacht und verhöhnt mich. Und je mehr er das tut, umso brutaler muss ich gegen ihn vorgehen. Muss durch diese Brutalität Sabine Grässle schützen. Das ist der einzige Weg.«

»Ist das ein Psychopath?« Gernot Heubl wirkte besorgt.

»Kann ich dir nicht mit hundertprozentiger Sicherheit sagen. Womöglich hat er eine Persönlichkeitsspaltung. Überleg dir mal: Der hat in Salzburg eine Frau brutal misshandelt, bis deren Bruder aufgetaucht ist und ihn im hohen Bogen hinausgeworfen hat. Danach hat er sich in München bei einer anderen Frau eingenistet und der Salzburgerin seine neue Adresse in München mitgeteilt. Wie krank ist das denn?«

»Aha«, setzte Heubl zu einer Kurzanalyse an, »und deine Hypothese ist, dass sich der Schmölzl dir gegenüber zwar hochüberlegen fühlt, aber durch deine andauernden Attacken tatsächlich einen Genierer bekommt, die Grässle über die Maßen hinaus zu misshandeln, weil er ja im Falle eines Falles sofort als Täter entlarvt ist?«

»Wunderbar, jetzt hat's sogar der Herr Pensionist begriffen.«

»Jetzt halt's aber die Pappn, sonst geh i nimmermehr mit«, beklagte sich ein überraschter Gernot Heubl.

»Gott oder Jesus Christus soll's abhüten. Ich brauch dich dringender als je zuvor. Und wir fahren jetzt nach Hause. Es ist 2 Uhr und der Sack kommt jetzt nicht mehr.«

Damit startete Ludwig den Motor und die beiden begannen die Heimreise. Wieder einmal hatten die Ermittler eine Nacht umsonst gelauert. Aber auch das macht einen guten Ermittler aus, sagte sich Ludwig, je mehr Fehlschläge er erleidet, umso verbissener wird er.

Nachdem sie eine gute Viertelstunde später wieder in Biberach eingetroffen waren, wirkte die Stadt wie ausgestorben. Das Nachtleben in der oberschwäbischen prosperierenden Kleinstadt schien nicht besonders ausgeprägt zu sein oder fand überwiegend im privaten Rahmen statt. Lediglich in einigen Lokalen in der Consulentengasse und in der Pfluggasse sowie in ein paar Nebenstraßen war noch Betrieb. Weder von Lothar noch von Cem Yildirim kam eine Meldung, dass sich im Hause Grässle etwas Außergewöhliches abspielte. Beruhigt, dass Sabine Grässle eine friedliche Nacht haben würde, begab sich Ludwig in sein Hotel. Ihm war allerdings bewusst, dass er ab sofort zwei Baustellen hatte: in der Uhlandstraße und am Schwaigfurter Weiher, weswegen er verstärkt auf Gernot zurückgreifen wollte.

Aber sein Vorrat an Grünem Veltliner neigte sich dem Ende zu.

»In Bad Saulgau gibt es einen tollen Weinhändler«, hatte ihm Lothar einmal gesagt.

Also machte sich Ludwig auf den Weg in die alte Oberamtsstadt, die ihm in seiner Jugend ziemlich altmodisch vorgekommen war. Umso mehr staunte er, wie sich dieses reizende Städtchen verändert hatte: Eine richtige Kurstadt war aus ihm geworden. Im bezaubernden Stadtkern lag ein tolles Geschäft neben dem anderen, die direkt angefahren werden konnten. Und wenn mal kein Parkplatz frei war, standen in unmittelbarer Umgebung kostenlose Parkflächen zur Verfügung. Ludwig, in Wien mit den ausgeprägten Parkplatzproblemen einer Millionenstadt nur zu vertraut, wähnte sich fast wie in einem Paradies. Mitten auf dem Marktplatz machte er es sich im Freien bei einer Eisdiele gemütlich. Die Sonne schien ihm ins Gesicht, direkt in der Nachbarschaft plapperten die Störche und der kleine Stadtbach plätscherte vis-à-vis gemütlich durch das Städtchen.

Er genoss jeden Moment, ehe er in die Weinhandlung ging, um Ersatz für den Grüve zu finden. Der Weinhändler entpuppte sich als absoluter Fachmann und empfahl Ludwig einen typischen, trockenen Grünen Veltliner aus dem Niederösterreicher Weinviertel. Den nahm er natürlich sofort mit und kaufte dem guten Mann seinen gesamten Vorrat dieses Tropfens auf.

Als Gernot Heubl und Ludwig Hirschberger in der nächsten Nacht am Schwaigfurter Weiher Wache schoben, dauerte es nicht lange und Schmölzls Audi fuhr auf den Parkplatz.

»Der ist sich so sicher, der hält auf dem Parkplatz!«, meinte ein entgeisterter Ludwig.

»Das haben solche Typen so an sich«, erklärte Heubl aus seinem Erfahrungsschatz schöpfend.

Sie beobachteten, wie Leopold Schmölzl das Schlauchboot vom Dach des Audis löste und mit dem Paddel auf den See ging. Es lag ein leichter Dunst über dem flachen Gewässer, sodass den beiden auch das Nachtsicht-Fernglas, das sich Ludwig bei einem Förster, einem Bekannten von Gabi, besorgt hatte, wenig nutzte.

Nur so viel konnten sie sehen: Schmölzl fuhr hinter die Insel und kam für längere Zeit nicht mehr zurück. Ob er auf die Insel ging, ob er an Land ging oder ob er auf dem Weiher blieb, konnten sie nicht erkennen.

Die nächsten beiden Tage kam Schmölzl aber nicht mehr zum Weiher, weshalb die beiden Freunde ihre Observation an diesem Ort beendeten.

»Der hat wohl nicht nur einen Vogel«, meinte Ludwig resignierend und in der Annahme, die Nächte umsonst geopfert zu haben. »Du solltest doch einmal mitkommen in die Uhlandstraße, Gernot, wenn Schmölzl wieder loslegt, damit du hörst, was dieser Mensch fast jede Nacht aufführt«, bat er den forensischen Psychiater.

»Ja, ich glaube, das sollte ich wirklich«, sah der ein. »Aber nur ein Mal, damit ich sein Verhalten analysieren kann.«

Und so kam es, dass Gernot sich – schon wegen des köstlichen Weins – am nächsten Abend mit Ludwig in die Uhlandstraße begab, um vor dem Haus der Sabine Grässle aufzupassen, ob das Monster wieder zuschlug. Sie hielten sich dort relativ lange auf, wollten auf Nummer sicher gehen, dass Schmölzl nicht, wie schon einmal, abwartete, bis die Luft rein war, um dann umso gnadenloser zuzuschlagen.

»Die Gabi hat mir erzählt, du hättest bei den 68ern hier mitgemacht?«

»Mitgemacht ist übertrieben, ich war eine Randfigur. Ein Mitläufer. Ohne die politische Überzeugung der Protagonisten«, gab Ludwig ehrlicherweise zu.

»Drum, das hätte mich nämlich gewundert. Ich frage mich eh, wie in so einer Kleinstadt eine so aktive Gruppe hatte stattfinden können«, sagte Heubl überrascht.

»Das waren eher die Schüler am örtlichen Wieland-Gymnasium. Die oder besser gesagt wir hatten einen ziemlich autoritären Schuldirektor. Es begann mit Demonstrationen gegen den und endete dann fast in einer Revolution.«

»Na ja. Revolution ist sicher übertrieben. Es war wohl eher eine Rebellion. Wie die gesamte 68er-Bewegung heute doch oft verklärt wird. Was war sie wirklich? Ein Sturm im Wasserglas!«, korrigierte Heubl.

»Politisch gesehen hast du recht. Aber gesellschaftlich haben die 68er doch einiges erreicht. Denke nur daran, was die 68er alles hervorgebracht haben.«

»Da bin ich aber gespannt!«, höhnte der Psychiater.

»Allen voran die Bewegung der Grünen. Dann wurde die Homosexualität legalisiert, kam es zur Frauenbewegung, zur Emanzipation, zur Feministinnen-Bewegung.«

»Darauf hätten wir Männer ja verzichten können.«

»Macho!« Ludwig gab den Empörten.

»Mal im Ernst: Was hat sich seit der 68er-Bewegung wirklich verändert? Hat es weniger Kriege gegeben, hat es weniger Verbrechen gegeben? Geht es auf der Welt gerechter zu? Nein, im Gegenteil: Wir haben noch nie so viel Geld für Waffensysteme ausgegeben wie in der Zeit nach dem kalten Krieg. Das ist doch pervers!«, räsonierte Gernot Heubl.

Kurz darauf drehte der forensische Psychiater die Diskussion wieder in eine andere Richtung. Hin zum Fall.

»Ich habe mir das durch den Kopf gehen lassen mit deiner Hypothese, Wiggerl.«

»So, und was ist deine Meinung?«, fragte Ludwig.

»Vielleicht ist des gar net so deppert, was du da meinst. Womöglich ist das ein ganz schlimmer Finger, an den die Sabine da geraten ist. Vielleicht musst du wirklich so handeln, wie du handelst. Womöglich musst du dieses hohe Risiko eingehen, um Sabine zu schützen. Herrgott, wieso kommt die Elvira auch nicht mehr an ihre Tochter heran. Zu verflixt!«

»An die kommt zurzeit außer Schmölzl gar niemand heran. Der hat die so im Griff. Aus Liebe, aus Angst? Aus beidem? Ich weiß es nicht. Ich weiß nur eines: Der Kerl ist sich seiner Sache absolut sicher. Und nur meine unentwegte Präsenz verhindert Schlimmeres. Und dass sich eine lokale Politgröße in die Sache eingeschaltet hat. Und dass sich ein sehr wehrhafter Nachbar eingeschaltet hat. Das alleine lässt mich einigermaßen beruhigt sein.«

»Auf jeden Fall musst du noch nach München zu dieser Frau fahren. Wir müssen wissen, was mir der passiert ist.«

Dass Heubl von »wir« sprach, gefiel Ludwig. Sehr sogar.

In diesem Augenblick hörten die beiden im Richtmikrofon, dass Schmölzl wieder zuschlug.

Rums, schon knallte eine schallende Ohrfeige.

»Poldi, bitte nicht, bitte nicht schon wieder. Ich muss morgen vor meinem Chef etwas präsentieren. Bitte, bitte, lass mich heute in Frieden«, tönte eine flehende Sabine Grässle aus dem Kopfhörer, den Ludwig zwischenzeitlich aufgesetzt hatte.

»Präsentieren, hä präsentieren«, höhnte Leopold Schmölzl. »Präsentieren nennt man das heutzutage?« Rums, wieder ein Schlag. »Wir haben früher ganz anders dazu gesagt, du Hure.« Noch ein Schlag, dieses Mal noch härter.

Ludwig stieg sofort aus dem Auto aus und läutete. Mit etwas Verspätung kam Gernot hinter ihm her gewatschelt. Der sonst gar nicht so Mutige hatte genug gehört. Das ging auch ihm gegen die Hutschnur.

»Bleib im Auto, hör das Richtmikro ab!«, zischte Ludwig.

»Nein, dem erzähl ich jetzt was!«, gab ein wütender Gernot von sich, den Ludwig so gar nicht kannte. »Solchen Typen muss man das Handwerk legen. Der Typ hat doch einen Charakter-Defekt.«

Doch im Hause Grässle wurde es plötzlich still. Ludwig läutete, aber es tat sich nichts. Natürlich hatte dieses Schwein die Klingel wieder abgestellt. Gernot Heubl klopfte an die Türe und an das Fenster.

»Herr Schmölzl, Sie brauchen Hilfe, so kann das nicht weitergehen. So etwas endet immer im Chaos!«

Eine Reaktion kam natürlich nicht aus dem Haus.

Nach ein paar Minuten des Wartens wollten Ludwig und Gernot gerade wieder zu ihrem Wagen zurückkehren, als ein Motorrad vorfuhr. Cem Yildirim war von der Spätschicht nach Hause gekommen und versprach den ehemaligen Beamten aufzupassen. Er könne jetzt eh nicht sofort einschlafen.

Aber Ludwig war ganz und gar nicht glücklich über die Situation hier vor Ort. Irgendwie schien sie ihm festgefahren. Dieser Schmölzl wusste offenbar ganz genau, wann er wie weit gehen konnte. Später würde er sicher einmal behaupten, es hätte sich bei ihm um komplett unkontrollierbare Ausbrüche gehandelt.

Deshalb wollte er schleunigst das tun, was ihm Gernot Heubl so dringend empfohlen hatte. Er musste nach München-Neuperlach und die Frau aufsuchen, zu der Leopold Schmölzl gezogen war, als er vor Franzl Krilinger Reißaus genommen hatte.

Gleich am nächsten Morgen fuhr Ludwig mit der Bahn nach München. Per S-Bahn ging es weiter nach Neuperlach. Angekommen im Plivier-Park machte er sich auf die Suche nach der Adresse, die ihm Angela Kriliniger überlassen hatte. Sich in der schätzungsweise in den 70er-Jahren erbauten Massensiedlung in Münchens Südosten zurechtzufinden, war gar nicht so einfach. Endlich fand Ludwig das riesige Wohngebäude, das gut und gerne 400 Menschen Wohnstatt bot. Hier von »Heimat« zu sprechen, konnte sich Ludwig nicht vorstellen. Er verspürte keinen Hauch von Flair wie in seinem »Grätzl« in Wien oder wie in der Münchener Innenstadt und auch keine noch so kleine Andeutung der kleinbürgerlichen Heimeligkeit seiner oberschwäbischen Heimat.

»Schlafstätten«, murmelte er vor sich hin.

Vergeblich suchte er auf den Schildern an den Klingeln

und den Briefkästen nach Maria Reidinger. War dies überhaupt die richtige Adresse? War Maria Reidinger weggezogen, war sie etwa auf der Flucht vor Leopold Schmölzl? Es würde sehr mühsam werden, sie hier in diesem Gebäudekomplex ausfindig zu machen. Natürlich hatte er im Vorfeld recherchiert, jedoch keine Telefonnummer gefunden – weder im Internet noch in einem der in den wenigen öffentlichen Telefonzellen aufliegenden Telefonbücher auf dem Münchener Hauptbahnhof. Vermutlich besaß sie nur ein Handy, dessen Nummer sie nicht hatte eintragen lassen.

Sich als Klinkenputzer zu betätigen, war eine jener Tätigkeiten, die Ludwig, seit er als Privatermittler unterwegs war, überhaupt nicht passten. Aber auf der Suche nach dieser Frau kam er anders nicht weiter.

Also begann er damit, obwohl er ahnte, dass er womöglich gar nicht allzu viele Bewohner antreffen würde, die er nach Maria Reidinger befragen könnte. Bei der sechsten Klingel meldete sich eine Frau an der Sprechanlage.

»Grüß Gott, mein Name ist Ludwig Hirschberger vom Verein A.g.A. Dürfte ich Sie fragen, ob Sie eine Maria Reidinger kennen?«

Die Antwort kam kurz und schmerzlos:

»Na.«

»Darf ich Sie nicht fragen oder kennen Sie sie nicht?«, hakte Ludwig nach.

»Was glauben Sie, wie vui Leit da herinnen wohnen? Glauben S' vielleicht, i kenn do an jeden?«

Weg war die Stimme, das Gespräch beendet.

Ludwig war schon bekannt, dass man den Münchnern eine gewisse Grund-Grantigkeit nachsagte. Diese kannte er auch von den Wienern. Zur Genüge, wie er im Laufe seiner beruflichen Karriere hatte feststellen müssen. Dennoch war er immer noch überrascht, wie viele Menschen es gab, die prinzipiell übellaunig waren. »Berufsgrantler« wurde dieser Menschentyp in Ludwigs Dienststelle genannt. Für Ludwig ein unvorstellbares Szenario, ganz das Gegenteil seines Naturells. Er begegnete den Menschen offen und zumindest höflich.

40 Wohneinheiten gab es pro Treppenhaus. Sechs Mal hatte er beim ersten überhaupt jemanden angetroffen. Die Antworten lauteten unsisono:

»Maria Reidinger? Nie gehört!«

Also ging Ludwig zum nächsten Treppenhaus. Vier Hauseingänge hatte der Wohnblock insgesamt. Statistisch betrachtet würde er von den circa 400 Bewohnern gerade mal 24 antreffen. Vielleicht hatte er ja Glück und irgendjemand konnte sich an Maria Reidinger erinnern.

Zwei Stunden später trank Ludwig etwas erschöpft einen Kaffee in der ziemlich leeren Cafeteria des Wohnblocks. Auch das Personal dort war äußerst unfreundlich. Das musste wohl an der Luft hier draußen liegen.

Plötzlich kamen zwei weibliche Polizeibeamte in die Cafeteria herein und gingen direkt auf Ludwig zu.

»Kann ich bitte Ihren Ausweis sehen?«, fragte eine der beiden.

»Gerne, worum geht's denn?«, fragte Ludwig unbekümmert und übergab ihr seinen Personalausweis.

»Haben Sie nicht an jeder Wohnung in diesem Gebäudekomplex geklingelt?«, legte ihre Kollegin nach.

»Das ist richtig, das habe ich gemacht«, gab Ludwig wahrheitsgemäß zu. »Aber ich bin noch nicht ganz fertig, etwa die Hälfte in diesem Bereich fehlt mir noch, danach bin ich fertig.«

»Und warum genau machen Sie das, Herr Hirschberger?«

»Wieso, ist das verboten?«, wunderte sich Ludwig.

»Nein, aber verdächtig«, meinte die ältere der beiden Streifenbeamtinnen.

»Soso, verdächtig«, sagte Ludwig immer noch unbesorgt und überreichte der Polizistin seine Visitenkarte.

Die gab die Karte missbilligend ihrer Kollegin und grinste Ludwig an.

»Angehörige gegen Angst – do schau her. Und noch aus Wien. Euch Gaunern fallen jeden Tag neue Tricks ein!«

»Also das Wort Gauner verbitte ich mir. Und was Sie mit Tricks meinen, müssen Sie mir noch verraten.« Ludwig dämmerte langsam, dass ihn die Polizistinnen für einen Trickbetrüger hielten.

»Sie wissen genau, was ich meine, spielen Sie hier nicht das Unschuldslamm und halten Sie uns nicht für dumm. Wir wissen genau, dass Sie der Auskundschafter sind, den wir so lange suchen«, triumphierte die jüngere Beamtin.

Sie war recht hübsch und sehr zierlich. *Verena Brodbeck* stand auf ihrem Namensschild.

»Liebe Frau Brodbeck, da muss ich Ihnen eine herbe Enttäuschung bereiten. Den Verein Angehörige gegen Angst gibt es in Wien tatsächlich und ich bin sogar sein Vorsitzender. Wir arbeiten in Wien eng mit der Polizei und der Justiz zusammen und bekämpfen häusliche Gewalt. Wenn Sie mit Ihren Kollegen im Kommissariat im 2. Wiener Gemeindebezirk Kontakt aufnehmen, wird man Ihnen bestätigen, dass ich nicht Ihr gesuchter Auskundschafter bin!«, erklärte Ludwig geduldig.

»Ja, was glauben denn Sie«, mischte sich die ältere Polizistin ein, »dass wir jetzt wegen Ihnen in Wien anrufen? Was? Guter Mann, wir sind hier in Deutschland und nicht in Österreich. Hier können Sie nicht mit Ihrem Verein prahlen!«

Die Grantigkeit schien in dieser Gegend immanent zu sein. Auch diese beiden Beamtinnen empfand Ludwig als schnodderig und übellaunig. Aber an dieser Situation war er nicht unschuldig. Er machte sich selbst den Vorwurf, ein zwar ungeschriebenes, aber ehernes Gesetz bei der A.g.A. nicht befolgt zu haben: Bevor man Ermittlungen aufnahm, war die zuständige Polizeidienststelle in Kenntnis zu setzen. Verdammt, das er hatte er unterlassen. Jetzt musste er zusehen, wie er aus dieser vertrackten Lage wieder herauskam.

»Meine Damen, ich muss mich bei Ihnen entschuldigen. Sie haben recht: Ich hätte mich vor meinen Ermittlungen bei Ihnen melden müssen. Das habe ich versäumt und das bedauere ich auch sehr. Wenn Sie mir die Gelegenheit geben, Ihnen zu erklären, um was es geht …«

»Das können S' auf der Wache machen. Sie sind vorläufig festgenommen.«

Ludwig war schockiert. Nur wegen seiner bodenlosen Schlamperei ihn gleich vorläufig festzunehmen, dafür gab es überhaupt keinen Grund. Was ging hier vor?

Kopfschüttelnd stieg Ludwig in das Polizeiauto ein, das schon nach wenigen Minuten die Dienststelle erreichte. Da die beiden Beamtinnen seine Daten bereits auf der kurzen Fahrt durchgegeben hatten, stand seine Identität schon fest, als er in die Polizeiwache geführt wurde.

»Da habts aber einen Fang gemacht, ihr Helden«,

begrüßte der Dienststellenleiter die Polizistinnen. »Herr Hirschberger, zuerst einmal ein herzliches Grüß Gott, ich heiße Franz Huber und entschuldigen Sie bitte den Übereifer meiner Kolleginnen.« Und zu den Damen gewandt: »Jo kennts ihr den Herrn net? Das ist der Herr Hirschberger. Ludwig Hirschberger, der größte Fallanalytiker im deutschsprachigen Raum!«

»Da wüsste ich aber einen beim LKA Bayern, der mir diesen Ruhm jederzeit streitig machen kann«, gab Ludwig, inzwischen sichtlich erleichtert, zurück.

»Sie müssen schon entschuldigen«, versuchte Franz Huber, der Dienststellenleiter, zu erklären, »aber wir hatten in Neuperlach in den letzten vier Wochen nicht weniger als 82 Tageswohnungseinbrüche, eine erschreckend hohe Zahl.«

»Ach so! Jetzt weiß ich auch, warum mich Ihre beiden Kolleginnen für einen Auskundschafter gehalten haben. Logisch. Aus ihrer Sicht musste ich das ja fast sein. Jetzt ist mir alles klar!«

Wie Schuppen fiel es Ludwig von den Augen. Auskundschafter von Einbrecherbanden prüften im Vorfeld, wann jemand zu Hause und wann auf Arbeit war. Und nachdem Ludwig sich ja quasi als »Klinkenputzer« betätigt hatte, war logisch, dass irgendeiner der total verängstigten Bewohner die Polizei alarmiert hatte. Jetzt kannte er auch den Grund dafür, warum er überall so grantig und unhöflich behandelt worden war.

Natürlich nahm er den beiden Beamtinnen ihre Entschuldigung ab. Sie hatten völlig logisch und richtig gehandelt. Zum Glück war sein Name dem Dienststellenleiter nicht nur bekannt, sondern auch ein Begriff.

»Kann ich irgendetwas für Sie tun, Herr Hirschberger?«, fragte der höflich.

Das kam Ludwig natürlich sehr gelegen. Er schilderte Franz Huber den Fall in seiner Komplexität und teilte ihm mit, dass eines der Opfer von Leopold Schmölzl in diesem Gebäudekomplex gewohnt habe.

»Wie heißt denn die Dame?«, erkundigte sich Huber.

»Maria Reidinger.«

»Da schauen wir doch gleich nach«, meinte der Dienststellenleiter.

»Da brauchen S' net nachschauen, Chef, das weiß ich, wo die ist«, rief Verena Brodbeck dazwischen.

»Das interessiert mich jetzt aber sehr!«, sagte Ludwig ganz erstaunt.

»Die ist in Haar drüben, in der Psychiatrischen Klinik.«

»Und woher wissen wir das?«

Franz Huber war jetzt auch neugierig geworden.

»Vor wenigen Monaten wurden wir von ihrem Arbeitgeber angerufen, weil sie seit zwei Tagen nicht zur Arbeit erschienen war. Das sei bei Frau Reidinger derart ungewöhnlich, dass man sich große Sorgen mache. Fehlen, ohne sich zu melden, passe überhaupt nicht zu ihr. Wir sind dann direkt zu ihrer Wohnung gefahren, es war, glaube ich, im Zweier-Treppenhaus ziemlich weit oben. Aus der Wohnung haben wir ganz leises Röcheln und Stöhnen vernommen. Der Hausmeister hat uns die Tür geöffnet und wir fanden Frau Reidinger am Boden liegend vor.«

»Ziemlich übel zugerichtet?«, befürchtete Ludwig.

»Und wie«, führte die Beamtin weiter aus. »Anfangs glaubten wir nicht, dass sie durchkommt. Wir haben uns ernsthaft Sorgen gemacht, dass sie diese Verletzungen nicht überlebt. Als sie wieder halbwegs auf dem Damm war, wollten wir sie verhören, um den Kerl zu finden, der ihr das angetan hat.«

»Mit dem kann ich wahrscheinlich dienen!«, warf Ludwig ein.

»Aber mit dem Verhör wurde es nichts. Die Frau Reidinger hat derart schwere Kopfverletzungen erlitten, dass sie nicht mehr redet. Kein Wort mehr sagt sie. Ich war erst letzte Woche in Haar bei ihr, um festzustellen, ob sich ihr Zustand zwischenzeitlich gebessert hat, aber die Ärzte dort meinten, damit würde es wohl nichts mehr werden. Maria Reidinger zeigt keinerlei Reaktionen mehr. Sie vegetiert mehr, denn dass sie lebt.«

»Das bedeutet aber im Klartext, dass wir dem Herrn Schmölzl, Leopold Schmölzl, so heißt der Mann, der aus Wien stammt und jetzt im Württembergischen lebt, die Tat gar nicht nachweisen können. Wir haben zwar Verdachtsmomente. Nachhaltige Verdachtsmomente, aber keine Beweise. Wir sind dabei, ihm Taten in Wien, Salzburg und Biberach an der Riss zur Last zu legen und vermutlich auch diesen Fall hier, nur, wir haben keine stichhaltigen Beweise«, informierte Ludwig die Münchner Beamten über seine bisherigen Ermittlungen und fragte dann: »Oder haben Sie DNA am Tatort festgestellt?«

»Jede Menge«, machte ihm Verena Brodbeck Hoffnung.

»Glauben Sie, ich könnte Maria Reidinger in Haar besuchen?«

»Das müsste sich machen lassen. Aber ich weiß nicht, was Sie da wollen, die sagt nichts, rührt sich nicht. Sie isst und trinkt und gibt durch Schreie bekannt, wenn sie zur Toilette muss oder ins Bett will. Das ist alles, was sie tut.«

Was Verena Brodbeck da sagte, stimmte Ludwig nicht gerade zuversichtlich. Selbst wenn die gefundenen DNA-Spuren mit Leopold Schmölzls DNA übereinstimmen sollten, reichte das noch lange nicht, um ihm nachweisen, dass er der Täter war.

»Können wir es trotzdem versuchen?«, fragte er.

»Frau Brodbeck, jetzt nehmen Sie von Herrn Hirschberger die Daten von Herrn Schmölzl auf. Wo der jetzt wohnt, was er macht, und dann fahren Sie mit dem Herrn Hirschberger nach Haar hinüber und besuchen die Frau Reidinger!«, ordnete Franz Huber an und verabschiedete sich von Ludwig.

»Und wie heißt der Kerl noch mal, der ihr das Ganze angetan haben soll?«, erkundigte sich Verena Brodbeck, die ihr blondes Haar fein säuberlich zu einem Kranz auf ihrem Kopf geflochten hatte, wie es die Münchnerinnen gerne zu ihrem Dirndl auf dem Oktoberfest trugen.

»Leopold Schmölzl oder Herbert Schmölzl, je nachdem. Ich nehme aber an, in Deutschland nannte er sich von Anfang an Leopold.«

»Und wie lange war der in Perlach?«

»Wohl nicht allzu lange. Auf jeden Fall hat er München an jenem Tag verlassen, als er Frau Reidinger derart zugerichtet hatte, wie Sie sie angetroffen haben«, informierte Ludwig die junge Streifenbeamtin und fragte sie noch: »Von wem bin ich denn angezeigt worden?«

»Es waren mindestens vier Parteien, die bei uns auf der Wache angerufen haben. Meine Kollegin und ich hatten schon Hoffnung, unserer Problembande auf die Spur zu kommen. Aber dann waren es ja bloß Sie!«

»Bloß«, meinte Ludwig, »tut mir leid, dass ich Ihnen

nicht dienen kann, aber der Kelch des Bösen, des Üblen, des Verbrecherischen ist zum Glück an mir vorübergegangen. So habe ich mich wie Sie auf die Seite der Guten geschlagen.«

»Was leider heutzutage von Teilen der Bevölkerung ganz anders gesehen wird«, sagte Verena Brodbeck resigniert.

»Entsetzlich ist das. Zu meiner Kindheit war der Polizist noch eine richtige Respektsperson. Was der sagte, hatte Gewicht, galt und wurde unbedingt eingehalten. Der konnte alleine schon durch seine Uniform für Ordnung sorgen, war im wahrsten Sinne des Wortes auch der Hüter des Gesetzes. In dieser Zeit kam auch der Spruch auf: ›die Polizei, dein Freund und Helfer‹.«

»Und heutzutage sind wir nur noch ›Bullenschweine‹ und werden, wenn wir nicht gerade um Hilfe gerufen werden, nur noch als Feinde angesehen«, beklagte sich die Polizistin kopfnickend.

»Da haben Sie absolut recht«, sagte Ludwig. »Aber eine gewisse Mitschuld haben unsere früheren Kollegen schon auch, als sie während der 68er-Jahre oft unverhältnismäßig hart und oft mit brutaler Gewalt gewütet haben. Daraus ist der eigentlich unbegreifliche Hass auf die Polizeibeamten entstanden. Polizistinnen gab es zu dieser Zeit praktisch nicht.«

»Wäre das damals anders verlaufen, hätte es Polizistinnen gegeben?«, fragte Verena Brodbeck wissbegierig den ein paar Jahrzehnte älteren Fallanalytiker.

»Darauf zu antworten, wäre reine Spekulation. Richtig hingegen ist, dass diese Gewaltbereitschaft in unseren Reihen gewisse politische Kreise und vor allem die linken Schriftsteller in dieser Zeit zum politischen Ungehorsam aufgerufen hatte. Für mich damals übrigens durchaus berechtigt. Dass das allerdings in solche Dimensionen, wie wir sie heute erleben müssen, ausartet, zeigt, dass wir uns im Zeitalter der Dekadenz befinden«, schwadronierte der Profiler.

»Das müssen Sie mir näher erklären.«

»Dekadenz bedeutet ja im übertragenen Sinn die Rückentwicklung der Gesellschaft. Wenn Sie betrachten, von wem wir uns heute wie behandeln lassen müssen, kommt mir das doch wie die Kultur der Steinzeitmenschen vor. Denken Sie einmal darüber nach: Es kommen Menschen aus allen möglichen Ländern zu uns, um tatsächlich, leider in manchen Fällen auch nur angeblich, politischen Schutz zu suchen. Anstatt dankbar zu sein, dass ihnen diese humanitäre Hilfe gewährt wird, verlangen einige dieser Menschen, dass wir uns nach ihnen zu richten haben. Wehren sich mit Gewalt gegen Polizeimaßnahmen, gefährden Kolleginnen und Kollegen, die nichts anderes tun als ihren Dienst und die ihnen übertragenen Befehle auszuführen. Befehle im Übrigen, die den gültigen Gesetzen in den meisten Fällen entsprechen!«

»Jetzt reden Sie aber wie ein AfD-Politiker«, warf die zierliche Polizistin vorwurfsvoll ein.

»Oh, das würde gar nicht in meinem Interesse liegen. Aber ich gebe zu bedenken, dass dieses liberale Verhalten von Legislative und Judikative nicht nur Parteien wie dieser AfD Vorschub leistet, sondern auch zu großen Teilen schuld an der Misere unseres Berufstandes ist. Und oft genug wird heute gar nicht mehr ein Problem an sich bekämpft, sondern viel mehr derjenige, der es beim Namen nennt. Sehen Sie, das ist Dekadenz!«

»Hmh.«

So ganz überzeugt wirkte Verena Brodbeck nicht. Dennoch nahm sie sich vor, nach Dienstschluss noch einmal gründlich über Ludwigs Worte nachzudenken. War das nur ein altmodischer Kerl, der mit seiner konservativen Meinung aus der Zeit gefallen war, oder hatte er womöglich recht? Lief in der hiesigen Gesellschaft wirklich alles aus dem Ruder?

Im Psychiatrischen Zentrum in Haar bewies die junge Polizistin, dass sie sich in dem weiträumigen Komplex bestens auskannte. Zielstrebig fuhr sie zu dem Gebäude, in dem Maria Reidinger therapiert wurde und untergebracht war. Ludwig hätte viel mehr Zeit benötigt, um dieses Haus zu finden.

Je länger er darüber nachdachte, umso mehr empfand er es als Glücksfall, dass er vorläufig festgenommen worden war. Erstens wäre er niemals so schnell auf den Aufenthaltsort von Maria Reidinger gekommen und zweitens hätte man ihn womöglich gar nicht in das Gebäude gelassen. Dass ihn ausgerechnet eine Beamtin festgenommen hatte, die auch im Fall Reidinger tätig und somit dem Personal der psychiatrischen Einrichtung bestens bekannt war, bedeutete sogar doppeltes Glück.

Als Verena Brodbeck und Ludwig in das Zimmer von Maria Reidinger kamen, saß die Frau auf einem Stuhl und schien auf einen bestimmten Punkt an der Wand zu starren. Nein, sie schien die Wand mit ihrem Blick durchbohren zu wollen. Sie nahm die Krankenschwester, die Polizistin und Ludwig gar nicht wahr. Sie kam Ludwig vor wie die Wachsfigur von Sabine Grässle in Madame Tussots Wachsfigurenkabinett, denn auch diese Ähnlichkeit war frappierend. Auch hätte sie eine Schwester von Angela Krilinger in Salzburg und von Heidi Stürmer in Wien sein können, die Ludwig allerdings nur von dem Foto kannte, das Schmölzls Mutter herausgerückt hatte. Die knabenhafte Figur, der Pferdeschwanz – alles an Maria Reidinger erinnerte an die anderen Frauen.

»So sitzt sie den ganzen Tag da. Von früh bis spät, sie starrt immer an denselben Punkt an der Wand. Wenn ich sie umdrehe, dass sie zum Fenster hinausschauen kann, schreit sie fürchterlich. Sie schreit auch, wenn sie irgendetwas benötigt. Das ist die einzige Art der Kommunikation mit ihr«, klärte die Krankenschwester auf.

»Ist das ein Wachkoma?«, fragte Ludwig unsicher.

»Womöglich schon, wir glauben aber alle nicht an eine Rückbildung. Maria Reidinger hatte unvorstellbar schwere Kopfverletzungen, die eine Subarachnoidalblutung verursacht haben, welche für ihren Zustand verantwortlich ist.«

Eine Befragung des Opfers schien deshalb nahezu sinnlos zu sein. Vielleicht hätte er mit Gernot Heubl herkommen sollen. Ludwig behielt sich vor, das eventuell sogar noch tun, denn der frühere Kollege hatte bei Patienten mit diesen Problemen schon immer ein gutes Händchen bewiesen und doch den einen oder anderen von diesen armen Menschen wenigstens für ein paar Sekunden oder Minuten befragen können. Aber Ludwig verkniff sich in diesem Augenblick eine entsprechende Bemerkung. Er wollte ja die Kompetenz dieser Einrichtung nicht infrage stellen. Vielmehr schien ihm wichtig, sich und vor allem die A.g.A. vorzustellen. Seiner Meinung nach fehlte eine solche Einrichtung hier in Deutschland ganz eindeutig. Und wenn er erst einmal hier bekannt war, könnte es ihm womöglich gelingen, Maria Reidinger mit Gernot zusammen einmal zu besuchen. Hier und heute jedenfalls war nichts zu erreichen.

Dass die Frau einen Pferdeschwanz trug, wunderte Ludwig. Hatten die Pflegekräfte ein Foto von Maria Reidinger gesehen, auf dem sie – genau wie alle anderen Opfer des Herbert Schmölzls – einen Pferdeschwanz trug? Wollten sie damit die Patientin ein kleines bisschen an ihr früheres Leben erinnern? Ihr ein winziges Stück Normalität zurückgeben? Oder hatte Maria Reidinger es irgendwie trotz ihrer immensen Kommunikationsprobleme geschafft, in puncto Frisur ihren eigenen Willen durchzusetzen? Ludwig verzichtete darauf, die Krankenschwester diesbezüglich zu befragen. Das wäre ihr sicher höchst merkwürdig vorgekommen.

Als sie sich schon von der Schwester verabschieden wollten, hatte der Fallanalytiker aber doch noch eine Idee: Er zeigte der Patientin ein Bild von Leopold Schmölzl. Das heißt, er hielt es genau vor ihre Augen, in der Hoffnung, dass sie nicht durch das Foto hindurch zur Wand, sondern wirklich auf das Bild schaute.

Maria Reidingers Reaktion erschütterte ihn und war gleichzeitig hochinteressant. Sie riss Ludwig die Aufnahme aus der Hand, warf sie auf den Boden, schrie völlig hysterisch und trampelte mit ihren Füßen auf dem Gesicht von Leopold Schmölzl herum. Im nächsten Augenblick hob sie das Bild vom Boden auf, küsste und liebkoste es.

Sie murmelte etwas vor sich hin, was man als »Leo« hätte deuten können. Schon im nächsten Augenblick schrie Maria ein weiteres Mal los, warf das Bild wieder auf den Boden und trampelte erneut darauf herum.

»Was haben Sie gemacht?«, fragte die Krankenschwester. »So eine Reaktion hat Frau Reidinger noch nie gezeigt, seit sie hier bei uns ist.«

Sie rief sofort nach einem Arzt.

»Das ist das Foto von dem Kerl, der ihr das vermutlich angetan hat«, erklärte Ludwig.

»Vermutlich?«, meinte die Schwester. »Von wegen vermutlich, das muss er sein.«

»Wir müssen's ihm zuerst nachweisen und da sehe ich so manches Problem auf uns zukommen«, meinte der Fallanalytiker abschließend.

Aber er war nun erst recht davon überzeugt, dass es nur einen gab, der etwas aus Maria Reidinger herausbekommen könnte: Gernot Heubl. Jedenfalls stand für Ludwig fest, dass Schmölzl auch diese Frau schwer misshandelt haben musste.

»Dieses Schwein hat eine richtige Spur der Gewalt hinter sich hergezogen«, sagte er auf der Rückfahrt zu der Polizistin.

»Wie? Spur der Gewalt, was hat der Typ noch alles getan?«

»Es begann in Wien, das war Opfer Nummer eins. Seine Freundin. Die ist bis heute vermisst! Angeblich nach Dubai abgehauen. Opfer Nummer zwei wohnt in Salzburg. Eine Frau, die vom Aussehen her die Zwillingsschwester von Maria Reidinger sein könnte. Die hatte das große Glück, dass ihr Bruder aus Kärnten urplötzlich vor der Türe stand und dem Treiben dieses Verbrechers ein jähes Ende bereitet hat. Opfer Nummer drei ist Frau Reidinger und Opfer Nummer vier wird gerade im oberschwäbischen Biberach gefoltert. Auch sie könnte eine Schwester von Frau Reidinger sein.«

»Da haben Sie es ja mit einem richtigen Monster zu tun«, rief Verena Brodbeck erschrocken aus und schüttelte sich.

»In der Tat. Monster ist, da gebe ich Ihnen recht, der richtige Ausdruck für dieses Subjekt, für diesen üblen Schläger. Aber eines verspreche ich Ihnen: In Biberach ist Endstation.« Ludwig sagte das sehr bestimmt.

Nach ein paar Minuten des Schweigens wandte er sich wieder an die Polizistin:

»Eine ganz große Bitte hätte ich noch an Sie, Frau Brodbeck. Könnten Sie für mich herausfinden, wo ich die Firma ›Dentamal‹ finde? Die müsste hier in München sein.«

»Selbstverständlich«, meinte die junge Beamtin.

Sie fragte in der Zentrale nach und erfuhr, dass »Dentamal« in einem Gewerbegebiet in Ismaning residierte. Ihr Chef beauftragte Verena Brodbeck, Ludwig zu der Firma zu begleiten. Schließlich sei dieser Fall jetzt auch ein Fall für ihre Dienststelle. Das war natürlich so richtig nach Ludwigs Geschmack. So viel Kooperation hätte er sich nicht einmal erträumen lassen.

Verena Brodbeck fuhr über die Außenringautobahn nach Ismaning. So seien sie viel schneller dort als durch die Stadt, entschuldigte sie den Umweg.

»Vornehm geht die Welt zugrunde«, meinte Ludwig, als sie das Firmengelände von »Dentamal« erreichten.

Ein prachtvoller Komplex aus Glas und Stahl erwartete sie, der Vorgarten glich einem Park, so groß war er. Sie wollten sich gerade bei der Rezeptionistin vorstellen, als die ihnen zuvorkam:

»Dr. Jenssen, unser Direktor, und Herr Jackowsky, der Betriebsratsvorsitzende, erwarten Sie bereits. Bitte gehen Sie in den ersten Stock hoch, Sie werden dort abgeholt.«

»Wie?«, reagierte Ludwig etwas überrascht.

»Ihre Dienststelle hat angerufen und Sie avisiert«, klärte die Empfangsdame auf.

Da Ludwig ja nur als privater Ermittler unterwegs war, übernahm Verena Brodbeck im ersten Stock die Initiative:

»Hauptwachtmeisterin Brodbeck, guten Tag die Herren. Herr Hirschberger ist ein privater Ermittler, der gegen Ihren Mitarbeiter …«

Ludwig half der jungen Beamtin aus:

»Herbert alias Leopold Schmölzl.«

»Leopold«, ergänzte Direktor Lars-Peter Jenssen. »Nach dem Taufschein heißt er Herbert Schmölzl, aber als er nach München kam, bat er mich darum, hier seinen zweiten Vornamen Leopold als Rufnamen nutzen zu dürfen.«

»Und das kam Ihnen normal vor?«

»Wieso hätte mir das unnormal vorkommen sollen? Er hat mir ganz einfach gesagt, Leopold gefalle ihm besser als Herbert. Was sollte ich dagegen haben, was sollte mich da wundern?«

»Nichts, Sie haben völlig recht, Herr Direktor«, lenkte Ludwig ein.

»Wie lange hat Herr Schmölzl bei Ihnen gearbeitet?«, fragte die junge Polizistin.

»Ganze drei Monate«, gab Jenssen zu. »Dann haben wir intern die Stelle des Geschäftsstellenleiters unserer Filiale in Biberach in Baden-Württemberg ausgeschrieben. Sie müssen wissen, wir betreiben in Deutschland 34, nein seit gestern 35 Filialen. Obwohl Herr Schmölzl für diese Stelle unbedingt überqualifiziert ist und ich ihn nur äußerst ungern in Richtung Schwaben habe ziehen lassen, gab ich ihm diesen Job.«

»Wieso?«, wollte Ludwig wissen.

»Weil er sonst zur Konkurrenz gegangen wäre. Und das wäre weit unangenehmer für unser Unternehmen gewesen. Herr Schmölzl ist einer der bestqualifizierten Mitarbeiter in unserem Betrieb.«

»Komisch«, befand Ludwig, »sehr seltsam. Alle Menschen wollen in München arbeiten und der Herr Schmölzl will von hier weg. Das muss Sie doch verwundert haben!«

»Ja klar hat uns das verwundert. Und leidgetan. Aber wir vertraten die Ansicht, dass es ihm in dem Provinzstädtchen eh nicht sehr lange gefallen würde. Er wird relativ schnell wieder hierher zurückkommen, davon gehen wir übrigens immer noch aus«, merkte der Betriebsratvorsitzende Heinz Jackowsky an.

»Womöglich werden Sie da sehr lange warten müssen«, merkte Ludwig an.

»Das wollen wir doch erst einmal abwarten. Oder hat er etwas angestellt?«

»Sieht so aus, Herr Dr. Jenssen. Wir können es aber nicht beweisen. Noch nicht. Aber bald.«

Ludwig gab sich sehr selbstbewusst, beeindruckte damit aber den Mann überhaupt nicht.

»Also ich kann mir beim besten Willen nicht vorstellen,

dass Herr Schmölzl etwas mit der Polizei zu tun hat. Er ist ein sehr qualifizierter Mitarbeiter, sehr höflich, hilfsbereit, kollegial. Ich meine, er kommt ja von unserer österreichischen Mutterfirma ›Amalex‹ in Wien. Und schon dort hat er sich als erstklassiger, innovativer und überaus geschickter Techniker ausgezeichnet, der in Kollegenkreisen sehr beliebt war.«

»Wir ermitteln wegen häuslicher Gewalt gegen ihn.«

Mehr wollte Ludwig im Augenblick noch nicht sagen. Wahrscheinlich würde Jenssen seinen Mitarbeiter so bald wie möglich von diesem Gespräch in Kenntnis setzen.

»Sie werden verstehen, dass ich aufgrund solcher Vermutungen nichts gegen meinen Mitarbeiter unternehmen werde. Man braucht nicht bei der Polizei zu sein, um zu wissen, dass solche Vorwürfe sehr oft üble Verleumdungen sind!«

Die versteckte Attacke des Direktors hatte Ludwig natürlich mitbekommen.

»Nun ja, Herr Dr. Jenssen. Hätten wir nicht schon etwas mehr als nur einen vagen Verdacht, würden wir ganz sicher nicht hierherkommen und Ihre wertvolle Zeit in Anspruch nehmen. Sie dürfen davon ausgehen, dass Herr Schmölzl die Tat durchaus begangen hat und vermutlich auch weiterhin begehen wird. Wir sind nur noch nicht in der Lage, es zu beweisen.«

Ludwig überlegte, ob er Schmölzls Chef nicht doch noch mehr erzählen sollte, beließ es aber dabei. Er hatte den Eindruck, dass auch Jenssen sich seiner Sache zwischenzeitlich nicht mehr so ganz sicher war.

»Jedenfalls bitte ich Sie, mich weiterhin über Herrn Schmölzl auf dem Laufenden zu halten.«

Mit diesen Worten stand der Direktor auf, verabschiedete die Polizistin und den Ermittler und verließ den Raum.

Der Betriebsratsvorsitzende Heinz Jackowsky bat Ludwig indes noch, Lothar Sattler zu grüßen.

»Ich bin nächste Woche in Biberach. Wir sollten uns treffen, der Lothar, Sie und ich. Ich bin mir nicht so sicher wie mein Chef.«

»Wieso, wissen Sie etwas?«, fragte die Polizistin.

»Nein, gar nichts. Aber jähzornig kann er schon werden. Ziemlich jähzornig. Und an sich heranlassen tut er gar niemanden!«

»Sehr gut«, meinte Ludwig, »dann bis nächste Woche in Biberach.«

Verena Brodbeck war nicht nur eine sehr hübsche, sondern auch eine sehr hilfsbereite Polizistin. Sie fuhr Ludwig direkt zur S-Bahn-Station, von wo aus er den Rückweg nach Oberschwaben antreten konnte.

Nicht ohne sich vorher bei Lea zu melden. Einerseits wollte er sich nach ihrem Befinden erkundigen, andererseits wollte er ihr auch erzählen, was er hier in München erlebt und herausgefunden hatte.

»Lea, hallo, ich bin's, der Wiggerl.«

Offensichtlich erreichte er sie im richtigen Augenblick. Sie war in einer schlimmen Verfassung, das merkte er. Dazu kannte er sie zu lange, zu gut. Und er wusste, dass es keinen Sinn machte, sie danach zu fragen oder gar zu trösten. Deshalb fiel er gleich mit der Tür ins Haus:

»Es gibt Neuigkeiten«, sagte er.

»Schieß los«, kam etwas gelangweilt, aber doch auch ein bisschen neugierig aus dem Telefon.

»Ich war heute in München bei Maria Reidinger.«

»In Neuperlach?«

»Auch, aber da wohnt sie nicht mehr. Sie ist jetzt in einer psychiatrischen Einrichtung in Haar untergebracht«, informierte Ludwig seine Ex-Frau.

»Oh Gott, mir schwant Böses!«

»Da liegst du leider mal wieder völlig richtig, Lea«, meinte Ludwig und erzählte ihr die ganze Geschichte, die er in München erlebt hatte.

Wenigstens erheiterte sie die Tatsache, dass er vorläufig festgenommen worden war, ein bisschen.

»Dich kann man nirgendwo mehr alleine hinschicken«, machte sie sich über ihn lustig.

»Dann musst du halt in Zukunft wieder mitgehen«, rutschte es Ludwig einfach so heraus.

Zum Leidwesen Ludwigs blieb dieser Satz unbeantwortet, stattdessen kam es zu einer Diskussion, wie sie jetzt weiter verfahren sollten.

Er traf sich mit Lothar Sattler in einem Café mitten in der Stadt.

»Während unserer Jugend hieß das noch ›Café Lieb‹«, merkte Ludwig an.

»Stimmt«, meinte Lothar, »man muss wohl von außen kommen, um zu sehen, wie sehr sich unser Städtchen verändert hat.«

»Ja, und hier stand am Martinimarkt immer der Magenbrot-Stand«, erinnerte sich Ludwig, »der wurde von einem

Bayern betrieben. Wenn man kurz vor Marktende kam, wurde das Magenbrot immer billiger. ›Zwoa Tüaten a Fuchzgerl no‹, flötete er dann immer.«

»Zwei Tüten Magenbrot für 50 Pfennig, das waren noch Zeiten«, sinnierte Lothar.

»Und dort drüben war der Bäcker Bader«, sagte Ludwig und zeigte auf das einzige unansehnliche und heruntergekommene Haus vis à vis. »Da kaufte ich mir jeden Morgen eine Brezel für sechs Pfennige, bevor ich zur Schule ging.«

»Mit zwei Rahmbombola. Dann hat es zehn Pfennig gekostet«, ergänzte Lothar lachend.

Danach kam Ludwig zur Sache. Er berichtete von seinen Erfahrungen in München. Auch Lothar schien von seinen Ermittlungsergebnissen überrascht zu sein.

»Solche Ermittlungen sind schon sehr mühsam, Lude. Ich bewundere dich, ich könnte das nie!«

»Und ich könnte nicht Leuten in den Arsch kriechen, die ich nicht leiden kann«, entgegnete der Profiler.

»Siehste, so hat jeder seine Talente«, gab Lothar zu. Natürlich nicht ohne sein leutseliges Lachen.

Am Abend gingen die beiden wieder in die Uhlandstraße, um in Lothars Wagen das Richtmikrofon einzuschalten.

Und sie waren leider nicht vergeblich da: Die Gewaltausbrüche von Leopold Schmölzl wurden immer brutaler. Obwohl ihm Sabine Grässle ausdrücklich verboten hatte, nochmals zu läuten, ging Ludwig zur Klingel und wollte Sturm läuten. Alleine, es tat sich nichts. Die Klingel war abgestellt worden. Auch das Telefon und die Handys der beiden Hausbewohner blieben stumm. Schmölzl hatte wieder einmal ganze Arbeit geleistet und Ludwig schien zunächst machtlos zu sein.

»Komm mit, wir schlagen so lange an Fenster und Türen, bis der Kerl von ihr ablässt«, forderte er Lothar auf.

»Jetzt gibt's aber was auf die Eier, das verspreche ich dir!«

»Noch nicht. Ich habe das Gefühl, dass sich langsam alles zuspitzt und wir in der finalen Phase sind«, versuchte Ludwig den Politiker zu beschwichtigen.

»Na, hoffentlich geht das gut aus!«

Sie trommelten wie die Wilden an Türen und Fenster, bis es aus dem Nachbarhaus schallte:

»Geben Sie endlich Wuhe.«

»Aha, der Bawonzer«, sagte Lothar Sattler spöttisch und spielte damit auf Sabine Grässles Nachbarn mit dem Sprachfehler an.

Jedenfalls war es danach sofort still im Haus Grässle. Offensichtlich hatte die Polterei ihre Wirkung nicht verfehlt. Oder war es, weil sich sogar der Bawonzer gemeldet hatte? Ludwig und Lothar blieben aber noch eine Weile, schließlich konnte Schmölzl jederzeit wieder losschlagen.

Nach wenigen Minuten gab es tatsächlich wieder Bewegung im Haus. Aber nicht etwa, weil Schmölzl wieder gewalttätig wurde. Nein, die Garage öffnete sich und der dunkle Audi fuhr – wieder mit dem Schlauchboot auf dem Dach – los. Lothar fragte nur:

»Schwaigfurter Insele?«

»Genau.«

»Dem fahren wir jetzt hinterher. Das interessiert mich jetzt, was der da macht.«

»Aber halt Abstand, dass er uns nicht bemerkt!«

Die beiden fuhren mit gehöriger Distanz zu Schmölzls Wagen in Richtung Otterswang. Nachdem sie den Bahnübergang über der Bahnlinie Ulm-Friedrichshafen-Lindau überquert hatten, waren sie nur noch gut 500 Meter vom Weiher entfernt.

»Warte hier noch ein bisschen«, raunte Ludwig dem wie immer ungeduldigen Lothar zu, was dieser widerstrebend dann auch tat.

Nach ein paar Minuten fuhren die beiden auf den Parkplatz und sahen Schmölzls Audi dort stehen, allerdings ohne Schlauchboot.

»Komm, wir nehmen uns ein Ruder- oder Tretboot vom Bootsverleih und fahren hinterher. Ich will sehen, wo der hinfährt und was der dort macht!«

Lothar wollte geradewegs zum Bootsverleih marschieren.

»Lass das bloß bleiben, Lolo. Ich werde mich morgen früh mit der Forstverwaltung in Verbindung setzen und die ganze Gegend untersuchen.«

»Ich komm mit. Ich kenne die zuständigen Leute vom Forstamt und kenne den Bootsverleiher.«

Schmölzl blieb ungefähr eine Stunde auf dem Wasser oder auf der Insel. Wo genau er war, ließ sich bei der Dunkelheit nicht ausmachen.

Am nächsten Morgen rief Lothar an.

»Ich habe mit dem Forstmeister gesprochen; wir können sofort nach Schwaigfurt aufbrechen. Der gute Mann hat grünes Licht gegeben. Die einzige Bedingung, die er stellt: Er will dabei sein.«

Sofort fuhren sie in Richtung Schwaigfurter Weiher los.

Forstmeister Konrad Rabenauer, ein Mann in mittleren Jahren mit einem riesigen Bart und einer dicken Hornbrille, erwartete die beiden schon in der Gartenwirtschaft am Weiher.

»So, dann wollen wir mal sehen, was sich da auf dem Insele bei Nacht so alles abspielt.«

»Lieber wäre es mir natürlich gewesen, ich hätte eine Nacht auf der Insel zubringen können und unseren Delinquenten bei seinem Tun beobachtet«, gab Ludwig zu.

»Das können Sie immer noch tun, wenn wir tatsächlich etwas Verdächtiges festgestellt haben«, meinte der hagere Förster.

Gemeinsam bestiegen die drei ein Ruderboot und ruderten zum Insele. So früh am Morgen war es noch recht frisch und erste Nebelschwaden deuteten an, dass der Herbst nicht mehr lange auf sich warten ließ.

Die Insel selbst lag nicht im Nebel, weshalb sie eine freie Sicht auf alles hatten. Die drei Männer teilten sich auf und suchten nach etwas Verdächtigem. Da die Insel wirklich sehr klein war, dauerte es nicht lange, bis Lothar eine Entdeckung machte.

»Hier, kommt mal hierher, das scheint mir komisch zu sein.«

Sofort eilten der Förster und Ludwig dorthin, wo sich Lothar befand, und entdeckten ein nahezu fertiges Loch im Boden von etwa zwei Metern Länge und einem halben Meter Breite. Die Grube war jedoch unterschiedlich ausgehoben worden. Im vorderen Bereich schätzte Ludwig die Tiefe auf 70 Zentimeter, im hinteren Teil hingegen nur auf 30 und 50 Zentimeter. Er hatte den Eindruck, dass die Arbeiten an dem Loch noch nicht abgeschlossen waren.

»Moment, das ist seltsam, das dürfte normalerweise hier jetzt nicht sein«, meinte Rabenauer. Er nahm sein Mobiltelefon und rief in der Weihergaststätte an: »Guten Morgen, hier ist der Konrad. Habt ihr da ein Loch gegraben, auf dem Insele?« Und nach kurzem Warten: »Auch nicht, aha.«

»Da hat sich einer richtig viel Arbeit gemacht«, staunte Lothar Sattler.

»Das muss man sich einmal vorstellen«, sagte Ludwig. »Die ganze Insel ist mit Wurzeln überwuchert. Der muss hier nächtelang gearbeitet haben. Dieses Wurzelwerk ist ja ein Wahnsinn. Jetzt weiß ich endlich, warum der so oft hierhergefahren ist. Für ein Loch in der Größe irgendwo im Moorboden hätte der gerade mal nur eine Stunde gebraucht!«

Ludwig ahnte nun, warum sich Schmölzl hier die Nächte um die Ohren schlug. Aber warum tat er sich das überhaupt an? Wieso die Insel? Er hätte doch in der Umgebung an den Ufern viel einfacher und viel weniger mühevoll graben können.

»Also, das ist schon sehr mysteriös, da werde ich jetzt die Polizei einschalten müssen«, monierte der Forstmeister.

»Könnten Sie das bitte uns machen lassen, Herr Rabenauer?«, bettelte Ludwig. »Wir sind hier einem Täter auf der Spur und könnten ihn womöglich aufschrecken. Um ihn zu überführen, müssten wir noch so lange abwarten, bis er das Loch fertig gegraben hat.«

Forstmeister Rabenauer willigte erst ein, nachdem sich Lothar verbürgt hatte, dafür Sorge zu tragen, dass die Polizei danach auch wirklich sofort informiert werde.

»Ich werde das aber nachkontrollieren«, meinte der Mann mit einem strengen Blick.

»Ja, aber bitte in Biberach bei Herrn Biechele. Die sind in Biberach zuständig für den Fall. In Bad Schussenried wissen sie wahrscheinlich gar nichts davon.«

»Jaja«, brummelte Rabenauer, »Leute gibt's. Gehen auf die Insel und graben ein Loch. Trotz total verwurzeltem Boden. Da ist noch nicht einmal das Betreten erlaubt, geschweige denn ein Loch graben. Wenn Sie mich nicht angerufen hätten, hätte ich das frühestens in vier Wochen entdeckt«, sagte der Forstmann zu Lothar Sattler.

Oder auch nicht, dachte sich Ludwig und machte sich seinen Reim auf das Loch. Himmel noch mal, war der Schmölzl noch gefährlicher, als er befürchtete? Er würde die Schrauben um ihn noch stärker anziehen müssen. So konnte es nicht weitergehen.

Lothar ging sofort zu seinem Bekannten, dem Betriebsratsvorsitzenden der Firma »Dentamal«, um ihn darüber aufzuklären, wie sehr die Sache eskalierte. Er wusste, dass der zufällig in Biberach weilte. Abends nahm er Heinz Jackowsky mit in die Uhlandstraße. Cem Yildirim hatte am Abend frei und der Betriebsratsvorsitzende konnte mit einem Fernglas vom Fenster im ersten Stock einen näheren Blick in den Garten werfen, in dem Sabine mal wieder mit Kühlakkus ihre Prellungen behandelte. Es dämmerte zwar schon, aber Heinz Jackowsky konnte genügend erkennen. Total schockiert wollte er am nächsten Morgen seine Geschäftsführung unterrichten, doch Lothar war von Ludwig instruiert worden.

»Nein, warte noch ein bisschen, wir wollen noch einen ganz großen Köcher auspacken. Dann macht es einfach mehr Sinn.«

Widerspenstig stimmte Jackowsky zu. Erst als ihm Lothar absolutes Stillschweigen gegenüber der Geschäftsführung von »Dentamal« zusicherte, willigte er ein.

Am selben Abend telefonierte Ludwig noch mit Lea. Einerseits wollte er sie über die Erkenntnisse auf dem Laufenden halten, andererseits ging er davon aus, dass sie Zuspruch benötigen würde.

»Gestern Nacht ist er zum wiederholten Male an einen kleinen See gefahren. Mit dem Schlauchboot auf dem Dach. Der gräbt da mit einem Pickel ein Loch auf einer kleinen Insel. Weiß Gott, wofür?«, sagte er zu seiner Ex-Frau etwas ratlos.

»Kleine Insel, kleiner See? Du sprichst in Rätseln, Ludwig.«

Daraufhin erklärte er Lea die ganze Situation. Und danach konnte er sich wieder einmal über einen von Leas Gedankenblitzen wundern. Über ihr logisches Vorstellungsvermögen und welch exzellente Polizistin sie einstmals gewesen war, ehe sie heirateten und Marco zur Welt kam.

»Hast du den See schon fotografiert?«, fragte sie Ludwig.

»Ja, wozu denn?«

»Schicke mir das Bild mal mit einer Whatsapp!«, bat sie ihn.

»Wozu brauchst denn das?«, hakte Ludwig nach.

»Ich will die Bilder der Mutter von Schmölzl zeigen, bin sehr auf ihren Kommentar gespannt.«

Er kannte sie lange genug, um zu wissen, dass weiteres Nachfragen sinnlos war. Sie wollte jetzt nicht viel darüber reden, sondern handeln. Deswegen schickte er ihr umgehend das Foto vom Schwaigfurter Weiher. Genauer gesagt, er schickte ihr alle fünf Fotos, die er gemacht hatte. Von früher her wusste er, dass sie eine Perfektionistin war. Wenn Ludwig mal ein Familienfoto geschossen hatte, war sie nie zufrieden gewesen.

»Eine große Bitte hätte ich noch an dich, Lea«, nahm er das Gespräch nach dem Versenden der Fotos wieder auf.

»Und die wäre?«

Lea wirkte etwas ungeduldig, was Ludwig sehr recht war, zeigte es ihm doch, dass sie vollkommen in den Fall eingetaucht war.

»Ich hab mir bei einer nochmaligen Analyse alles durch den Kopf gehen lassen, was wir bisher ermitteln konnten. Ich habe alle Notizen und Unterlagen erneut durchgesehen. Dabei habe ich auch die Visitenkarte von Schmölzl intensiver studiert. Die ›Amalex‹ hat eine Filiale in Dubai.«

»Und was hat das mit uns zu tun?«, fragte Ludwigs Ex-Frau.

»Die Abschiedsbriefe von Frau Stürmer. Die kamen doch aus Dubai. Kannst du die Frau Schmölzl mal fragen, ob ihr Sohn auch in Dubai zu tun hatte?«

»Aber ein Grafologe hat doch eindeutig erklärt, dass es sich um die Schrift von Heidi Stürmer handelt.« Lea hielt den Gedanken für abwegig.

»So, und wer hat diese ganzen Bilder so perfekt gefälscht?«, brachte Ludwig ein unschlagbares Argument vor.

Lea schien baff erstaunt.

»Das wär' jetzt aber ein Ding!« Sie rang sichtlich nach Worten. »Du meinst …?«

»Nein, ich meine noch nicht«, fiel ihr Ludwig ins Wort, »ich interessiere mich nur dafür.«

»Aber wenn da was dabei herauskommt, geht das doch in eine ganz andere Richtung hier.« Lea schien wie elektrisiert.

»Erst mal fragen, dann sehen wir weiter«, dämpfte der routinierte Profiler den Enthusiasmus der Mutter ihres gemeinsamen Sohnes. Ludwig fuhr fort: »Und sei so lieb und informiere meinen Nachfolger umgehend über deine Recherchen. Wir müssen den Thomas Egger ab sofort über alles einweihen.«

Am selben Nachmittag ging Ludwig zur Polizei nach Biberach, um Ralf Biechele über den Vormittag zu informieren. Auch ihn erstaunte, was man auf dem Insele entdeckt hatte.

»Ich glaube, wir sollten jetzt zu Frau Lüscher gehen.«

Biechele stand sofort auf und Ludwig folgte ihm. Er berichtete Gerlinde Lüscher ebenfalls, was sie am Morgen entdeckt hatten. Über die Briefe aus Dubai wollte er zunächst mehr wissen, bevor er auch darüber die Kommissarin zu informieren gedachte. Schüsse aus der Hüfte waren Ludwigs Sache nicht.

»Ich glaube, es wird langsam Zeit, dass wir eingreifen«, meinte die Kommissarin. »Der Typ macht mir richtig Angst. Wer weiß, was der mit der Frau vorhat?«

»Ich weiß es auch nicht, was der Kerl da vergraben will«, erwiderte Ludwig. »Deshalb würde ich noch um etwas Zeit bitten. Wer weiß. Vielleicht hat er seine früheren Opfer auch bestohlen und ausgeraubt und will das Zeug jetzt irgendwo verstecken, weil er genau das befürchtet, was du jetzt vorhast.«

»Viel Zeit kann ich dir nicht mehr geben. Wenn die Frau weiterhin misshandelt wird, werde ich einschreiten müssen. Biechele, Sie halten mich ab sofort zweimal täglich auf dem Laufenden. Sollte sich herausstellen, dass das Leben von Frau Grässle in Gefahr ist, greifen wir zu!«

»Na ja, so schlimm wird's ja wohl nicht sein«, glaubte Ludwig und hoffte inständig, dass dies auch zutraf.

Bereits am nächsten Morgen fuhr Lea mit den Fotos vom Insele in die Koppstraße zu Hedwig Schmölzl. Dort stand sie aber vor einer verschlossenen Wohnungstür, niemand öffnete. Sie läutete bei einer Nachbarin.

»Jo, die Frau Schmölzl ist nicht mehr hier. Die ist in letzter Zeit öfters gestürzt und jetzt hat sie der Medizinische Dienst in ein Heim eingeliefert.«

»Wissen Sie, welches Heim das ist?«, fragte Lea.

»Ja, sie ist im Maria-Theresia-Heim.«

Sofort machte sie sich auf den Weg dorthin, um Leopold Schmölzls Mutter zu besuchen. Das Heim lag ganz in der Nähe vom Schloss Schönbrunn, weshalb Lea nicht allzu lange von der Koppstraße dorthin benötigte. Vorbei am Technischen Museum ging es schnurstracks nach Hietzing, dem 13. Gemeindebezirk.

Hedwig Schmölzl bewohnte überraschenderweise ein

Einzelzimmer, was Lea wunderte, weil sie davon ausging, dass mit hoher Wahrscheinlichkeit der Staat für die Heimkosten aufkommen musste. Oder steuerte ihr Sohn noch etwas bei? Egal, das tut nichts zur Sache, dachte sich Lea.

»Hören S', das find ich aber lieb von Ihnen, dass Sie mich wieder besuchen kommen. Wissen S', seit mein Herbert nimmer in Wien ist, bekomme ich gar keinen Besuch mehr.«

Nach einem kurzen, aber eher belanglosen Gespräch, in dem sich Lea nach dem Befinden der Hedwig Schmölzl erkundigte, kam sie auf den Punkt:

»Frau Schmölzl, ich möchte Ihnen heute ein paar Bilder zeigen von einem kleinen See. Schaun S' mal, ob Sie den kennen?«

Hedwig Schmölzl zog umständlich ihre Brille auf und betrachtete die Fotos. Eines nach dem anderen. Nach dem dritten Bild hellte sich ihr Gesicht auf.

»Jessas, das ist ja der Grauensee. Auf dem war mein Herbert mit meinem Vater immer beim Angeln. Jeden Tag in den Ferien sind die beiden zum Angeln an den See gefahren. Und meistens sind s' dann auf des Inserl gefahren und haben von dort geangelt. Heut derf man das nicht mehr. Heut derf mer nimmer auf des Inserl fahren, aber damals sind die beiden immer dort drauf gegangen. Jo mei, da war mein Herbert immer so glücklich, wenn er bei seinem Großvater hat sein dürfen in den Ferien.«

Da hat ihn sein Vater nicht verprügeln können, dachte sich Lea, aber dich dafür umso mehr. Die alte Frau dauerte sie. Sie hatte kein schönes Leben gehabt. Und jetzt, nachdem sie seit gut zwei Jahrzehnten von diesen Qualen befreit war, bereitete ihr der Sohn Leopold Probleme. Oder besser gesagt Herbert. Ahnte die Mutter denn, dass er verdächtigt wurde, Gewalt gegen Frauen auszuüben?

»Wie kommen denn Sie zum Grauensee, gnä' Frau?«, fragte Hedwig Schmölzl nach ein paar Minuten. »Und was hat das mit der Zahnarzt-Gschicht zu tun?«

»Das ist gar nicht der Grauensee, Frau Schmölzl, das ist der Schwaigfurter Weiher. Im Schwabenland, wo Ihr Sohn jetzt lebt und diesen Weiher sehr oft besucht.«

»Na das glaub ich, dass es ihm da gefällt. Ganz bestimmt geht er da immer zum Angeln hin und denkt an die schöne Zeit mit seinem Opapa.«

»Ja, Frau Schmölzl, das hat nichts mit der Zahnarzt-Gschicht zu tun. Wenn ich ganz ehrlich bin: Wir suchen Heidi. Sie zu finden, liegt ganz sicher auch im Interesse von Herbert. Deshalb sind wir auf Ihre Mithilfe so angewiesen.«

Dass ihr Sohn dort nicht angelt, sondern nächtens mit einem Spaten und einem Pickel ein großes Loch gräbt, erzählte Lea der Mutter Schmölzl nicht. Auch deren logische, folgende Frage wollte sie der alten Frau nicht beantworten.

»Wieso haben denn Sie diese Bilder und wieso fragen Sie mich, ob ich den See kenne? Hat denn der Bub was ausgefressen in Deutschland?«, fragte sie besorgt nach.

»Wissen Sie, Frau Schmölzl, ich kenne die Zusammenhänge nicht. Ich bin nur beauftragt worden, Ihnen diese Bilder zu zeigen und Sie zu fragen, ob sie Ihnen bekannt vorkommen. Ich verspreche Ihnen aber, dass ich mich kundig machen werde und Ihnen bei meinem nächsten Besuch sagen kann, um was es genau geht.«

»Jo san S' so lieb, gnä' Frau, auf Wiederschaun«, verabschiedete sich Hedwig Schmölzl von Lea.

»Eine Frage hätt ich noch.« Lea blieb kurz stehen. »Ist der Leo …, äh, der Herbert immer alleine zum Grauensee gefahren oder hat er die Heidi dahin mitgenommen?«

»Die san do oft miteinander hingefahren. Wissen S', der Bertl ist immer dorthin gefahren. Schon, als er die Heidi noch gar nicht gekannt hat. Früher ist er immer mit seinem Freund Ewald hingefahren. Der hat mit ihm bei ›Amalex‹ gearbeitet. Aber dann ist der Ewald ins Ausland versetzt worden und der Bertl ist wieder viel alleine an den Grauensee gefahren.«

»Wissen Sie, wohin der Ewald versetzt wurde?«

Eine Frage, die Lea scheinbar belanglos und ohne Hintergedanken stellte.

»Irgendwo in Arabien. Dabu oder Dubai heißt das. Da ist der Ewald glaub ich noch immer.«

»War der Herbert dort auch einmal?«, hakte Lea nach.

»Nein, obwohl ihn der Ewald x-mal eingeladen hat.«

Lea war jetzt hochgradig angespannt, aber klug genug, sich vor Hedwig Schmölzl nichts anmerken zu lassen.

»Also nochmals einen schönen Abend, Frau Schmölzl.«

Damit ging Lea. Die Angelegenheit hatte eine dramatische Wendung erfahren. Dessen war sie sich jetzt sicher.

Unmittelbar danach rief Lea Ludwig an, um ihm von ihrem Gespräch mit Hedwig Schmölzl zu berichten. Der staunte nicht schlecht. Zum einen über das, was Lea in Erfahrung gebracht hatte, zum anderen darüber, wie klug sie ihn in seinen Ermittlungen unterstützte.

»Lea, du bist eine Sensation. Du musst sofort Mitglied in der A.g.A. werden. Solche Frauen brauchen wir. Und jetzt gehst bitte so schnell wie möglich zum Egger. Die

Geschichte mit Dubai muss sofort unter die Lupe genommen werden. Er soll mich bitte schnellstmöglich über die Ergebnisse in Kenntnis setzen!«

Bis dahin würde er diese neuen Fakten aber noch für sich behalten. Was Lea da herausbekommen hatte, war geradezu atemberaubend, wie sie erwartete auch er eine Wendung im Fall Schmölzl.

Es war ein wunderschöner Morgen an diesem Samstag. Biberach schien einem traumhaften Wochenende entgegenzugehen. Ludwig freute sich richtig darauf, mit Gernot an diesem Tag über den Markt zu schlendern. Gabi hatte keine Zeit, sie war damit beschäftigt, Linsen mit Spätzle zu kochen, eines von Ludwigs Leibgerichten. Wie oft waren sie gemeinsam am Samstag über den berühmten Wiener Naschmarkt getigert. Lea, Gernot und er. Jetzt waren Gernot und er an der Reihe. Nicht in Wien und nicht mit Lea, dafür auf dem Wochenmarkt in seiner Heimatstadt. Es hatte schon etwas Einzigartiges, mit seinem früheren Wiener Kollegen über den Biberacher Markt zu gehen.

Entsprechend gut gelaunt holte er Gernot in der Memelstraße ab. Über den Viehmarktplatz bogen sie in die Hindenburgstraße ein, wo sie alsbald auf die ersten Stände stießen. Ludwig war etwas überrascht: So umfangreich hatte er diesen Samstagsmarkt gar nicht in Erinnerung. Und je weiter sie in Richtung Marktplatz gingen, desto größer kam ihm dieser Markt vor.

Gernot entging dieses Staunen nicht.

»Kommst dir vor wie auf dem Naschmarkt, gell. Nicht ganz so groß, aber du bekommst alles, was dein Herz begehrt. Der Hauptunterschied besteht darin, dass hier fast lauter Einheimische ihre Waren anbieten. Auf dem Naschmarkt findest du hingegen alle möglichen Nationalitäten vor.«

Gernot war richtig heimisch geworden in Biberach in diesem guten Jahr. Das hatte Ludwig schon gemerkt und auch erstaunt. Er hatte ihn für einen typischen Großstadtmenschen gehalten, der in der Provinz sicher zugrundegehen und relativ bald nach Wien zurückkehren würde. So konnte man sich täuschen. Wie einst in Wien schaute Gernot an jedem Stand, was es zu kaufen gab, probierte hier, probierte da, kostete von allen Leckereien und kaufte auch relativ viel ein. Die Menschenmenge schien er zu genießen.

Sie standen direkt vor dem Doppelhaus »Gutermann zum Blumenstrauß«, als Ludwig aus seiner Jugend erzählte.

»Schau her Gernot«, verkündete er stolz, »hier an diesem Giebel wird an Heiligabend das Christkind heruntergelassen. Da bin ich als kleiner Junge voller Vorfreude auf die zu erwartenden Geschenke immer hergekommen. Tausenden Menschen …«

»Brauchst net weiterreden, Wiggerl, habe ich letztes Jahr selbst erlebt. Ein Wahnsinn, was man hier für die Kinder tut. Für uns Erwachsene mag das unheimlich kitschig daherkommen, aber wenn man sich in die Seelen kleiner Kinder versetzt, ist das die Weihnachtserfüllung schlechthin. Ich wünschte, wir hätten in Wien auch so etwas Schönes gehabt.«

Das überraschte Ludwig nun doch ein bisschen. So sentimental hatte er Gernot Heubl noch nicht oft erlebt. Vielleicht tat diesem gefinkelten, mit allen Wassern der Großstadt gewaschenen Menschen die Gelassenheit dieser Kleinstadt doch sehr gut.

Sie trafen auf einen Mann, der, wie sich später herausstellte, ein niedergelassener Psychologe war, mit dem sich Gernot offensichtlich angefreundet hatte. Gernot stellte Ludwig dem Mann vor. Als dieser ihm die Hand reichte, sah der Mann nur ziemlich herablassend auf sie herunter und machte keinerlei Anstalten, sie zu ergreifen.

»So ein arroganter Fatzke«, meinte Ludwig, als sie wieder alleine waren.

»Geh, reg' dich doch nicht auf«, beschwichtigte Gernot, »du weißt doch, es gibt intelligente Menschen, die dumm genug sind, so etwas zu tun. Das nennt man dann Borniertheit.«

»Und ich dachte immer, Intelligenz sei das Gegenteil von Dummheit.«

»Borniertheit, lieber Wiggerl, ist die Dummheit der Intelligenz.«

Herrlich entwaffnend, dieser Gernot Heubl. Aber er hatte wieder einmal recht. Es rentierte sich nicht, sich über solche Menschen zu ärgern.

Danach steuerte Gernot zielstrebig auf einen Imbissstand zu. Der Verkäufer schien ihn schon zu kennen.

»A Eitrige, einen Bugl, a Krokodil und ein 16er-Blech.«

Jedem anderen Marktbesucher musste dies wie die Bestellung eines Bewohners eines anderen Planeten vorkommen, es sei denn, er war mit den dialektischen Gepflogenheiten an einem Wiener Würstelstand kundig. Ludwig wusste allerdings, was dies bedeutete: Eine »Eitrige« war eine Bratwurst mit Speck- und Käsestücken drin, ein »Bugl« das Anfangs- oder Endstück eines Brotlaibes, weil es die Form eines Buckels hatte, ein »Krokodil« nichts anderes als eine Essiggurke und ein »16er-Blech« eine Dose Bier. Mit letzterem war in Wien ein Bier der Ottakringer Brauerei gemeint, und da es sich bei Ottakring um den 16. Gemeindebezirk handelte, nannte man es 16er-Blech.

Zur völligen Verblüffung Ludwigs bekam Gernot das Bestellte, als ob sie in Wien wären.

»Da schaust, Wiggerl. Weißt du, ich habe mir meine Leute schon gezogen. Die funktionieren alle wunderbar.«

»Unglaublich«, staunte Ludwig.

Plötzlich stießen sie auf Schmölzl, der ebenfalls auf dem Markt war und bei Gernots eigenartiger Bestellung natürlich sofort aufmerksam geworden war. Selbstverständlich wusste auch er sofort, was Gernot bei dem Wurststand bestellt hatte. Als er die beiden sah, schien er, etwas verdutzt, die Szenerie so schnell wie möglich verlassen zu wollen.

»Ah, fohr mer z'Haus zum Schlagen?«, rief ihm Gernot Heubl nach.

In der großen Menschenmenge wurde sogar er mutig. Außerdem war seine Wut Schmölzl gegenüber erkennbar, was Ludwig einigermaßen verwunderte. War doch Heubl immer derjenige in seinem Team gewesen, der Verständnis für die Situation der Delinquenten aufgebracht hatte.

Schmölzl tauchte in der Menschenmenge unter. Während Ludwig darüber nachdachte, was jetzt wohl in der Uhlandstraße passieren würde, verdrängte Gernot die Situation und widmete sich wieder seinem Imbiss.

Wie jedes Wochenende hatte Cem Yildirim die Überwachung übernommen. Er war wirklich eine große Hilfe, dieser Mann. Nur an diesem Samstagabend würde Ludwig ausnahmsweise die Überwachung übernehmen müssen. Cem Yildirim musste mit seiner Ringer-Mannschaft einen Kampf in der Nähe von Aschaffenburg austragen. Glücklicherweise hatte sich Ralf Biechele, der junge Polizist angeboten, mit Ludwig gemeinsam Wache zu schieben, so wurde die Wartezeit, ob Schmölzl an diesem Abend gewalttätig werden würde oder nicht, unterhaltsamer.

Nach zwei Portionen »Eitrige mit Bugl und Krokodil« sowie vier 16er-Blechen war Gernot mit seinem Besuch auf dem Markt fertig und sie begaben sich wieder Richtung Memelstraße, wo Gabi schon mit dem Mittagessen wartete. Die Linsen mit Spätzle und Saitenwurst schmeckten Ludwig köstlich. Auch Gernot aß kräftig mit, trotz der zuvor verschlungenen Würste auf dem Marktplatz.

Überhaupt, er schien sich richtig wohl zu fühlen im Oberschwäbischen. Nicht die geringste Andeutung, dass es ihn wieder in sein so heiß geliebtes Wien zurückziehen würde. Noch nicht einmal seine »Heurigen« gingen ihm ab.

»Der hat eine Weinstube entdeckt«, räsonierte Gabi. »Da geht er drei Mal pro Woche hin und hält Volksreden. Die Leute warten schon auf ihn.«

»Typisch«, kommentierte Ludwig lachend, »da werde ich wohl einmal mitgehen müssen.«

Es dämmerte schon, als ihn Ralf Biechele abholte. Mit voller Absicht stellten sie sein Auto jetzt direkt vor Sabine Grässles Reihenhaus. Schmölzl sollte ruhig sehen, dass Ludwig präsent war. Auch dass sich hier sogar ein Polizist in seiner Freizeit mit diesem Fall befasste, sollte er bemerken können, das hatten Ludwig und Biechele inzwischen billigend in Kauf genommen. Entsprechend ruhig verlief dieser Abend. Vorsichtig war er geworden in letzter Zeit. Leopold Schmölzl zeigte Spuren der Überwachung. Ohne Zweifel.

Dass Ralf Biechele diese Abende auch dazu nutzte, Ludwig nach seinen Berufserfahrungen auszufragen, störte diesen überhaupt nicht. Im Gegenteil. Er freute sich, dass sich der junge Polizist so sehr für die Arbeit eines Fallanalytikers interessierte.

»Hatten Sie es auch manchmal mit sogenannten Verschwörungstheorien zu tun?«, fragte Biechele.

»Was meinen Sie genau mit Verschwörungstheorien?«

»Nun, ich meine so berühmte Mordfälle wie etwa John F. Kennedy. Da weiß man doch bis heute nicht, wer den wirklich auf dem Gewissen hat.«

»Ja, ein paar Fälle hatte ich da schon. Wien war ja die Hauptstadt der Spione bis zum Fall des Eisernen Vorhanges. Da hatten wir schon einige mysteriöse Fälle«, erläuterte Ludwig.

»Und was ist Ihre persönliche Meinung?« Biechele hakte nach.

»Wozu?«

»Na, zum Fall John F. Kennedy!«

»Bis mir andere Bewiese vorliegen, glaube ich an die Täterschaft von Lee Harvey Oswald«, behauptete Ludwig.

»Offiziell. Und privat?« Biechele ließ sich nicht abspeisen.

»Nun ja, ein paar Ungereimtheiten gibt es da schon. Am meisten habe ich mich immer nach dem ›qui bono‹ gefragt, also: Wem nutzt es. Lee Harvey Oswald hatte ja keinen Nutzen mehr davon.«

»Den haben sie doch reingelegt!«

»Wer?«, konterte Ludwig.

»Na, die Hintermänner.«

»Wissen Sie, Biechele, genau das glaube ich wiederum nicht. Ich war selbst schon einmal in Dallas und habe mir die ganze Location einmal mit eigenen Augen angesehen. Wenn es wirklich Oswald war, muss er ein absoluter Meisterschütze gewesen sein, ein Weltmeister seines Faches. Diese Menschen waren auch in der damaligen Zeit sehr, sehr selten. Und diese Meisterschützen waren absolute Profis, die ließen sich nicht mal eben so hereinlegen. Und die gehen auch nicht hinterher in ein Kino und erschießen vorher noch einen Polizisten. Und die werden auch nicht in einem Polizeigebäude von einem krebskranken Nachtclub-Besitzer erschossen.«

»Sehen Sie, das meine ich auch, Herr Hirschberger.«

»Es kann aber auch wirklich so gewesen sein. Das werden wir jedoch erst erfahren, wenn das FBI seine Akten wirklich alle öffnet.«

»Wenn sie die dann öffnen.«

»Ja, ich werde es wohl nicht mehr erleben, aber Sie vielleicht noch«, zeichnete Ludwig ziemlich düstere Aussichten auf eine baldige Klärung auf.

»Der hatte schon viele Feinde«, meinte Biechele.

»Ich glaube, dass man als amerikanischer Präsident immer

eine Menge Feinde hat. Meines Wissens hatte er es sich unter anderem mit der Mafia verscherzt.«

»Oh oh.« Der junge Polizist war erstaunt.

»Von den Kubanern ganz zu schweigen. Denen hat er nämlich riesige Probleme bereitet.«

»Auch noch die, als ob die Mafia nicht gereicht hätte. Und dann gab's ja sicher noch eine riesige Menge eifersüchtiger Ehemänner«, spottete der Polizist feixend.

»Wieso?«

»Na, der hat sich doch durch die gesamten Vereinigten Staaten von Amerika gepoppt!«

»Sehen Sie, Biechele, das ist es, was mir im Zusammenhang mit diesem großartigen Mann gewaltig stinkt. Die Geschichte reduziert ihn auf das Attentat und seine Neigung zum Playboy. Dass Sie und ich diesem Mann unser Leben verdanken, wird oft genug verschwiegen!«

»Moment, ich habe ja noch gar nicht gelebt, als der ermordet wurde. Wie kann ich ihm da mein Leben zu verdanken haben?«

»Kuba-Krise 1962. Wäre Donald Trump damals Präsident der Vereinigten Staaten von Amerika gewesen und nicht so ein besonnener und souveräner Mann wie Kennedy, diese Kuba-Krise hätte vermutlich zum Atomkrieg geführt, an dessen Ende Deutschland nur noch eine auf Jahrhunderte unbewohnbare Atom-Wüste gewesen wäre.«

»War das wirklich so schlimm?«, fragte Biechele, dem Zweifel anzusehen waren.

»Ich glaube, dass die Menschheit noch nie so kurz vor ihrer Ausrottung stand wie in diesen Tagen. Die aus einem totalen Atomkrieg resultierende Katastrophe hätte die Erde über Jahrhunderte unbewohnbar gemacht. In Deutschland wäre kein Stein auf dem anderen geblieben. Ich wäre getötet worden, genauso wie Ihre Eltern.«

»Puh, und Amerika hatte damals einen Präsidenten, der die Menschheit bewahrte. Hut ab!«

»Na ja, auch Nikita Chruschtschow hat am Schluss nachgegeben. Auch ihm gebührt mein Dank! Aber Kennedy hatte den weitaus schwierigeren Part. Er musste die russischen Schiffe stoppen, die Atomwaffen und die dazugehörigen Raketen nach Kuba brachten. Er wandelte auf einem ganz schmalen Grat.«

Schnell bemerkten die beiden, dass Schmölzl an diesem Abend nicht auf Krawall gebürstet war. Friedlich ging es im Reihenhäuschen der Sabine Grässle an diesem Abend und in dieser Nacht zu, weshalb die Observation beendet wurde. Zumindest für den Rest dieser Nacht.

Als Lea am nächsten Morgen im Büro von Ludwigs Nachfolger eintraf, stellte sie fest, dass sich vieles, ja sogar fast alles verändert hatte, seit Wiggerl pensioniert war. Nicht nur, dass das Büro jetzt in der Taborstraße lag, nein, aus der guten alten österreichischen Amtsstube war ein modernes Büro geworden. Fast steril sieht es hier aus, dachte Lea. Dass sich Ludwigs Nachfolger sogar am Sonntag Zeit nahm, verwunderte sie.

»Egger mein Name, Thomas Egger, was kann ich für Sie tun, gnä' Frau?«

»Guten Morgen Herr Magister, ich bin die geschiedene

Frau Ihres Vorgängers und hätte eine wichtige Aussage zu machen.«

»Interessant, gnä' Frau, dann sind Sie also die Lea, von der uns der Wiggerl immer erzählt hat.«

»Danke für das Kompliment, aber Sie wissen so gut wie ich, dass der nur über seine Fälle gesprochen hat. Nie über mich!«

»Da muss ich Ihnen aber schon widersprechen. Zumindest für die Zeit, als er mich hier eingearbeitet hat im Jahre 2009. Dort war in jedem zweiten Satz Ihr Name zu hören.«

»Gehn S'.«

»Sie wollten mir eine Meldung machen?«

»Ja richtig. Es geht um den Entführungsfall Heidi Stürmer.«

»Komisch, genau deswegen hat mich Ihr Mann, äh, Ihr Ex-Mann vor ein paar Tagen angerufen. Der Fall liegt schon ein Weilchen zurück und jetzt plötzlich …«

»… kommt Bewegung in den Fall. Und ob!« Lea sagte das nicht ohne Stolz. »Ich glaube, ich habe eine Ahnung, wo Sie die Vermisste oder zumindest ihre sterblichen Überreste finden können.«

»Jetzt machen S' mich aber neugierig! Und wieso sterbliche Überreste? Die ist doch, zumindest den Akten nach, in Dubai.«

»Sie sollten den Grauensee im Waldviertel untersuchen. Genauer gesagt, die Insel, die im See liegt. Ich vermute, dass Sie dort die Leiche von Heidi Stürmer finden werden.«

Lea berichtete dem Fallanalytiker, was sie herausgefunden hatte. Sie erklärte den Zusammenhang mit dem

Schwaigfurter Weiher, sagte ihm, was Leopold beziehungsweise Herbert Schmölzl des Nachts dort so trieb. Sie führte alles sehr detailliert aus, schließlich wusste sie genau, wie man mit Profilern umgehen musste. Sie besaß ja jahrzehntelange Erfahrung.

»Aber Heidi Stürmer ist nachweislich nach Dubai gezogen«, versuchte Egger Lea zu widersprechen.

»Dann rufen wir jetzt bei der Firma ›Amalex‹ in Dubai an. Dort arbeitet ein gewisser Ewald. Den sollten Sie mal fragen, ob er Briefe für den Herbert Schmölzl verschickt hat!«

Thomas Egger starrte Lea ungläubig an.

»Sack und Asche, jetzt kommt tatsächlich Bewegung in den Fall. Und wie! Sie sind ja großartig, gnä' Frau!«

»Rufen Sie lieber gleich in Dubai an.«

Egger rief bei »Amalex« in Wien an, um sich nach der Telefonnummer in Dubai zu erkundigen und zu erfahren, wie denn der Ewald mit Nachnamen hieß, der mit dem Herbert Schmölzl befreundet war. Er notierte sich Namen und Telefonnummer und bat darum, dass man ihm eine E-Mail schicken möge und seinen Anruf ankündigen solle.

»Also, er heißt Ewald Waranyi und ist inzwischen CEO bei ›Amalex‹ in Dubai. Wir sollen in fünf Minuten dort anrufen. Kommerzialrat Wechselberger persönlich will unseren Anruf telefonisch bei Schmölzls früherem Freund avisieren.«

»Waranyi«, meldete sich der Mann aus Dubai nach ein paar Minuten, als ihn der Anruf aus Wien erreichte.

Thomas Egger stellte sich kurz vor, vermied es aber, seinem Gegenüber den genauen Grund seines Anrufes zu nennen.

»Ich falle gleich mit der Tür ins Haus, Herr Waranyi. Haben Sie jemals Briefe für Herbert Schmölzl von Dubai aus verschickt?«

Ewald Waranyi überlegte kurz.

»Ja, das stimmt, ich habe zwei Briefe für ihn verschickt. Und das Komische daran war, dass ich ihm zuerst Briefpapier und Briefumschläge von hier aus nach Wien schicken musste.«

»Kam Ihnen das nicht seltsam vor?«, hakte Thomas Egger nach.

»Und ob«, kam aus dem Telefon, »aber Herbert sagte, es handele sich um einen Aprilscherz, und hinterher hat er sich bei mir bedankt, dass es so wunderbar geklappt habe. Es sei der gelungenste Aprilscherz seines Lebens gewesen!«

»Das kann man wohl sagen. Das war es. Haben Sie herzlichen Dank, Herr Waranyi, Sie haben uns sehr weitergeholfen.«

»Hab ich den Bertl aber jetzt hoffentlich nicht in Schwierigkeiten gebracht?«, zweifelte der Mann.

»Im Gegenteil«, log Thomas Egger, »Sie haben ihm sogar sehr geholfen, indem Sie ein großes Missverständnis aufgelöst haben. Auf Wiederhören!«

Thomas Egger legte auf, bevor Waranyi noch weiter nachbohren konnte. Nein, Herbert Schmölzl hatte er wirklich nicht geholfen, aber womöglich Sabine Grässle.

»Jetzt besteht dringender Handlungsbedarf!«, meinte ein konsternierter Egger. »Und die Kollegen aus Klosterneuburg werden sich wundern. Heidi Stürmers Eltern hatten nämlich recht. Vollkommen recht.«

Der Profiler nahm sofort wieder sein Telefon in die

Hand, rief das Revier in Drosendorf an und beorderte eine Suchstaffel mit Leichenspürhunden an den Grauensee. Eine solche gab es allerdings dort nicht, also wandte sich Egger an die übergeordnete Dienststelle in St. Pölten.

»Aber sofort. Gleich. Jetzt, ohne Verzug, es brennt.«

Sein Ton ließ keine Fehlinterpretation zu. Lea ging deshalb davon aus, dass Ludwigs Nachfolger denselben Gedanken hatte wie sie.

»Wie ist Ihr Mann, Ihr Ex, denn da draufgekommen?«, fragte Egger.

»Hörn S', ich war selbst bei der Polizei. Das war Gemeinschaftsarbeit, die Idee mit Dubai kam dem Wiggerl und die Gschicht mit dem Grauensee ist auf meinem Mist gewachsen.«

»Ja klar, sorry, das hatte ich vergessen. Und sogar eine sehr gute Polizistin, wie mir Ihr Verflossener erklärt hat.«

»Hier haben Sie meine Karte«, sagte Lea, während sie zur Verabschiedung aufstand. »Sind Sie so nett und benachrichtigen Sie mich, sobald Sie etwas herausgefunden haben?«

»Sie sind die Zweite, die ich anrufe«, versprach der Profiler.

»Der erste ist sicher mein Ex.«

»Ja klar!«

Dass Egger immer noch einen Riesenrespekt vor Ludwig hatte, war Lea nicht entgangen.

Wolfgang und Franz, die beiden Fischer auf dem Grauensee, unterhielten sich gerade über ihren Fang, eine größere Schleie. Der Fang war erstaunlich, Schleien fing man nicht an jedem Tag im Grauensee.

»Wollen wir sie nicht gleich hier schon gründlich ausweiden und saubermachen? Ich hab extra mein Filetiermesser mitgebracht, daheim muss man immer danach diese Riesensauerei wieder wegmachen«, fragte Franz.

»Nein nein, es fängt schon an zu dämmern und Nebel zieht auf, außerdem haben wir heute sowieso einen Superfang gemacht, die hier wiegt sicherlich zwei bis drei Kilo.«

Stolz hielt Wolfgang die eben geangelte Schleie in die Höhe.

»Ja, gib's halt zu, du bist eben ein Hosenscheißer«, sagte er und grinste dabei. »Angst vor der Engelmacherin? Wohl eher Angst, dass man uns beim Wildern erwischt, oder?«

Plötzlich hielten die Fischer inne. Was war denn da los? Aus heiterem Himmel gab es viel Betrieb am sonst so stillen Grauensee. Verwundert rieben sich die beiden die Augen: Ein riesiges Polizeiaufgebot erschien am Ufer und setzte mit drei Schlauchbooten auf die Insel hinüber. Auch Spürhunde hatten die Beamten dabei.

»Was machen die da?«, fragte Wolfgang.

»Was suchen die?«, ergänzte Franz.

Nur gut, dass Wolfgang sein Fernglas dabei hatte. So konnte er auf die kleine Insel hinübersehen und erkennen, was dort geschah.

»Die graben da nach irgendetwas. Ein Hund steht dabei und scharrt die ganze Zeit.«

»Suchen die etwa die Engelmacherin?«, fragte Franz.

»Trottel! Für so einen Quatsch kommt doch nicht die Polizei aus Sankt Pölten mit der Hundestaffel.«

Nach einer gewissen Zeit – die beiden wechselten sich mit dem Fernglas regelmäßig ab – sagte Franz ganz aufgeregt:

»Die graben a Leich aus, Wolferl. A Leich. I wear narrisch. A Leich auf'm Inserl vom Grauensee.«

»I glaub, du bist scho narrisch. Du siehst scho wieder Gespenster. A Leichn, haha.«

»Do, schau selber, du Depp!«

Franz übergab seinem Kumpel das Fernglas.

»Tatsächlich, a Leich! Puh.«

»I glaub, es ist besser, wir verschwinden, sonst glauben die noch, wir hätten was damit zu tun!«

»Du bist so was von deppert. Des schaun mer sich noch ganz an!«

»Die graben wirklich die Englmacherin aus«, vermutete Franz.

»A Englmacherin gibt's net, des san Schauergeschichten!«

Wolfgang musste unweigerlich grinsen. Sein Freund war wirklich ein sehr ängstlicher Typ.

»Ja, wenn des nicht die Englmacherin ist, welche Leich graben die dann dort aus?«, fragte Franz.

»Wos waas i«, erwiderte Wolfgang und betrachtete durch das Fernglas die düstere Szenerie. Plötzlich wurde es ihm selbst ein bisschen unheimlich.

»Wir müssen denen die Gschicht mit dem Halstuch erzählen. Die ist vielleicht wichtig!«, fiel Franz ein.

»Untersteh dich«, zischte Wolfgang. »Ich hab des Tücherl in die Putzerei gebracht und meiner Frau zum

Hochzeitstag geschenkt. Glaubst vielleicht, i bring des jetzt zu den Kiberern? Ich bin doch net deppert. Mei Frau schickt mich zum Teufel, wenn sie das erfährt! Die macht ein Mords-Bahü.«

Obwohl Franz nur die Sonderschule besucht hatte, war ihm sonnenklar, dass das, was sein Freund vorhatte, überhaupt nicht ging.

»Wanns du des Tücherl nicht zur Polizei bringst, zeig ich dich an!«

»Dann gibt's aber was auf die Goschn!«, drohte Wolfgang. »Hearst Franzl, vielleicht haben s' dort wirklich nur die Englmacherin ausgrabn. Und wenn das wirklich nur die Englmacherin war, dann musst nicht wirklich zur Polizei gehen? Oder?«

»Des ist mir wurscht«, meinte Franz. »Was sein muss, muss sein!«

So kam es, dass Helene, die Frau von Wolfgang, ihr wunderschönes Halstuch, welches sie von ihrem Mann zum Hochzeitstag geschenkt bekommen hatte, plötzlich vermisste. Dabei waren sogar die Initialen ihres Namens in das Tuch eingestickt: H.S.

Eine Stunde später, es mögen auch eineinhalb Stunden gewesen sein, klingelte bei Ludwig das Handy. Er war froh, dass auf dem Display der Name seines Nachfolgers auftauchte und nahm das schon erwartete Gespräch entgegen.

»Wiggerl, hör mir gut zu. Deine Ex hat mich über eure Ermittlungen in Kenntnis gesetzt. Sie war bei mir und hat mir vom Gespräch mit der Mutter von Schmölzl berichtet. Was sie ihr gesagt hat, nachdem sie ihr das Bild von diesem Schmalfurter Teich gezeigt hat.«

»Schwaigfurter Weiher«, verbesserte Ludwig.

»Ist ja egal. Wir haben auf einer Insel im Grauensee im Waldviertel eine halbverweste Frauenleiche gefunden. Es handelt sich dabei wahrscheinlich um Heidi Stürmer.«

Ludwig war zunächst einmal sprachlos.

»Bist noch dran?«

Langsam wurde Ludwig vieles klar. Lea hatte ihm ja von ihrem Gespräch mit Hedwig Schmölzl, dem Grauensee und Schmölzls Freund in Dubai berichtet. Er kannte den Grauensee zwar nicht, aber das war auch ein kleiner See mit einer Insel. Langsam begriff er, warum er seiner Ex unbedingt ein Foto des Schwaigfurter Weihers nach Wien hatte schicken müssen.

»Und die Briefe aus Dubai?«, wollte Ludwig wissen.

»Gefaket, hat auch deine Ex herausbekommen!«

»Nein, ich hatte sie gebeten, diesbezüglich etwas nachzubohren, weil mir auf der Visitenkarte des Herbert Schmölzl die Stadt Dubai aufgefallen war. Das ist zwar arabisch, kam mir aber etwas spanisch vor.«

»Da hat dich dein Gespür mal wieder nicht im Stich gelassen. Der hat tatsächlich einen Freund bei ›Amalex‹ in Dubai sitzen. Der hat ihm zuerst das Briefpapier geschickt und nachher die Briefe von Dubai aus abgeschickt.«

»So ein raffinierte Hund! Hat sich mein vager Verdacht also doch bestätigt.«

Lea hatte ganze Arbeit geleistet. Hätte er Lea in sein Team aufgenommen, wäre sie ihm sicher schon zu seinen aktiven Zeiten eine fantastische Partnerin gewesen. Ein tolles Gespann hätten sie ergeben und wer weiß, was gewesen wäre. Diese Erkenntnis führte Ludwig wieder einmal deutlich vor Augen, welchen Fehler er begangen hatte, als er Lea mehr oder weniger zwanghaft aus dem Polizeidienst entfernt und von ihr verlangt hatte, sich nur um die Erziehung von Marco zu kümmern. Lea hätte eine großartige Karriere hingelegt. Ihre verknüpfende Intelligenz war sprichwörtlich. Auf die Idee, der Hedwig Schmölzl ein Bild vom Schwaigfurter Weiher zu zeigen, wäre er selbst nie im Leben gekommen.

»Lea, Lea, was hab ich dir nur angetan«, flüsterte er schuldbewusst vor sich hin.

Für Ludwig fügte sich langsam ein Bild zusammen: Herbert alias Leopold Schmölzl war noch viel schlimmer, als er sich ihn vorgestellt hatte. Er hatte das Zeug zum Serientäter. Und das Loch, das er auf dem Schwaigfurter Insele grub, hatte nur einen Zweck: Sabine sollte dort vergraben werden. Was bei Heidi Stürmer noch eine spontane Tat oder vielleicht sogar nur eine Körperverletzung mit Todesfolge gewesen sein mochte, sollte jetzt bei Sabine Grässle als geplanter Mord ausgeführt werden.

Schmölzl ist eine tickende Zeitbombe, dachte Ludwig, ein wandelndes Pulverfass. Er muss sofort aus dem Verkehr gezogen werden.

Zwar stand bis zur genauen Untersuchung der gefundenen Leiche noch nicht exakt fest, ob es sich wirklich um Heidi Stürmer handelte. Ludwig war sich aber ziemlich sicher. Angela Krilinger hatte nur unglaubliches Glück gehabt, dass ihr Bruder Franz rechtzeitig zufällig zu Besuch gekommen war. Ob Maria Reidinger Glück hatte, vermochte Ludwig nicht zu beurteilen. Zumindest war sie am

Leben. Ob dieses Leben lebenswert war, wer wusste das schon? Jedenfalls hatte Schmölzl auch dieses Leben mehr oder weniger zerstört.

Er hatte das Bedürfnis, diesem Kerl an den Kragen zu gehen, wäre am liebsten in seinen Betrieb gegangen, hätte ihm eine ordentliche Tracht Prügel verpasst und ihn dann der Kommisarin Lüscher übergeben. Denn eigentlich wäre jetzt die Zeit für seine Festnahme gekommen. Nach reiflicher Überlegung verwarf Ludwig diesen Gedanken aber wieder. Zu oft hatte er erleben müssen, dass raffinierte Anwälte in den Gerichtsverhandlungen ihre Mandanten herausboxen konnten, weil man zu vorschnell war und die Ermittlungen nicht konsequent zu Ende geführt hatte.

Ludwig war zu sehr Fallanalytiker. Deshalb spielte er mit feiner Klinge sein Spiel. Er würde Herbert alias Leopold Schmölzl vor der Firmenleitung und vor dem Betriebsrat mit den neuesten Ergebnissen konfrontieren. Er war überzeugt, dass dies zumindest eine Beurlaubung Schmölzls zur Folge haben würde. Experte hin oder her. Ludwig instruierte Lothar, der beim Betriebsratsvorsitzenden von »Dentamal« anrief, um ihm die Lage zu schildern. Jackowsky versprach, gleich zurückzurufen.

Nach kurzer Zeit klingelte Lothar Sattlers Handy. Heinz Jackowsky wollte sich sofort mit Direktor Lars-Peter Jenssen auf den Weg nach Biberach machen, in spätestens drei Stunden könnten sie die beiden treffen.

Um die Zeit bis zum Eintreffen der Detamal-Leute zu überbrücken, beschlossen Ludwig und Lothar, in das »Haberhäusle« an der Riß zu gehen, das er schon seit seiner Kindheit kannte. Doch kaum dort eingetroffen, erreichte Ludwig ein weiterer Anruf von Egger.

»Zwei Angler haben im März, also relativ kurz nach dem Verschwinden von Heidi Stürmer, ein seidenes Tuch aus dem Grauensee gefischt. Direkt vor der Insel. Die Eltern von Frau Stürmer haben es eindeutig als das ihrer Tochter identifiziert.«

Das war natürlich eine brandheiße Nachricht.

Nach drei Stunden fuhr Ludwig mit Lothar Sattler zu »Dentamal«, wo die beiden beim Betriebsratsvorsitzenden vorstellig wurden. Dieser fragte nur ganz schlicht:

»Und?«

»Also, auf der Insel im Grauensee wurde eine vergrabene Frauenleiche gefunden. Ob es sich dabei um die vermisste Person, also die Frau Stürmer handelt, können wir noch nicht mit hundertprozentiger Sicherheit behaupten. Allerdings lassen Umstände und modus operandi kaum Zweifel, dass es sich um Heidi Stürmer handelt und dass Schmölzl der Täter ist. Wie gesagt, es deutet alles darauf hin, ist aber noch nicht erwiesen.«

Die Geschichte mit dem Seidentuch verschwieg Ludwig vorerst.

»Aber für mich ist eines erwiesen: Dieser Mann ist in unserer Firma nicht mehr tragbar«, sagte Jackowsky, ging zum Telefon und rief den Geschäftsführer an. »Dr. Jenssen wird gleich ins Besprechungszimmer kommen. Der Boss wird Schmölzl dazu holen, sobald wir ihm die Situation vollumfänglich geschildert haben.«

Nachdem der Geschäftführer den Raum betreten hatte, begann Ludwig mit seinen Ausführungen. Er informierte

Jenssen über alle Ermittlungsergebnisse außer über die Geschichte mit dem Halstuch. Der Direktor sah den Fallanalytiker dabei durchdringend an. Ludwig spürte, dass der Mann diese Nachrichten und Verdachtsmomente mit einer gewissen Skepsis entgegennahm. Klar, Schmölzl hatte sich im Betrieb ja bisher auch nie etwas zuschulden kommen lassen.

»Meine Herren, das sind ungeheure Vorwürfe, die Sie da gegen einen meiner Mitarbeiter erheben, einen hoch qualifizierten Mitarbeiter im Übrigen, wie sie nicht gerade auf den Bäumen wachsen. Andererseits wäre der Mann, sollte Ihr Verdacht zutreffen, keine Sekunde mehr in meiner Firma tragbar. Sie werden aber Verständnis dafür aufbringen, dass ich Herrn Schmölzl hier die Gelegenheit geben will, sich selbst zu den schwerwiegenden Vorwürfen zu äußern. Wie ich Ihnen ja bereits mehrfach erklärt habe, ist Leopold Schmölzl nicht nur ein höchst qualifizierter Mitarbeiter, er ist darüber hinaus ein äußerst höflicher Mensch und ein angesehener und beliebter Kollege. Die Vorwürfe, die Sie ihm machen, passen also in keinster Weise zu dem Eindruck, den wir von Herrn Schmölzl gewonnen haben.«

»Das ist für uns nicht ganz unüblich, Herr Generaldirektor«, entgegnete Ludwig. »Täter wie Herr Schmölzl oder besser gesagt Tatverdächtige wie er haben meist einen Januskopf, sind also Menschen mit zwei völlig verschiedenen Gesichtern. Es stellt dies ein Paradoxon dar, welches selbst den besten Psychologen nicht vollständig erklärbar ist.«

Ludwig war sich bewusst, dass ihm Gernot Heubl an die Gurgel gegangen wäre, hätte er diesen Satz gehört. Für ihn gab es solche Mysterien nicht, es gab nur schlechte Psychologen, die dem nicht auf den Grund kamen.

»Herr Jackowsky, seien Sie doch so nett und rufen Sie Herrn Schmölzl zu uns herein«, wies der Generaldirektor den Betriebsratsvorsitzenden an. »Was geschieht jetzt mit ihm?«, hinterfragte Jenssen anschließend.

»Nun, bis zur endgültigen Klärung, um wen es sich bei der Leiche handelt, gilt bei Herrn Schmölzl natürlich die Unschuldsvermutung. Dennoch werden wir ihn keine Sekunde mehr aus den Augen lassen.«

»Und Sie haben keine Angst vor dem?«

»Wissen Sie, Herr Generaldirektor, ich glaube, dass er eher Angst vor uns hat.«

In dem Augenblick brachte Heinz Jackowsky Herbert alias Leopold Schmölzl zur Türe herein. Der wirkte völlig ungerührt und sagte nicht einmal unhöflich:

»Müssen Sie jetzt wirklich schon so weit gehen mit Ihren abstrusen und haltlosen Anschuldigungen? Muss es sein, dass Sie unsere Geschäftsführung, die weiß Gott andere Dinge zu tun hat, in Ihre Wahnsinnsvorstellungen einbauen?«

»Lassen Sie das mal meine Sorge sein, Herr Schmölzl, wenn der Verdacht der Herren wirklich so haltlos wäre, würden wir hier garantiert nicht sitzen, das können Sie mir glauben. Der Herr Hirschberger von der A.g.A. meint ...«

Schmölzl schnitt seinem obersten Chef einfach das Wort ab.

»Verehrter Herr Doktor, darf ich Sie schon fragen, was die A.g.A. ist?«

Dass diese Frage rein rhetorischer Natur war und nicht

beantwortet wurde, war von vornherein klar. Überhaupt wunderte sich Ludwig, mit welcher Chuzpe Schmölzl seinem Chef ins Wort fiel.

»Sie ist ein Verein, nichts weiter. Die Ziele dieses Vereins mögen sogar hehr sein, womöglich humanitär. Aber der Hirschberger ist nichts anderes als ein Vereinsmeier, das sollten Sie schon wissen. Manche Menschen nehmen sich in ihrer unendlichen Winzigkeit derart wichtig, dass sie meinen, ihr Pipifaxverein wäre der Nabel der Welt und ihr Tun für diesen Verein wichtiger für die Menschheit als Albert Einsteins Relativitätstheorie. Meistens bemerkt man es erst, wenn man ihnen bewusst oder unbewusst, gewollt oder ungewollt auf die Füße getreten ist.«

Das war absolut starker Tobak und offensichtlich auch dem Direktor zu viel. Dennoch war dieser Mann viel zu erfahren, um sich von einem nach allen Seiten auskeilenden Schmölzl beeindrucken zu lassen. Jenssen hatte absolut keine Lust, sich derart provozieren zu lassen, und sagte nun:

»Egal, wie abstrus und hergeholt die Vorwürfe dieser Männer von diesem Pipifaxverein auch sein mögen, Herr Schmölzl. Ich habe als Verantwortlicher für das Unternehmen zu handeln. Und ich stelle Sie deshalb mit sofortiger Wirkung so lange frei, bis die haltlosen Vorwürfe, wie Sie sie bezeichnen, endgültig geklärt sind. Sollte sich herausstellen, dass der Herr Hirschberger Ihnen tatsächlich Unrecht antut, werden Sie am nächsten Morgen Ihren Job wieder aufnehmen. Ich hoffe, ich habe mich deutlich genug ausgedrückt. Guten Tag meine Herren.«

Sprach's, stand auf und verließ den Besprechungsraum. Sein deutliches Kopfschütteln war Ludwig jedoch nicht entgangen. Und Lothar hatte er noch nie so sprachlos gesehen wie in diesem Augenblick.

»Na, da haben Sie ja was Tolles angerichtet, Herr Profiler!«, sagte Schmölzl empört. »Aber jetzt habe ich ja endlich Zeit und werde mich an meinen Anwalt wenden. Denn dass ich mir das nicht gefallen lasse, dürfte Ihnen ja schon klar sein.«

Lothar hatte offenbar seine Sprache wieder gefunden und mischte sich ein:

»Lieber Herr Leopold Schmölzl oder soll ich lieber Herbert Schmölzl sagen?«

Bei dem Namen Herbert zuckte Schmölzl zusammen und Ludwig entdeckte erstmals so etwas wie Unbehagen im Gesicht des Mannes.

»Glauben Sie im Ernst, ein so erfahrener Polizist wie Ludwig Hirschberger würde so forsch nach vorne preschen, wenn er nicht handfeste Dinge gegen Sie in der Hand hätte? Los Lude, erzähl's ihm!«

»Sagt Ihnen der Name Heidi Stürmer etwas?«, begann Ludwig. »Eine niederösterreichische Spezialeinheit hat heute früh auf der Insel im Grauensee, der Ihnen ja nicht unbekannt sein dürfte, eine Frauenleiche ausgegraben.«

Leopold Schmölz wurde leichenblass.

»Ich muss jetzt zu meinem Anwalt«, stammelte er.

»Tun Sie das«, rief ihm Ludwig hinterher. »Sie werden ihn bitter nötig haben.«

Dass es am Abend brisant werden könnte, war Ludwig nach diesem denkwürdigen Besuch klar. Deswegen bat er telefonisch Ralf Biechele, mit ihm an diesem Abend Wache zu schieben.

»Sie waren heute im Wolfental bei ›Dentamal‹!«, sagte der Polizist.

»Ja, woher wissen Sie das?«

»Ich hatte dort auch zu tun und habe Sie und Herrn Sattler hineingehen sehen.«

»Darf ich fragen, was Sie da gemacht haben?« Ludwig stellte diese Frage sehr höflich.

»Ja klar, ich wollte mir Schmölzls Auto mal näher betrachten und habe dabei festgestellt, dass er jetzt das Schlauchboot auch tagsüber auf dem Dach lässt.«

Ludwig vermutete, dass Schmölzl in Panik war, seit er ihm die Geschichte vom Grauensee aufgetischt hatte. Seine Gedanken spielten quasi Pingpong. Einerseits galt der Sicherheit Sabine Grässles oberste Priorität, andererseits fehlte ihm noch dieser eine finale Beweis. Ludwig ging zur Polizeistelle, um mit Biechele die Modalitäten einer vorläufigen Festnahme Schmölzls zu besprechen. Für den nächsten Morgen war geplant, Schmölzl mit den Vorwürfen zu konfrontieren, ihn festzunehmen und dem Haftrichter vorzuführen. Als die beiden über Uhrzeit und Vorgehensweise diskutierten, kamen Gerlinde Lüscher und Oberstaatsanwalt Bellmann zur Tür herein.

»Biechele, da war gerade ein anonymer Anrufer in der Leitung, der meinte, in der Uhlandstraße seltsame Dinge beobachtet zu haben. Ist doch euer Fall?«, sagte die Kommissarin.

»Das hören wir uns an!«, meinte Ludwig aufgeregt.

Sie hörten das Band ab, das die Anrufe automatisch aufzeichnete.

»Hallo, spaweche ich mit dew Polizei. In meinew Nachbawschaft gibt es sehw komische Gewäusche. Ich glaube, da stimmt etwas nicht!«

Ludwig wusste sogleich, wer der Anrufer war. Es war der Nachbar, der das »R« wie der Bawonzer sprach.

»Da fahren wir jetzt sofort hin«, sagten Ludwig und Biechele wie aus einem Munde. Auf das Blaulicht verzichtete Ralf Biechele. Er wollte Schmölzl ja nicht warnen.

Als sie in der Uhlandstraße angekommen waren, entdeckten sie, dass das Garagentor offen stand, aber vom Audi Schmölzls jede Spur fehlte.

»Scheiße, jetzt ist er weg«, lamentierte Ludwig, »wer weiß, wo der hin will.«

»Und was er will«, ergänzte Ralf Biechele. »Aber wir werden es herausfinden.«

»Und was macht Sie da so sicher, dass wir das herausfinden werden?«

Ludwig war verzweifelt. Dass Schmölzl jetzt abhauen würde, hatte er nicht einkalkuliert. Noch nicht.

»Sehen Sie mal auf den blauen Punkt auf meinem Navi. Das ist der Schmölzl.«

»Ja wie?« Ludwig war sprachlos.

»Ich habe heute Nachmittag auf dem Personalparkplatz vom Labor eine Wanze in das Schlauchboot geklebt. Ich wollte mal wissen, wo der genau auf dem Schwaigfurter Weiher anlegt. Paddelt er zum Insele oder ins Sumpfgebiet? Aber jetzt ist es natürlich auch gut. Jetzt können wir ihn orten. Wir können ihm folgen, ohne zu dicht auffahren zu müssen.«

Das war die Rettung. Dieser junge Polizist war einfach klasse.

»Biechele, Sie sind ein Hauptkerle«, meinte Ludwig.

Der junge Polizeibeamte konnte mit diesem Lob nichts anfangen. Er konnte ja nicht ahnen, dass dieses etwas altmodisch anmutende Kompliment auf der spärlich ausgeprägten Lob-Skala des Ermittlers die höchste Stufe war. Es musste etwa 1952 gewesen sein, als der kleine Ludwig sein Geschäft erstmals in den Nachttopf gemacht hatte und seine Großmutter wohlwollend meinte: »Ludwig, jetzt warst aber ein Hauptkerle.« Seither war »Hauptkerle« die höchste Auszeichnung in Ludwigs Vokabular. Vor allem Kollegen und Untergebene in Wien hatten mit diesem Wort allerdings überhaupt nichts anfangen können, ebenso wenig wie jetzt Biechele.

»Sehen Sie, der fährt jetzt gerade die Felsengartenstraße stadtauswärts in Richtung Saulgauer Straße. In zwei Minuten sind wir bei ihm und können ihm unauffällig folgen.«

In der Tat erreichten sie nach kurzer Zeit den dunklen Audi mit dem Schlauchboot auf dem Dachträger. Biechele ließ einen weiteren Pkw zwischen seinem Polizeiwagen und dem Audi, ehe er sehr vorsichtig die Verfolgung Schmölzls aufnahm.

»Der fährt garantiert zum Schwaigfurter Insele«, sagte POM Biechele voller Überzeugung.

Ludwig widersprach dem Polizisten nicht. Er saß schweigend und voll konzentriert auf dem Beifahrersitz. Situationen wie diese waren dem Fallanalytiker eher unangenehm. Er klärte seine Fälle viel lieber mit glasklaren Analysen an seinem Schreibtisch als bei solch einer Verfolgungsjagd.

Irgendetwas ist aus dem Ruder gelaufen, dachte der Profiler. Warum war Leopold Schmölzl Hals über Kopf aus der Garage heraus- und mit hohem Tempo losgefahren? Nur gut, dass Biechele mit seinem Dienstfahrzeug zur Stelle gewesen war. Ludwig hätte nichts machen können. Dass auch noch Gerlinde und Dr. Bellmann in die Dienststelle gekommen waren, war reiner Zufall.

Biechele funkte Gerlinde Lüscher an und teilte ihr das Geschehene mit. Sie sagte, sie werde ihnen zusammen mit Dr. Bellmann folgen. Die Kommissarin und der Staatsanwalt hatten dabei ein ganz schönes Tempo drauf. Schon zwischen Muttensweiler und Steinhausen schlossen sie zu Biechele und Ludwig auf.

Ob Schmölzl sie bemerkte?

Ludwig hatte Schmölzl eigentlich genau da, wo er ihn brauchte. Eigentlich, denn viel lieber wäre es ihm gewesen, jetzt nicht hier in diesem Polizeiwagen zu sitzen, sondern den Delinquenten schön säuberlich der Kommissarin übergeben zu können. Ein gewisses Unwohlsein konnte Ludwig darob nicht verhehlen. Aber er hatte ihn an der Angel.

»Wer Angst hat, macht Fehler«, sagte Gernot Heubl immer.

Und in der Tat: Dass Herbert Leopold Schmölzl diese Verfolgungsjagd auslöste, konnte nur damit etwas zu tun haben, dass er ganz offensichtlich Angst bekommen hatte. Ludwigs Strategie war voll aufgegangen. Ihm über den Fund am Grauensee zu erzählen, hatte bei diesem brutalen Täter, diesem Menschenschinder, diesem Frauenverachter endlich pure Panik ausgelöst. Ludwigs Vermutungen schienen Gewissheit zu werden und hatten Schmölzl veranlasst, die Flucht nach vorne anzutreten. Damit war er genau in die Falle getappt, die Ludwig ihm gestellt hatte. Den zeitlichen Ablauf hätte sich Ludwig natürlich anders gewünscht.

Gerlinde Lüscher wurde das eigenartige Gefühl nicht los, dass sich ein Motorrad ihrer Kolonne angeschlossen hatte. Es verfolgte sie, seit sie in Biberach losgefahren waren. Hat wieder mal einer den Polizeifunk abgehört, fragte sie sich.

Kurz hinter Steinhausen bogen sie in Richtung Bad Saulgau nach rechts ab. Es war wohl allen Beteiligten klar, wohin die Reise gehen würde.

Die Frage, die sich allerdings stellte, war: Bemerkte Schmölzl ihre Verfolgung? Zwar hatten sich die Kommissarin und der Staatsanwalt mit ihrem neutralen Fahrzeug zwischen Schmölzl und Biechele gesetzt, aber Schmölzl war ein gerissener Typ. Lange würde ihm die Verfolgung wohl nicht verborgen bleiben.

Bei der nächsten Kreuzung blieb Schmölzl, obwohl es eine Linksabbiege-Spur in Richtung Bad Schussenried gab, auf der geradeaus führenden Spur in Richtung Sattenbeurer Kreuzung. Erst im allerletzten Augenblick riss er das Steuer nach links und fuhr in Richtung Kleinwinnaden.

Biechele setzte sich sofort vor das Fahrzeug des Staatsanwalts, da das Manöver Schmölzls nur einen Schluss zuließ: Er hatte sie bemerkt und versuchte, sie mit einem Trick abzuschütteln. Und von nun an wurde es für Ludwig immer unangenehmer, denn Schmölzl beschleunigte auf der schmalen, kurvenreichen Straße auf ein mörderisches Tempo. Sie hatten alle Mühe, dem Audi mit Ulmer Kennzeichen zu folgen. Ludwig bekam feuchte Hände.

»Das sind mindestens 150 Sachen, ist der Kerl verrückt?«, fragte Biechele.

»Verrückt, kriminell und in höchstem Maße gefährlich«, attestierte Ludwig.

Und schon kam das nächste Täuschungsmanöver von Schmölzl: Während sich POM Biechele und Ludwig noch Gedanken darüber machten, ob er durch Bad Schussenried durchfahren oder aber die Umgehungsstraße benutzen würde, blinkte er an der Kreuzung nach rechts, als wollte er eine andere Richtung einschlagen, also weg von der Straße in Richtung Schwaigfurter Weiher. Doch wieder riss er die Lenkung in allerletzter Sekunde nach links und fuhr auf die Umgehungsstraße. Der Motor heulte laut auf und das Tempo des Audis wurde immer höher. Schmölzl ging aufs Ganze. Er riskierte dabei sein Leben und das anderer Verkehrsteilnehmer. Und auch Ludwig wähnte sein Leben in Gefahr, denn Biechele redete jetzt nicht mehr, sondern saß wie ein Pitbull hinter seinem Steuer, als wolle er sich in den Audi verbeißen und ihn nicht mehr loslassen. Sie durchquerten mit quietschenden Reifen zwei Kreisverkehre, wobei das Motorrad hinter Gerlinde Lüscher und Bellmann beim zweiten Kreisverkehr eine Ausfahrt weiterfuhr.

»Doch kein Gaffer«, sagte sie zu Bellmann, der aber nicht antwortete, weil er zu sehr damit beschäftigt war, den beiden rasenden Autos vor ihm zu folgen.

Die halsbrecherische, mörderische Fahrt ging in unvorstellbarem Tempo weiter. Ludwig hatte inzwischen das Blaulicht eingeschaltet, um andere Fahrer wenigstens optisch zu warnen. POM Biechele nahm keine Notiz davon. Eine Rolle spielte das sowieso nicht mehr, denn dass

Schmölzl sie bemerkt hatte, war ja offensichtlich. Der raste nun am Gasthaus »Zur dicken Hilde« vorbei, eher auf zwei Rädern fahrend als auf vier.

Ludwig fragte sich inzwischen, was Schmölzl wohl machen würde, wenn er bemerkte, dass er keine Chance hatte, seinen Verfolgern zu entrinnen. So verwegen, wie der fuhr, war ihm alles zuzutrauen. Wenn er realisiert, dass er keine Chance mehr hat, fährt der seine Auto womöglich gegen einen Baum, dachte Ludwig. Idealerweise hätten jetzt Beamte aus Aulendorf kommend eine Straßensperre errichten müssen, dazu war es aber viel zu spät. Dafür hätten sie zusätzliche Polizei-Autos benötigt. Weitere Fahrzeuge anzufordern, machte keinen Sinn. Aulendorf gehörte zum Polizeiposten Altshausen und der war um diese Uhrzeit gar nicht mehr besetzt. Es müssten Fahrzeuge aus Weingarten anrücken, und bis die vor Ort wären, wäre es garantiert zu spät. Wenn Sabine Grässle, die sich aller Wahrscheinlichkeit nach ebenfalls im Audi befand, jetzt etwas zustoßen würde, wäre es eindeutig Ludwigs Schuld. Zu lange hatte er gewartet, hatte Schmölzl in flagranti ertappen wollen. Der Preis dafür war hoch. Zu hoch?

Ludwig nahm deswegen Kontakt zu Gerlinde Lüscher im Wagen hinter ihnen auf.

»Was meinst du, sollen wir die Verfolgung einstellen, wenn der in Schwaigfurt nicht anhält oder in Otterswang gar nicht abbiegt und einfach Richtung Aulendorf weiterfährt?«

»Keine schlechte Idee«, meinte Gerlinde, »aber ich werde auf jeden Fall eine Ringfahndung nach dem Audi einleiten.«

Schmölzl raste in die Ortschaft Otterswang hinein. Otterswang war bekannt für eine äußerst kurvige Ortsdurchfahrt und die Angst wuchs, dass Schmölzl die Herrschaft über sein Fahrzeug verlieren könnte. Mit quietschenden Reifen bog er, unmittelbar nachdem er den Ortsbeginn erreicht hatte, nach links ab in Richtung Schwaigfurter Weiher. Er beschleunigte sogar noch auf dieser engen und kurvigen Landstraße. Biechele, ein höchst bewährter und versierter Fahrer, der alle Kurse für Sicherheits-, Verfolgungs- und Beschattungsfahrten absolviert hatte, hatte immer mehr Mühe, Schmölzl zu folgen.

Östlich von der Kläranlage der Stadt Bad Schussenried gab es einen halb beschrankten Bahnübergang über die Südbahn, die von Ulm nach Friedrichshafen führte und durch das Lied »Die Schwäbische Eisenbahn« Berühmtheit erlangt hatte, denn an dieser Strecke lagen die Stationen Biberach, Durlesbach und Meckenbeuren. Jetzt aber ging von diesem Bahnübergang eine riesige Gefahr aus, denn die roten Blinklichter des Bahnübergangs leuchteten.

Ludwig sah, wie sich der Zug aus Aulendorf bereits sehr schnell dem Bahnübergang näherte, und registrierte, dass Schmölzl auf den Bahnübergang zuraste, ohne seine Fahrt zu verlangsamen.

»Der wird doch nicht!!«, brüllte Gerlinde Lüscher im Wagen hinter Ludwig und POM Biechele.

»Doch, der wird«, erwiderte Bellmann, »gleich kracht's und dann haben wir eine Riesenkatastrophe.«

»Pfaaahh«, entfuhr es Ludwig, »das war knapp. Ich dachte schon, den müssen wir von den Schienen kratzen«, meinte er konsterniert.

»Müssen wir aber«, schrie Biechele geschockt.

»Nein, wieso?« Ludwig war völlig verzweifelt.

»Sehen Sie, das Signal von meinem Sender? Es blinkt direkt auf dem Bahnübergang. Wahrscheinlich können wir jetzt alles aufsammeln. Verdammte Scheiße!«

Nachdem der Expresszug den Bahnübergang passiert hatte, leuchteten die Scheinwerfer der beiden Polizeiwagen auf die Schienen und die Schranken. Sie konnten aber keinerlei Spuren vom Audi oder von Personen entdecken. Die erste Schranke war unbeschädigt, von der gegenüberliegenden lagen die Trümmer verstreut hinter den Gleisen. Auch mit dem Suchscheinwerfer von Dr. Bellmanns Dienstwagen, der dem Regionalexpress hinterher leuchtete, konnten sie nichts Ungewöhnliches entdecken.

»Der hat's doch geschafft! Aber er hat dabei Ihren Sender verloren! Sofort hinterherfahren«, brüllte Ludwig nun.

»So was habe ich noch nicht erlebt. Der muss doch wahnsinnig sein, der gehört doch gleich da hinüber ins PLK.«

Biechele deutete ins nahe Bad Schussenried mit seinem Psychiatrischen Landeskrankenhaus.

»Dass der Lokführer das nicht bemerkt hat, ist doch seltsam«, grübelte die Kommissarin.

»Der hat das vermutlich noch nicht einmal mitbekommen. Die Scheinwerfer dieser alten Dieselloks sind miserabel. Wäre die Schranke auf die Gleise gefallen, hätte er es sicher bemerkt, aber so? Außerdem war er sicher schon mit den Vorbereitungen des Bremsvorgangs für den Halt im Bahnhof Bad Schussenried beschäftigt.«

POM Biechele kannte sich aus, denn er war diese Strecke schon oft mit der Bahn gefahren.

Der Schwaigfurter Weiher war von hier aus nur noch 500 Meter entfernt. Ludwig, der Polizist, die Kommissarin und der Oberstaatsanwalt gingen deshalb davon aus, dass Schmölzl nach seinem lebensgefährlichen Manöver direkt dorthin weitergefahren war. Sie beschlossen deshalb, direkt zu dem Weiher zu fahren.

Dort angekommen war von Schmölzl jedoch nichts zu sehen. Sie leuchteten alles ab, riefen nach Sabine, alleine sie hörten und sahen nichts. Ihnen schwante, dass es Sabines Todesurteil bedeuten würde, wenn sie Schmölzls Wagen nicht in den nächsten Augenblicken finden würden.

»Verdammt und zugenäht, den haben wir verpasst. So eine Katastrophe. Musste gerade jetzt dieser Zug daherkommen? Ich habe schlimmste Befürchtungen für Sabine Grässle«, schrie Ludwig höchst besorgt.

Die Situation schien nahezu ausweglos. Der Vorsprung, den Herbert Schmölzl durch seine riskante Aktion am Bahnübergang erhalten hatte, war offenbar groß genug gewesen, um die Polizisten abschütteln zu können.

Psst, seid mal ganz still und macht alle Lichter aus«, flüsterte Ludwig plötzlich. »Ja, dort hinten, da scheint ein Licht zu brennen.«

Biechele drehte sich um, entdeckte das Licht ebenfalls und zeigte auf einen Feldweg in Richtung Aulendorf.

»Kommen Sie, Herr Biechele, da fahren wir mal hin«, forderte Hirschberger den Polizisten auf.

Sie stiegen beide in den Polizeiwagen und bogen auf

den Feldweg ein. Nach ein paar hundert Metern sahen sie Schmölzls Auto stehen. Vorne waren deutliche Spuren vom Durchbrechen der Bahnschranke zu erkennen und das Schlauchboot auf dem Dachgepäckträger war verrutscht.

Das Bild, das sich den beiden bot, wirkte sehr verwirrend, fast grotesk: Auf dem Boden lag Herbert Schmölzl, auf ihm saß Cem Yildirim und hielt ihn fest. Daneben stand Yildirims Motorrad mit voller Beleuchtung. Es war das Licht, das Ludwig entdeckt hatte.

»Schnell, hilf der Sabine, die liegt im Kofferraum. Ich glaube, die braucht Hilfe«, forderte Yildirim den Polizisten auf.

Kurze Zeit später dirigierte Biechele die nach wenigen Minuten eingetroffenen anderen Einsatzkräfte und den Sanka zu dem Platz, an denen Ludwig und er Schmölzl, Yildirim und Sabine gefunden hatten. Durch die von Gerlinde Lüscher eingeleitete Ringfahndung waren Einsatzkräfte aus den Landkreisen Biberach, Ravensburg und Sigmaringen und ein Krankenwagen an den Ort gekommen.

»Wie kommen Sie denn hierher?«, fragte die Kommissarin Cem Yildirim, als sie am Fundort eintraf.

»Na ja, ich hab bemerkt, was los war und bin mit meinem Motorrad auch losgefahren. Der Herr Hirschberger hat mir ja gesagt, dass der wahrscheinlich auf dem Schwaigfurter Inserl was vorhat. Da bin ich beim Schussenrieder Bahnhof weiter in Richtung Aulendorf gefahren und bin von der anderen Seite hergekommen, habe vor der Mühle das Licht ausgemacht und gewartet. Dann habe ich gesehen, wie der Kerl in den Seitenweg eingebogen ist und bin ohne Licht hinterhergefahren, bis er ausgestiegen ist. Dann habe ich ihn gleich mal über den Haufen gefahren.«

»Ich schlage Sie für eine Tapferkeitsmedaille vor, Herr Yildirim«, meinte der Leitende Oberstaatsanwalt.

»Und die hast du dir auch wirklich verdient, Cem. Ohne dich wäre das hier womöglich in einer großen Katastrophe geendet«, ergänzte ein total erleichterter Ludwig. »Aber das Licht von deinem Motorrad brennt doch?«, fragte er noch irritiert nach.

»Hab ich wieder eingeschaltet, kurz bevor ich bei ihm war!«

Gerlinde Lüscher trat auf Herbert alias Leopold Schmölzl zu und sagte:

»Herr Schmölzl, ich nehme Sie hiermit wegen versuchten Mordes fest. Sie haben das Recht zu schweigen und sich einen Anwalt zu nehmen. Alles, was Sie von jetzt an sagen, kann gegen Sie verwendet werden. Desweiteren werden Sie von den Staatsanwaltschaften in Wien und München ebenfalls belangt werden.«

»Das reicht. Damit dürfte der Kerl für lange Zeit aus dem Verkehr gezogen sein«, meinte ein höchst zufriedener Bellmann. »Vielen Dank, Herr Hirschberger, Sie liefern uns inzwischen Mörder ans Messer, von denen wir gar nichts wussten.«

Ludwig konnte dieses Lob des Leitenden Oberstaatsanwalts gar nicht richtig genießen. Zu sehr war er geschockt, zu sehr wurde ihm bewusst, dass er durch sein langes Hinauszögern beinahe eine Katastrophe ausgelöst und das Leben von Sabine Grässle massivst gefährdet hatte.

Er wandte sich aber sofort an Cem Yildirim:

»Sag Cem, kannst du mir einen Gefallen tun und diesem Kerl einen schönen Gruß von mir in die Fresse hauen?«

»Au ja«, ergänzte POM Biechele, »von mir gleich zwei,

aber warten Sie bitte, bis ich weit genug weg bin, dann kann ich Ihnen besser und glaubwürdiger Notwehr attestieren.«

»Jo mei«, entgegnete Yildirim in schönstem Münchnerisch, »wenn's unbedingt sei muaß.« Und an Schmölzl gewandt: »Jetzt Bürscherl, jetzt zeig ich dir, wo Philippi ist.«

Aber Cem Yildirim schlug nicht etwa nach ihm, sondern verdrehte Schmölzl das Ohr, wie es Ringer schon mal machen, wenn sie ihrem Gegner starke Schmerzen zufügen wollen. Dementsprechend laut jammerte Leopold Schmölzl.

»Wieso Philippi?«, fragte eine erstaunte Kommissarin.

Yildirim zeigte mit dem Kopf auf Ludwig. Der erwiderte:

»Als mich der Schmölzl wieder einmal vor der Haustür abgefertigt und mir noch hämisch hinterher gelacht hat, habe ich ihm mit dem Satz gedroht: ›Bei Philippi sehen wir uns wieder.‹«

»Oh, der Herr Hirschberger wird mal emotional!« Gerlinde lachte. »Ich kenne nur ›Rache für Sadowa‹. Aber so kenne ich dich ja gar nicht!«

»So kennen mich noch viele gar nicht. Und es gibt welche, die werden mich jetzt erst richtig kennenlernen.«

Für Gerlinde klang dies etwas kryptisch. Dabei meinte Ludwig gar nicht die Umstehenden. Er meinte jemanden im fernen Wien.

»Der hat eine schlimme Furche der Gewalt gelegt«, meinte Gerlinde Lüscher, »erst Wien, dann Salzburg, dann München und jetzt in Biberach.«

»Ja«, antwortete Bellmann, »aber Biberach war Endstation!«

Sabine Grässle war sofort aus dem Kofferraum befreit worden, als Cem Yildirim Ludwig und Biechele dazu aufgefordert hatte. Ihr Zustand war besorgniserregend, aber offensichtlich nicht lebensbedrohlich. Blutergüsse und Würgemale zeugten von der brachialen Gewaltbereitschaft Schmölzls. Auf einem Camping-Klappstuhl aus Bellmanns Kofferraum sitzend sagte sie kein Wort, würdigte aber auch Schmölzl keines Blickes. Ihr schienen die Schmerzen weniger Probleme zu bereiten als die Peinlichkeit, sie in diesem Zustand im Kofferraum gefunden zu haben.

Inzwischen war auch Lothar Sattler am Tatort eingetroffen.

»Komisch, wenn ich gebraucht werde, kennst du meine Telefonnummer, und wenn's spannend wird, weißt du nicht mehr, wer ich bin!«, sagte er vorwurfsvoll zu Ludwig.

»Das ging alles so schnell, ich hatte echt keine Zeit, dich zu informieren. Wieso bist du hier, woher hast du mitbekommen, dass wir hier sind?«

Lothars Auftauchen war Ludwig schleierhaft.

»Man hat so seine Quellen! Wo ist der Kerl, dass ich ihm endlich eine aufs Maul hauen kann?«

»Ich glaube, der hat genug abbekommen. Den hatte nämlich der Cem schon in der Mangel.« Ludwig lächelte dabei.

»Sein Glück, ich hätte den wahrscheinlich in die Hölle befördert«, donnerte Lothar.

»Ein doppelt schlimmer Platz für Mörder«, befand Ludwig.

»Wieso doppelt schlimm?«

Auch die anderen interessierten sich dafür.

»Nun ja«, schwadronierte Ludwig, »heiß ist es in der Hölle ja für jeden. Aber der berühmte Wiener Kabarettist und Autor Fritz Grünbaum sagte einmal: ›Der Mörder in der Höll' in Not ist – er kann nicht mehr morden, weil alles schon tot ist!‹«

Bis auf Leopold Schmölzl und Sabine Grässle lachten alle schallend.

»Warum wollten Sie denn die Frau Grässle töten? Das macht doch gar keinen Sinn! Die war beziehungsweise ist Ihnen doch vollkommen ergeben«, begann der Leitende Oberstaatsanwalt das erste Verhör von Leopold Schmölzl.

»Es war ein Signal an die Toten.«

Was sagte Schmölzl da? Für Ludwig sprach er in Rätseln.

»Ich wollte ihnen signalisieren, dass ich weiter töten werde, wenn sie mich nicht in Ruhe lassen.«

War er jetzt völlig durchgeknallt?

»Das müssen Sie mir näher erklären«, forderte Bellmann ihn auf.

»Jede Nacht haben mich mein Vater und Heidi in meinen Träumen besucht. Jede Nacht haben sie sich bedauert und selbst betrauert, haben sich bei mir beklagt, haben mir Vorwürfe gemacht, warum ich sie umgebracht habe. Da habe ich einmal zu ihnen gesagt: ›Wenn ihr nicht aufhört, mich zu quälen, werde ich so lange weiter töten, bis ihr damit aufhört.‹ Und sie haben nicht aufgehört. Jede Nacht besuchen sie mich. Verstehen Sie: jede Nacht! Das hält doch kein Mensch aus!«

Bellmann schaute Gerlinde Lüscher an und sagte zu ihr:

»Eigentlich bräuchten wir den gar nicht in U-Haft bringen, den könnten wir gleich drüben in Bad Schussenried im PLK abliefern, denn der landet eh dort, wenn nicht sogar in der Geschlossenen in Weissenau.«

Dr. Bellmann startete einen erneuten Versuch, um mit Schmölzl ins Gespräch zu kommen:

»Was hat Sie denn zu dieser heillosen Hetzjagd gerade eben verführt? Ich meine damit, Sie haben die Bahn ja nur um Sekundenbruchteile verfehlt. Ihnen muss doch klar geworden sein, dass wir Ihnen auf den Fersen sind und es so nicht mehr weitergehen kann.«

Herbert L. Schmölzl sah den Staatsanwalt mit leeren Augen an.

»Dieser verrückte Hirschberger! Was hat der hier verloren? Wieso kann der nicht in Wien bleiben und sich wie andere Pensionisten beim Heurigen vergnügen? Wieso muss der mich verfolgen? Wieso muss der jeden Tag vor meiner Haustür stehen?«

»Es ist immer noch die Haustüre von Frau Grässle«, mischte sich Ludwig ein.

Schmölzl reagierte gar nicht darauf und fuhr einfach fort:

»Dann sagt der mir, dass man Heidi gefunden hätte, auf dem Inserl im Grauensee.«

Er sprach von Ludwig nur in der dritten Person, vermied die direkte Ansprache des Profilers komplett.

»Verstehn S' mich? Ausgerechnet einen von der A.g.A. muss die Mama von der Sabine hierherholen. Aus Wien. Ausgerechnet einen, der mich vernommen hat, als ich meinen Vater die Stiegen hinuntergeworfen hab.«

Das war ein Geständnis. Das musste auch Schmölzl klar

sein. Plötzlich glitt sein Blick völlig ab. Er schien in eine andere Welt zu versinken.

»Und dann sagte mir die Heidi, ich solle die Sabine zu ihr legen. Nur so würde ich dem Schicksal entrinnen können.«

»Aber die Heidi ist doch tot. Von Ihnen getötet, Herr Schmölzl«, entgegnete der Staatsanwalt.

Dr. Bellmann verwirrte, was Schmölzl da von sich gab. Zuerst sprach er von einem Signal an die Toten, jetzt plötzlich wollten diese Toten, dass er weiter töten solle.

»Sie kommt jede Nacht zu mir. Sie wirft mir jede Nacht vor, dass ich sie vor lauter Liebe so fest geschlagen habe, dass sie plötzlich tot war. Sie wollte, dass ich gehe. Verstehen Sie? Sie wollte, dass ich gehe.« Bei der Wiederholung betonte er jedes Wort einzeln. »Ich wollte sie nicht totmachen, es ist mir einfach so passiert.«

Tränen rannen dem Täter über sein Gesicht.

»Aber die Sabine, die wollten Sie jetzt schon töten?«, fragte Gerlinde Lüscher.

»Wo's doch die Heidi gesagt hat. Und der Tschecherant auch!«

»Wer auch?«, hakte Dr. Bellmann nach, doch Schmölzl antwortete nicht.

»Ein Tschecherant, das ist in Wien ein Alkoholiker, damit hat er wohl seinen Vater gemeint«, klärte Ludwig auf.

»Mein Ohr ist kaputt. Der Tschusch hat mir mein Ohr kaputt gemacht«, jammerte Schmölzl vor sich hin.

»Alles, was in Richtung Balkan und südlich davon geht, wird in Wien mit dem herablassenden Schimpfwort Tschusch umschrieben«, übersetzte Ludwig für die anderen.

»Der Zug!«, fuhr Herbert Schmölzl fort. »Der Zug war meine Rettung. Wenn ich nur über die Schranken komme, hab ich gedacht, dann bin ich alle Sorgen los. Niemand durfte die Sabine sehen. Ich musste auch sie so fest schlagen, sie sollte ja nicht weglaufen zu diesem alten Sack da.« Dabei deutete er auf Ludwig. »Der das rausgefunden hat, wo ich die Heidi vergraben habe. Der in Salzburg und in Neuperlach war. Wenn er das der Sabine erzählt hätte, wäre sie vor mir weggelaufen.«

Niemand hatte mehr den Eindruck, Schmölzl würde gezielt mit irgendjemandem reden. Er schien sich nur noch vor sich selbst zu rechtfertigen. Biechele, Cem Yildirim und Lothar, die noch nie mit einem derartig irren Täter zu tun hatten, bekamen den Mund nicht mehr zu.

»Aber ich habe sie nicht totgemacht, ich wollte sie zur Heidi legen.«

»Heidi Stürmer haben Sie im Grauensee-Inserl vergraben.«

Ludwig sprach den Täter direkt an. Doch Schmölzl antwortete nicht. Er ignorierte Hirschberger komplett.

»Ich war durchgekommen, der Luftzug von der Bahn hätte mich beinahe von der Straße geworfen, aber ich war durch. Ich bin am Weiherparkplatz rechts abgebogen. Das Licht hatte ich schon vor dem Bahnübergang abgeschaltet, deshalb hat mich der Lokführer auch nicht bemerkt. Alles wird gut, hab ich gedacht. Und dann kommt der Tschuschi mit seinem Motorrad daher und macht mein Ohr kaputt.«

»Ich kann mir nicht vorstellen, dass wir mit einer weiteren Befragung hier vor Ort etwas erreichen werden. Was den Herrn Schmölzl tatsächlich zu seinen Taten getrieben hat, werden die Spezialisten herausfinden müssen«, räsonierte Ludwig. »Ich kann Ihnen aus meiner Erfahrung bei der A.g.A. sagen, dass es in erster Linie der Genuss an Macht ist, den diese Täter über ihre Opfer ausüben. Sie genießen diese Situation. Kontrolle ist ihnen das Wichtigste. Kontrolle über andere Menschen zu haben.«

»Und wieso bringt der Kerl die Opfer auch noch um? Das habe ich so noch nicht erlebt«, fragte die Kommissarin höchst irritiert.

»Da hast du vollkommen recht, Gerlinde. Insofern ist Schmölzl eine absolute Ausnahme. Vermutlich ist ein Kontrollverlust für ihn unerträglich. Vielleicht wollte Heidi ihn wirklich wegschicken. Bei Sabine hat er bemerkt, dass wir ihn in eine Sackggasse getrieben haben. Womöglich habe ich mit meinen Aktionen die Gefahr für Frau Grässle verstärkt. Das muss analysiert werden. Da werde ich meine Schlüsse daraus ziehen und natürlich auch Konsequenzen aushalten müssen.«

»Hast du denn jemals so einen Gewalttäter im Rahmen häuslicher Gewalt erlebt?«, hakte Gerlinde nach.

»Nie, das muss ich gestehen.«

»Na, ja. Sind wir doch mal ehrlich«, meinte Bellmann jovial. »Wäre Hirschberger nicht so renitent gewesen und wären wir früher eingeschritten, hätten wir dann seine Vortaten entdeckt? Hätten wir je erfahren, dass wir es mit einem Doppelmörder zu tun haben? Hätten wir die Tat in Salzburg aufgedeckt? Hätten wir das Martyrium der Frau Reidinger in München aufgelöst? Nein, meine Dame, meine Herren. Insofern hat Ludwig Hirschberger wieder einmal alles richtig gemacht.«

Erst am nächsten Tag sollte Ludwig begreifen, was Gernot mit dem kryptischen Satz: »Es ist die Wiederholung von etwas, was schon beim ersten Mal nicht hätte passieren dürfen«, gemeint hatte. Lea schilderte ihm am Telefon, was Hedwig Schmölzl ihr gestanden hatte. Zuvor hatte Lea ihr mitgeteilt, dass ihr Bertl verhaftet worden war.

»Sie hätte nie ihrer Mutterliebe nachgeben dürfen, sondern auf ihren sterbenden Vater hören sollen, als der meinte, mit dem Buben stimme etwas nicht, und sie hätte ihn in psychiatrische Behandlung geben müssen, hat die Hedwig Schmölzl gesagt. Sie war am Boden zerstört«, sagte Lea, die hörbar selbst aufgewühlt war.

Dass es mit ihrem Sohn so nicht weitergehen könne, nicht weitergehen dürfe, sei Hedwig Schmölzl durch die Befragungen klar geworden. Schon kurz nach dem ersten Besuch von Lea und Ludwig habe sie den Verdacht gehegt, dass es in Wahrheit um Heidi Stürmer gehe und dass die Eltern der Vermissten hinter der ganzen Aktion steckten. Um ihren Herbert nicht in weitere Schwierigkeiten zu bringen, habe sie aber dann das Theater, ein Zahnarzt brauche ihren Sohn als Zeugen, mitgespielt, berichtete Lea Ludwig.

Epilog

Als Ludwig gegen Mitternacht zusammen mit POM Biechele zurück nach Biberach fährt, ertönt im Radio Dave Brubecks »Take Five«. Es ist eines der Lieblingsstücke von Lea und ihm. Ludwig genießt das Stück in seiner vollen Länge. Er kann sich noch an die Zeit erinnern, als sie spätabends zusammensaßen, wenn Marco schon schlief. Der Plattenspieler spielte »Take Five«. Der CD-Player war damals noch gar nicht erfunden, geschweige denn MP3- oder MP4-Player. Und dass man sich Musik direkt auf sein Smartphone, auf sein Tablet oder auf seinen Computer herunterladen konnte, war überhaupt nicht zu erahnen.

Wäre es nicht traumhaft, wenn er das Stück wieder einmal mit Lea gemeinsam hören könnte? Ob sie wohl die alte Schallplatte noch hat? Ganz in Gedanken versunken, kommen ihm jene Lieder wieder in den Sinn, die Lea so gerne hörte, wenn sie nachts bei stundenlangen Diskussionen auf ihrer Chaiselongue saßen: »Samba pa ti« von Carlos Santana oder »Sundown« von Gordon Lightfoot. Auch »Opus One« von Tommy Dorsey hatten die Eheleute gerne gehört.

»Und wovon träumst du nachts?«, würde ihn Gernot jetzt fragen. Egal. Soll er sich doch lustig machen über ihn. Er würde nie aufgeben. Schließlich ist sie seine Lea. Scheidung hin oder her.

Und was hatte sie auf dem Salzburger Hauptbahnhof noch zu ihm gesagt?

»Schade, dass unsere Züge mal wieder in die entgegengesetzte Richtung fahren.«

Die Betonung lag dabei auf dem Wort schade, dessen ist sich Ludwig jetzt sicher.

Im Radio kommt plötzlich eine Sondermeldung:

»Wie die Polizeidirektion Ulm soeben mitteilt, wurde heute Abend in der Nähe von Biberach dank eines pensionierten österreichischen Kriminalbeamten ein Mord an einer jungen Frau vereitelt. Dank der Recherchen des Pensionärs werden dem mutmaßlichen Täter zudem zwei Morde in Österreich vorgeworfen. Wie uns der Leitende Oberstaatsanwalt Bellmann aus Ravensburg mitteilte, bestehen an der Täterschaft des Mannes kaum Zweifel. Er rechnet in den nächsten Tagen mit einem Auslieferungsantrag aus Wien.«

Typisch Bellmann, denkt sich Ludwig, bei Erfolgsmeldungen hat der ein Tempo drauf wie ein Formel-Eins-Fahrzeug.

Biechele schielt vom Fahrersitz auf ihn und nickt anerkennend.

Im Hause Maurer tobt dagegen Gernot Heubl:

»Pensionist heißt das. Der Wiggerl ist ein österreichischer Pensionist und kein Pensionär. Die lernen das nie, die Piefkes.«

Der Hochstimmung in Gabis Wohnung tut das natürlich keinen Abbruch.

»Ob Pensionist oder Pensionär, das ist doch völlig egal, Hauptsache, die Sabine lebt. Wir können alle stolz auf den Ludwig sein«, freut sich Gabi.

»Jo aber wer waaß, was dem wieder im Hirn umadumfahrt?«

»Was meinst du damit?«, fragte Gabi.

»Ich werde nie begreifen, dass ein so intelligenter Mensch bei Frauen mit somnambuler Sicherheit jedes noch so intergalaktische Fettnäpfchen trifft.«

Bei einer späteren Vernehmung, der Täter hatte sich von seinem Schockzustand etwas erholt, wird deutlich, dass Herbert Schmölzl ein massives psychisches Problem hat und womöglich gar nicht schuldfähig ist. Dr. Bellmann gewinnt diesen Eindruck, als er Schmölzl nach seinen Wahrnehmungen fragt. Als erstes erinnert der Täter sich an die Situation, als plötzlich Gernot Heubl an die Tür von Sabine Grässle klopft und ihm sagt, dass er Hilfe brauche. In der Erinnerung daran wird Schmölzl während der Vernehmung kreidebleich und spricht plötzlich wieder zu sich selbst:

»Diese Stimme kenn ich doch. Der hat mich in Wien vernommen. Wie kommt der denn plötzlich hierher?«

»Welcher Typ?«, unterbricht Dr. Bellmann.

»Heubl, dieser Psychobulle«, antwortet Schmölzl und spricht einfach weiter: »War ganz schön anstrengend, das nicht zuzugeben. Alles hat der versucht, um mich dazu zu bringen. Der war so in mich hineingewandert, dass ich mir geschworen habe, diesem Typen nie mehr, verstehen Sie, nie mehr zu begegen. Und dann steht dieser Kerl vor meiner Haustür. Und am Samstag einfach auf dem Markt am Würstelstand, als wären wir in Wien am Naschmarkt. Der hat gar keinen Genierer. Hat dieser Hirschberger, dieser alte Sack, die gesamte Wiener Kripo hierhergebracht?«

Dr. Bellman schweigt. Vielleicht erzählt mir der Schmölzl jetzt sein ganzes Problem, seine gesamte Motivation, denkt er.

»Sind die mir auf die Spur gekommen? Holt mich jetzt hier meine Vergangenheit doch noch ein? Ich habe so gehofft, dass ich sie hinter mir lassen kann, um noch einmal ganz neu und von vorne anfangen zu können.«

»Und das ist Ihnen nicht gelungen?«, greift der Oberstaatsanwalt jetzt ein.

»Diese elenden Gedanken, die mich unendlich verfolgen, sind nie verschwunden, die Stimmen, die Tag und Nacht in meinem Kopf herumschwirren, die mir jegliche Ruhe und jeglichen Schlaf rauben, haben sich nicht verabschiedet. Diese Stimmen, die sich wie Stacheldraht durch meine Adern ziehen. Nichts ist weg. Alles kommt wieder hoch in mir. Egal, wo ich auch bin. Egal, ob es dunkel ist oder hell. Gleichgültig, ob es Sommer oder Winter, ob es Sonntag oder Werktag ist: Immer verfolgt mich dasselbe Fanal!«

»Wieso haben Sie Frau Stürmer ausgerechnet auf der Insel im Grauensee vergraben?«

Der Staatsanwalt kommt jetzt auf den Fundort von Heidi Stürmer zu sprechen.

»Ist doch logisch«, antwortet Schmölzl. »Seit ein paar Jahren ist es verboten, das Inserl dort zu betreten. In der Nacht war ich völlig ungestört. Mein Großvater hatte mir eine Stelle gezeigt, von wo man die Insel mit einem Boot anfahren konnte, ohne gesehen zu werden.«

»Und da dachten Sie, das geht auf dem Schwaigfurter Insele genauso?«

»Klar, wenn man auf der Rückseite anlegt, kann man nachts nicht gesehen werden.«

Schmölzl antwortete auf manche Fragen völlig logisch und auf andere wiederum völlig verwirrend.

»Und die Wurzeln?«

»Fürchterlich, aber ich wollte sie ja neben die Heidi legen!«

Dr. Bellmann genügt das fürs Erste. Wenn Schmölzl nicht verrückt ist, spielt er diese Rolle zumindest erstklassig, denkt der Leitende Oberstaatsanwalt.

Am Grauensee werden an der Stelle, an der Heidi Stürmer vergraben wurde, eindeutige DNA-Spuren von Schmölzl gefunden.

Herbert alias Leopold Schmölzl wird zunächst in die Strafanstalt Ravensburg-Hinzistobel in Untersuchungshaft genommen. Nach eingehender psychiatrischer Untersuchung wird er in die geschlossene Abteilung des PLK Weissenau bei Ravensburg eingeliefert. Zunächst wird er wegen gefährlicher Körperverletzung und Freiheitsberaubung in den Fällen Maria Reidinger und Sabine Grässle vor dem Landgericht Ravensburg angeklagt. Als österreichischer Staatsbürger wird er später – dem Auslieferungsantrag wird stattgegeben – nach Wien überstellt, wo ihn ein Prozess wegen Mordes sowie Verfahren wegen Totschlags und gefährlicher Körperverletzung erwarten.

Maria Reidinger wird zur Gegenüberstellung mit Herbert Schmölzl von Haar nach Weissenau gebracht, obwohl ihre behandelnden Ärzte davon abgeraten haben. Auf der Hinfahrt ist sie auch sehr unruhig und schreit unentwegt. Bevor die Gegenüberstellung stattfindet, flüstert Gernot Heubl der Frau eine halbe Stunde lang etwas ins Ohr.

Als sie Schmölzl sieht, sagt sie plötzlich aus heiterem Himmel:

»Du elendes Schwein!«

Ihre Sprache ist nicht besonders deutlich, aber klar vernehmbar.

Aufgrund dieses Vorfalls wird Maria Reidinger wieder in das Therapieprogramm aufgenommen. Sie erzielt kleine, aber bemerkenswerte Fortschritte. Im Prozess gegen Schmölzl vor dem Landgericht Ravensburg kann sie sogar, wenn auch nur bruchstückhaft, aussagen. Das Gericht vereidigt den forensischen Psychiater Dr. Gernot Heubl als Vernehmer. Er fragt sie so, dass sie nur mit »ja« und »nein« antworten muss.

Ein Prozess, der Hedwig Schmölzl erspart geblieben ist. Wenige Tage vor dessen Beginn verstirbt die alte Dame. Lea berichtet ihr auf dem Sterbebett, was ihr Sohn für ein Mensch ist. Dass er Heidi Stürmer getötet hat, dass er Angela Krilinger, Maria Reidinger und Sabine Grässle Gewalt angetan hat und Sabine Grässle sogar wie Heidi Stürmer auf einer kleinen Insel vergraben wollte.

»Ich bin an all dem schuld!«, jammert Hedwig Schmölzl, »diese armen Frauen, der arme Bub. Hätt' ich bloß auf meinen Vater gehört!«

Angela Krilinger, die als Zeugin geladen ist, erleidet während des Prozesses in Ravensburg einen Schock, nachdem sie erfahren hat, was Schmölzl mit den anderen Opfern angestellt hat und wie knapp sie womöglich dem Schicksal Heidi Stürmers entgangen ist. Erst hier wird ihr bewusst, ihr Leben dem Zufall zu verdanken, dass sie Besuch von ihrem Bruder Franzl bekommen hatte. Zum Eklat kommt es, als Franz Krilinger dem Täter während des Prozesses an den Kragen gehen will.

Sabine Grässle verweigert zunächst die Zusammenarbeit mit der Polizei. Unvorstellbar eigentlich. Immerhin hatte man im Krankenhaus nach ihrer Befreiung an ihrem geschundenen Körper 109 Blutergüsse, 13 Verstauchungen und eine angebrochene Rippe entdeckt. Erst als man ihr schonungslos berichtet, welche Untaten Schmölzl bei den anderen Opfern begangen hatte und wozu das Loch auf dem Insele im Schwaigfurter Weiher tatsächlich bestimmt war, lenkt sie ein und sagt aus.

Sabine schildert ihre Gefühle, wenn Ludwig oder Lothar an die Tür geklopft haben. Ganz besonders erinnert sie sich an einen Abend, als Schmölzl ihr befohlen hat, Hirschberger von ihrem Hause zu verweisen.

Wenn es dann überhaupt noch mein Haus ist, habe sie damals gedacht. Wie ein Dämon habe dieser Schmölzl Besitz ergriffen. Nicht nur von ihr, sondern auch von ihrem Haus, ihrem Garten und all ihren Dingen. Sie habe noch nicht einmal mehr ihre eigene Garage benutzen dürfen. Aber nein, sie habe keinen Hass empfunden. Angst, ja, die habe sie gehabt. Zunehmend auch Angst um ihr Leben. Und Furcht, sich irgendjemandem anzuvertrauen. Deshalb sei sie auch völlig verzweifelt gewesen. Und in Panik. Weil Schmölzl über eine App auf ihrem Handy jederzeit gewusst habe, wo sie sich befinde, habe sie sich nirgendwo mehr hingetraut. Das Handy einfach auf dem Schreibtisch liegen lassen und zur Polizei zu gehen, das sei ihr nicht in den Sinn gekommen. Sie hätte sich das auch gar nicht getraut, so voller Angst wie sie gewesen sei.

Ludwig, der bei diesem Gespräch dabei ist, bestätigen ihre Bekenntnisse seine Einschätzungen während der Observationen. Das ist nicht sein erster Fall, in dem die Opfer regelmäßig unter Panikattacken leiden. An nicht selbst verschuldeten Panikattacken, in denen sie kaum mehr klare Gedanken fassen können.

Als Polizei und psychologische Betreuer Sabine später das Loch auf dem Insele zeigen, welches für sie bestimmt war, bricht sie zusammen.

Zu ihrer Mutter Elvira und dem Ehepaar Cem und Hyla Yildirim pflegt Sabine Grässle inzwischen wieder regelmäßig Kontakt. Eine Pychotherapie hilft ihr dabei, das erlittene Trauma zu verarbeiten und sukzessive wieder in ein normales Leben zurückzukehren.

Als Gernot Heubl und Ludwig Hirschberger am Stammtisch in der Biberacher Weinstube sitzen, kommt Ludwig kaum zu Wort. Gernot übernimmt die Berichterstattung, was Ludwig gar nicht so unrecht ist. Ihm sind die Lobeshymnen, die Gernot auf ihn hält, eher peinlich.

Anmerkungen

Der Verein A.g.A. besteht in dieser Form leider nicht. Er ist ein reines Produkt meiner Fantasie. Sollte es irgendwo einen ähnlichen Verein oder eine ähnliche Institution geben, wäre ich sehr froh darüber.

Auch der Grauensee existiert nur in meiner Fantasie. Es war der Handlung geschuldet, einen See zu erfinden, der nicht sehr weit von Wien entfernt und dem Schwaigfurter Weiher zum Verwechseln ähnlich ist.

Dank an:

Elga Lehari-Reichling, meine überaus präzise und genaue Lektorin in Krefeld, für ihre Geduld und ihre unentwegten Versuche, mir meine sprachlichen Schlampigkeiten auszutreiben.

Lore und Herbert Bopp in Montreal (Kanada) für die wiederum sehr offene Kommentierung des Roh-Manuskriptes.

Werner Krug in Biberach, der mich auf meinen Lesungen mit seiner Gitarre sehr einfühlsam begleitet.

Rose Bienia von der Literatur-Agentur, Tübingen.

Last, not least: Gabriele Schäfer-Lehari und den Oertel+ Spörer-Verlag, Reutlingen, für die gute Zusammenarbeit.

Uli Herzog

stammt aus Biberach. Jahrzehntelang arbeitete er für eine international renommierte Werbeagentur, zunächst als Junior-Kontakter in Ravensburg, später als Geschäftsführer der Niederlassung in Wien. 2001 kehrte er nach Oberschwaben zurück und war bis zu seiner Pensionierung 2012 für einen Zeitungsverlag in Friedrichshafen, Biberach und Ravensburg tätig. Heute lebt Uli Herzog in Altshausen. »Endstation Biberach« ist nach »Mord am Schützensamstag« und »Frauenduft« sein dritter Krimi mit dem pensionierten Fallanalytiker und Wahl-Wiener Ludwig Hirschberger, der sich besonders gerne in vertrackte Fälle in Oberschwaben verbeißt.

Dieser Kriminalroman spielt an realen Schauplätzen. Alle Personen und Handlungen sind frei erfunden. Sollten sich dennoch Ähnlichkeiten mit lebenden oder verstorbenen Personen ergeben, so sind diese rein zufällig und nicht beabsichtigt.

Postfach 16 42 · 72706 Reutlingen

Titelbild: PMP Agentur für Kommunikation, Reutlingen
Gestaltung: PMP Agentur für Kommunikation, Reutlingen
Lektorat: Elga Lehari-Reichling
Satz: Uhl + Massopust, Aalen
Druck und Bindung: CPI books GmbH, Leck
Printed in Germany
ISBN 978-3-96555-009-4

Ausgerechnt beim Schützenfest in Biberach wird der bekannte Architekt Robert Maurer ermordet. Ludwig Hirschberger, ein Schulfreund, selbst Kriminalbeamter und Profiler in Wien, gerät in Verdacht.
Wegen der Mordmethode schalten sich zusätzlich LKA und BKA ein. Ohne Ergebnis.
Der Täter wird zunächst nicht gefunden. Erst nach zehn Jahren gelingt es Ludwig Hirschberger, der den Fall insgeheim weiter verfolgt hat, den Mörder aufzuspüren.
Die Lösung ist verblüffend ...

ISBN 978-3-88627-331-7, 10,95 Euro

Ein Mörder, ein Phantom, zwei schräge Vögel.

Der pensionierte Fallanalytiker Ludwig Hirschberger kommt an seine Grenzen. In einer mysteriösen Entführungswelle am Bodensee verschwinden sieben Frauen, von denen die meisten später in Biberach aufgefunden werden – körperlich unversehrt, aber ohne jegliche Erinnerung.

Und dann geschieht noch das Unfassbare: In Überlingen verschwinden zwei weitere Frauen. Diesmal kennt der Täter keine Gnade.

Die Polizei ermittelt fieberhaft. Doch Ludwig Hirschberger verfolgt mit Hilfe seines Freundes und ehemaligen Kollegen Gernot Heubl eine ganz andere Spur auf der atemberaubenden Verbrecherjagd durch Oberschwaben.

ISBN 978-3-88627-780-3, 10,95 Euro